古典文獻研究輯刊

三 編

曾永義 主編

第 **10** 冊

袁中道研究

邱美珍 著

國家圖書館出版品預行編目資料

袁中道研究／邱美珍 著 — 初版 — 新北市：花木蘭文化出版
社，2011〔民100〕
序 2+ 目 2+178 面；19×26 公分
（古典文學研究輯刊　三編：第 10 冊）
ISBN：978-986-254-552-2（精裝）
1.（明）袁中道 2. 傳記 3. 學術思想 4. 文學評論
820.8　　　　　　　　　　　　　　　　100015002

ISBN-978-986-254-552-2

9 789862 545522

古典文學研究輯刊
三　編　第　十　冊　　　　ISBN：978-986-254-552-2

袁中道研究

作　　者　邱美珍
主　　編　曾永義
總 編 輯　杜潔祥
出　　版　花木蘭文化出版社
發 行 所　花木蘭文化出版社
發 行 人　高小娟
聯絡地址　新北市永和區中正路五九五號七樓
　　　　　電話：02-2923-1455／傳眞：02-2923-1452
網　　址　http://www.huamulan.tw 信箱 sut81518@ms59.hinet.net
印　　刷　普羅文化出版廣告事業
初　　版　2011 年 9 月
定　　價　三編 30 冊（精裝）新台幣 48,000 元
　　　　　　　　　　　　　　　　　　　　版權所有・請勿翻印

袁中道研究

邱美珍　著

作者簡介

邱美珍，1965 年生，逢甲大學中國文學研究所碩士，現任教於弘光科技大學。

提　　要

　　袁中道，字小修，晚明文學流派「公安派」主要成員袁氏三兄弟中之季弟。

　　晚明以李夢楊、何景明及以王世貞、李攀龍為首之「前、後七子」，主張「文必秦漢，詩必盛唐」，造成文壇充斥著一片貴古賤今、復古擬古的論調，更漸次出現「模擬剽竊」、「而失其真」的亂象。其間雖有歸有光、唐順之等「唐宋派」起而抗爭，然不足以矯其流弊。直至「公安派」興起，方能與之抗衡。湖廣公安袁氏三兄弟——袁宗道、袁宏道、袁中道，深受李贄「童心說」及心學、佛禪等影響，詩文創作主張要獨抒性靈，追求韻趣，求真求變。然而，務必矯枉，不惜過正的主張，讓後學者不免流於俚率淺俗，遭受不學無術之譏，最後終被鍾惺、譚元春為首的「竟陵派」取而代之。

　　歷來研究「公安派」者，主力多半集中在主將袁宏道身上。關於長兄袁宗道固然因為流傳的作品不多，較難獨立研究，但是，袁中道則不然，一來，他的著作是三袁之中最多的，其中保留了許多研究「公安派」的一手資料；而他的日記——《遊居柿錄》，十年的生活紀錄，更是具體了解晚明文人生活的參考資料。二來，袁中道因為生年較晚、年壽較長，是一般所謂「公安派」的修正者，透過他的角度，較能具體掌握晚明文壇文學流派更迭，文學主張轉變的過程，以及影響它演變發展的主客觀因素。是以不論就作品或文學主張而言，全面且深入的研究袁中道，有其必要性與價值，這也是本論文研究重點所在。

目次

自　序

　　本論文的寫作，旨在研究「公安三袁」之季弟袁中道，希望透過對袁中道之著作的掌握與解讀，同時，參考現有研究公安派、晚明小品等相關範疇，已有的研究成果，進而擴大歷來研究者，獨重其修正公安派主張的焦點，釐清袁中道文學主張整體的風貌。並且，對其作品，作一個整體的評介，以突顯其作品的特色與價值。希望藉此研究，在文學史上，重新給予袁中道一個客觀的評價與定位。

　　一年多來，埋首在袁中道的日記、尺牘、遊記、詩文序等當中，對袁中道彷彿老朋友般的親切與熟悉，夢中甚至時常同遊名山勝水、談禪論學，只是，相同的夢境之中，指導教授也常出現，論文的壓力，使得美夢、惡夢一線間。當然，這篇論文的完成，最要感謝陳萬益老師多方給予指導，開啓了學術研究應有的態度與治學之門徑。並且，提供了袁中道著作海外的重要版本，如《珂雪齋外集》、《新安集》等，增加了本論文的研究參考價值。

　　同時，也要感謝論文口試委員，鄭邦鎭老師、許建崑老師，分別就八股文與復古派王、李的角度，提供了不同的思考空間，相信有助於日後從事研究時，思想的開展。

　　一篇論文的完成，直接、間接需要感謝的人，實在不少，感謝家人的支持，研究所同學的相互期勉，同門師妹的鼓勵，還有定華，這段充實而緊張的歲月，我們一同走過。

第一章 緒 論

第一節 研究動機

　　往昔讀文學史，對於晚明散文，即一般所謂的晚明小品，尤其是晚明的清言集，特別感興趣，覺得其中包含著特殊的生活美學，很能給現代人枯竭的心靈，注入一股清流。只是所謂的生活美學，過於抽象，同時涵蓋的層面極為廣泛，想要加以釐析並研究，恐非現階段能力可及。經過陳萬益先生的指點，上溯到晚明性靈文學的源頭，即公安派，及代公安派而起的竟陵派，而把重心放在袁中道身上。

　　近年來對公安派的研究，已有一定的成績，但主要集中在研究主將袁宏道其人的思想、文學理論、作品等，對於老大袁宗道及老三袁中道則只立一個章節，略加介紹，但也是僅及於其生平及文學主張的部分，至於他們的思想及作品表現則著墨不多。關於袁宗道，固然因為流傳的作品不多，較難獨立研究，但是，袁中道則不然，一來，他的著作是三袁之中最多的，而且，其中保留了很多研究公安派、研究三袁的一手資料，如他的傳記——〈龔春所公傳〉、〈石浦先生傳〉、〈中郎先生行狀〉是歷來研究三袁先世及袁宗道、袁宏道的重要依據；而他的日記——《遊居杮錄》，十年的生活記載，是具體了解晚明文人生活的參考資料，就作品而言，袁中道是有研究價值的。二來，袁中道是一般所謂公安派的修正者，是公安派和竟陵派之間，重要的過渡期人物〔註1〕，透過他的角度，應該較能具體地掌握晚明文壇的現象，亦即從擬

―――――――――――――――――――――――――――――――――――
〔註 1〕 最早提出這個見解的是日人、入矢義高。見〈公安から竟陵へ――袁小修を

―1―

（復）古派弊端叢生到公安派的興起、盛行和公安派產生末流之弊後竟陵代興，這一文學流派更迭，文學主張轉變的過程，以及影響它演變發展的主客觀因素。所以，就作品價值和文學主張而言，袁中道都有更進一步，全面加以研究的意義。

此外，就文學流派的研究而言，除了大家「點」的研究外，也應旁及輔翼性或次要性的人物，也就是由「點」的研究，擴充到相關諸家「線」的處理，進而由「點」到「線」，匯合諸家的研究成果，發展成為「面」的研究，如此才能正確掌握整個文學流派的精神與發展面貌。就晚明性靈文學而言，公安與竟陵派之中，「點」的研究，除了多篇關於袁宏道的學位論文外，只有林美秀的《江進之詩學理論與實踐》〔註2〕，柳秀英的《陶望齡文學思想研究》〔註3〕及張瑞華的《鍾惺及其文學批評研究》〔註4〕，所以像袁中道及譚元春等在該派別之中，占有一席之地的「點」，也應該加以補上，藉以拓展文學研究的廣度與深度。

關於明代的文學研究，常限於作家的文集取得不易，研究不便，除了中央圖書館的善本書外，一般均以偉文圖書公司影印中圖善本出版的「明代論著叢刊」為主。近年來，大陸錢伯城，陸續點校出版了三袁的詩文集，對於研究三袁而言，是一大方便。加上海峽兩岸交流以來，較有機會參考比較兩岸思想型態不同下的研究成果，拓展思考的空間。

因此，在研究的意義與研究資料掌握便利的前提下，選擇了袁中道作為學習研究的對象。

第二節　研究方法

關於袁中道的研究，目前已有的成果，在「著作考」部分，有日人入矢義高的〈公安三袁著作表〉〔註5〕，其中著錄了袁中道傳世的主要著作，而吳

中心として──〉，《京都大學人文科學研究所創立二十五周年紀念論文集》（1942 年 11 月），頁 305～330。

〔註2〕林美秀，《江進之詩學理論與實踐》（高師國文研究所碩士論文，民國 77 年）。

〔註3〕柳秀英，《陶望齡文學思想研究》（高師國文研究所碩士論文，民國 78 年）。

〔註4〕張瑞華，《鍾惺及其文學批評研究》（東吳大學中文研究所碩士論文，民國 72 年）。

〔註5〕〈公安三袁著作考〉，《支那學》十卷一期，1940 年 12 月，頁 167～168。

武雄在入矢義高的基礎下，有《公安派及其著述考》﹝註6﹞，擴大了入氏的研究範圍。但是，關於袁中道的著作，所能掌握的，只限於中央圖書館館藏的明刊本《珂雪齋近集》、《珂雪齋前集》、《珂雪齋集選》，同時，因爲研究的人物較多，無法一一深究，因此關於袁中道著作的全貌，仍存在著許多待解的問題。

至於「文學主張」的部份，應該是目前較有成績之處，也是袁中道研究的重點之一。郭紹虞在《中國文學批評史》中﹝註7﹞，論述了袁中道對仲兄袁宏道的辯解與修正公安末流的主張，其後入矢義高的〈公安から竟陵へ——袁小修を中心として——〉﹝註8﹞，標舉了袁中道介於公安與竟陵派之間的過渡地位。綜合前面的研究成果，陳萬益先生在〈袁小修的修正〉﹝註9﹞中指出袁中道修正公安派末流的具體主張：一、是在內容上，排除不宜入詩的情景，二、是在形式上，排斥不含蓄的俚語率句。而朱銘漢則認爲袁中道修正說的焦點：一是「性情」與「法」並重，二是重含蓄蘊藉及味外之致﹝註10﹞。此外，一般論及袁中道者，大概不出上述的範疇，因此，袁中道文學主張整體的面貌仍有待探討。

除了著作考與修正主張的部分外，一般研究公安派或袁宏道者，多半附帶提一下袁中道其人，簡單的生平事略。本論文既然名爲「袁中道研究」，應當具體掌握他的著作，再配合相關的研究資料，與既有的研究成果，勾勒出袁中道其人的思想與生活面貌，進而釐清他的文學主張與作品風格，並且，在文學史上給他一個客觀的評價。

常見的文學家研究，多半會作「交遊考」，藉人物之間的交遊互動，呈現研究對象文論與作品風格形成的背景。本論文未作的原因，一是因爲已有所謂的〈中郎師友考〉﹝註11﹞，而錢伯城的《袁宏道集箋校》，對於三袁師友的

﹝註6﹞《公安派及其著述考》（東海大學中文研究所碩士論文，民國70年）。
﹝註7﹞見《中國文學批評史》，第三篇第四章第二節〈公安派〉（台北：文史哲出版社，1988年4月），頁696～699。
﹝註8﹞出處見第一節，註1。
﹝註9﹞見《晚明性靈文學思想研究》，第三章第四節（台灣大學中文研究所博士論文，民國66年），頁130～135。
﹝註10﹞見《袁中郎之文學批評觀》，第五章第一節〈袁小修的修正說〉（東海大學中文研究所碩士論文，民國67年），頁121～130。
﹝註11﹞見任維焜（訪秋），〈中郎師友考〉，《師大國學叢刊》一卷二期（1931年5月）。

考訂也有很大的成績〔註12〕，其中和袁中道「交遊考」重疊的人物很多。二來，限於資料，對於中道其他的交遊對象，只能做粗淺的介紹，意義不大。所以，在論文之後，附錄袁中道的年譜簡表，代替交遊考的作用。

「著作」部分，在可能範圍內收集袁中道傳世的明刊本及現代的版本，並加以對照比較，一來超越前人的研究成果，二來，透過作品集的比較，釐清袁中道刊刻作品的理念，作為文學主張論述的依據之一。在補錢伯城點校《珂雪齋集》不足的前提下，附錄「袁中道佚文輯」。〔註13〕

文學主張是袁中道的主要成就之一，在全面閱讀中道作品集，參考相關的論述之後，得出中道主要的文學見解，並且與袁宏道及竟陵派的鍾、譚比較，以突顯袁中道的立場。在論述袁中道的文學主張之前，先釐清他文學主張形成的背景，以作為論述的依據。

至於「作品」部分，則先整理歷代文學評論者、選家的批評，得出一個大概，再按照詩、散文與日記，分項探討，透過主觀的選擇，附上較具代表性的作品，讓作品自然、客觀地呈現它的特色與意義。同時，配合袁中道的文學主張，觀察他的實際創作是否與理論相符。

最後，依據研究的成果，賦予袁中道的文學主張與作品較客觀、全面的評價，相信「袁中道研究」這個「點」的補足，能有助於文學的研究。

〔註12〕《袁宏道集箋校》（上海古籍出版社，1981年7月）。
〔註13〕關於錢伯城《珂雪齋集》的大要，詳第二章第二節。錢本是目前使用較方便的本子。至於「輯佚」部分的文章，出處與附錄原因，詳附錄二。

第二章 袁中道的生平及其著作

第一節 袁中道的生平

一、意氣勃勃的早年

袁中道，字小修，號鳧隱居士、酸腐居士、柴紫居士、柞林居士及上生居士。明穆宗隆慶四年（1570）五月七日，生於湖北公安縣長安里，明熹宗天啓六年（1626），卒於南京。與長兄宗道，字伯修（1560～1600），仲兄宏道，字中郎（1568～1610），並有文名，世稱「公安三袁」。

中道早慧，十歲餘，便著〈黃山〉、〈雪〉二賦，五千餘言。最喜歡讀老子，莊周及列禦寇等書〔註1〕。年輕時的他，為人慷慨，帶有俠氣〔註2〕，常以豪傑自命，希望結交天下豪傑。袁宏道曾形容他：

> 其視妻子之相聚，如鹿豕之與群而不相屬也；其視鄉里小兒，如牛
> 馬之尾行而不可與一日居也。〔註3〕

中道不屑與平常人交往，卻常與酒人縱飲狂嘯於江波之上，視金錢如糞土，極為浪蕩〔註4〕，所以也就特別懂得欣賞能飲者，他的作品〈回君傳〉，便將一個凡人眼中的酒鬼，刻劃得生動而感人。〔註5〕

〔註1〕見《袁宏道集箋校》，卷四〈敘小修詩〉，頁187。
〔註2〕見《珂集》，附錄二〈柞林紀譚〉，頁1482。（《珂集》，指錢伯城，《珂雪齋集》簡稱，以下皆同）。
〔註3〕同註1。
〔註4〕見《珂集》，卷之九〈贈崔二郎遠遊序〉，頁444。
〔註5〕見《珂集》，卷之十七，頁705～707。

　　萬曆二十年，兄弟三人與外祖父龔大器、舅父惟學、惟長等在縣城石浦河畔，結南平文學社，互相切磋詩文，探討性靈之學〔註6〕。萬曆二十一年，兄弟三人再度到武昌拜訪李卓吾，中道對於富有英雄豪傑息氣的李氏非常傾倒，李氏也十分賞識中道的文才〔註7〕。萬曆二十三年，因爲李卓吾的介紹，中道應中丞梅國楨（字克生）之邀，到山西大同梅氏的幕府作客，漫遊塞上。當時的中道頗負奇氣，捫虱縱譚席間，豪飲論辯，頗得梅克生的欣賞和禮遇，嘆爲「眞才子也」〔註8〕。中道對梅氏本人亦十分推重，稱他爲生平所見「異才」之一〔註9〕。日後並爲梅氏立傳，同時和梅的姪兒梅之煥（字長公）亦頗有交情。日後中道回憶這段年輕的歲月時，他說：

　　　　是時予方弱冠，意氣勃勃，易視天下事，遭蹶于場屋，益憤發讀古
　　　　書，而不堪寂寞時，復以遊冶自適，貧病相纏，遂有志無生之學。
　　　〔註10〕

這階段的中道，功名之心急切，自從萬曆十三年中秀才以來，至萬曆二十五年，幾度考舉人皆落選，抑鬱滿懷。袁宏道曾說：

　　　　蓋弟既不得志於時，多感慨；又性喜豪華，不安貧窘；愛念光景，
　　　　不受寂寞。百金到手，頃刻都盡，故嘗貧；而沈湎嬉戲，不知樽節，
　　　　故嘗病；貧復不任貧，病復不任病，故多愁。〔註11〕

宏道的評語，形容早年的中道，最是確切。而立之年前的中道，自視極高，文才煥發，一方面努力求取功名，一方面卻因功名不順而任情適性，縱酒迷花，狂歌馳馬，極爲浪蕩不羈，而這正是他日後修道追悔，引以爲戒的所在。〔註12〕

二、思想轉型的中年

　　袁中道爲諸生時，數度跟隨兩兄住京師，兩兄交遊皆爲當世之名士，兄

〔註6〕見《珂集》，卷之十八〈中郎先生行狀〉，頁756。
〔註7〕關於三袁和李卓吾交往的情形，詳第三章第二節。
〔註8〕見《珂集》，卷之十七〈梅大中丞傳〉，頁718。
〔註9〕見《珂雪齋外集》，卷之十三〈師友見聞語〉，中道言「予生平所見奇人，不
　　　必一一皆合于道，而實爲宇宙間英物。一爲李溫陵，鐵心石腸，其機鋒甚峻，
　　　猶有嚴頭諸老之氣息焉。用世之人二：一爲梅客生，一爲顧沖菴。梅沉密而
　　　顧疏朗，皆異才也。」
〔註10〕見《珂雪齋外集》，卷之十五〈病中紀事〉。
〔註11〕同註1，頁188。
〔註12〕參《珂集》，卷之二十四〈答王章甫〉，頁1048。

弟師友一起講禪談學，加上「泛舟西陵，走馬塞上，窮覽燕、趙、齊、魯、吳、越之地，足跡所至，幾半天下。」〔註13〕在學問思想和視野上均開展得很快。而蒲桃社〔註14〕諸君，如黃輝（字平倩，1554～1612），陶望齡（字周望，1562～1609），江盈科（字進之，1560～1605），蘇惟霖（字雲浦），潘去華（字士藻）等人，皆成為日後中道在人生旅途上，亦兄亦友，相互扶持，切磋學習的對象。

　　萬曆二十八年長兄病逝北京，萬曆三十年李卓吾遇害，喪兄的哀痛和京師政治的傾軋〔註15〕，使得袁中道和萌生退隱之心的仲兄在公安柳浪湖上，過著平靜的讀書生活。在公安的這一段時期，兄弟二人和一些方外友人及舉業師王輅（以明）、石首曾可前（字退如，1572～1612）、蘇雲浦及武陵的龍襄（字君超）、龍膺（君御）兄弟、徽州的郝之璽（公琰）等人過從甚密。出遊、靜居、讀書的日子，使得兄弟二人有了自省自反的機會。

　　萬曆三十一年，中舉人後的中道，在舉業和修道之間，較能取得平衡點，認為「舉業即淨業也，即菩薩行也」〔註16〕，「與其捨塵勞求淨業，不若即塵勞為淨業」〔註17〕，只要能將父母、妻子、兒女、家族、奴僕，處置得宜，全無失所，便是淨業。這種見解大異於昔日的不屑與凡人為伍。三十四歲，甫中舉人的袁中道，此時認為作官未必會妨害修道，「既已見宰官身，不必更學沙門事」〔註18〕在修道與生活之間，他抱持的態度是：

> 不絕欲亦不縱欲，不去利亦不貪利，不逃名亦不貪名，人情內做出天理來。此理近道學腐套，然實是我輩安身之命處也。〔註19〕

但是修道畢竟不易，中道酒色難戒，他雖然批評當時之學道者，二十歲以前不知有學；二十至四十歲，為功名、為詩文，為應酬，為好色，為快活，「其雜用心處何多也？」〔註20〕而自己也不免是其中一分子，屢悟屢疑，屢疑屢悟，這是中年時期中道的思想狀況。

　　萬曆三十五年，中道應禮部會試，落選後，至河北漁陽蹇理庵太保幕府

〔註13〕同註1。
〔註14〕同註6，頁758。或卷之十七〈石浦先生傳〉，頁709。
〔註15〕詳參第三章第二節。
〔註16〕《珂集》，卷之二十三〈答陳布政寰〉，頁974。
〔註17〕同註1。
〔註18〕同註16，頁975～976。
〔註19〕《珂集》，卷之二十三〈寄同學〉，頁976。
〔註20〕同前註，〈答陶石簣〉，頁973。

作客，因居署中，少應酬飲酒，所以「讀書多，著述富，而學道時有透徹者」
〔註21〕，在給仲兄的信中，他說：

> 偶閱陽明，龍、近二溪諸說話，一一如從自己肺腑中流出，方知一
> 向見不親切，所以時起時倒。頓悟本體一切情念，自然如蓮花不著
> 水，馳求不歇而自歇，真慶幸不可言也。〔註22〕

參求既久，中道於性體之見解是：「理則頓悟，事須漸除」〔註23〕，省悔往昔
未能修持，誤以放逸爲放下，所以自認仍身居儒門的中道，在署中寫下〈心
律〉一文〔註24〕，欲借佛家的「十善量力漸持」，此時期的中道，體認到悟後
之修，方爲真修，不然即是盲修，他認爲正如陽明先生所言：

> 「吾人凡心未了，雖已得悟，不妨隨時用漸修工夫，不如此不足以
> 超凡入聖。」所謂上乘兼修中下也。〔註25〕

這種體認又比前幾年的「兼重悟理與修持」之說來得更進一層。大抵中道的
思想由早年喜愛老莊之學〔註26〕，行爲帶著濃厚的道家狂放色彩，至此時的
「儒、釋」雙修〔註27〕，日益沈潛，可說正是具有晚明文人揉雜「儒、釋、
道」三教思想的時代特色。

袁中道的文名早著，雖然舉業不順，但卻「聲聞海內」〔註28〕。萬曆三
十六年，中道居家數月後，因苦於應酬，所以移居舟中，載著書畫糗糧，
蕩漾江湖。欲借名山勝水，滌浣俗腸；名師勝友，銷融學道過程中的疑滯
與習氣。從是年到萬曆三十七年，冬春二季，遍遊楚中名勝，後至吳越一
帶，四月盡抵達金陵，因喜愛其風景佳麗，刹宇精潔，所以在南京待了數

〔註21〕《珂集》，卷之二十一〈飲酒說〉，頁906。又萬曆三十五年，中道完成了〈李
　　　溫陵傳〉、〈梅大中丞傳〉等重要傳記。見卷之二十三〈報二兄〉，頁994。

〔註22〕《珂集》，卷之二十三〈寄中郎〉，頁988。

〔註23〕同前註，〈張雲影〉，頁990。

〔註24〕今所見《珂集》，卷二十七〈心律〉一文作於萬曆三十八年，但是萬曆三十五
　　　年已有初稿。見《珂集》，卷之二十三〈報二兄〉，頁991；〈張雲影〉，頁
　　　990。

〔註25〕《珂集》，卷之二十三〈報二兄〉，頁992。

〔註26〕袁中道與宏道，陶石簣等一樣，各有關於道家之著述，如宏道著有「廣莊」，
　　　陶望齡有「解莊」，中道則有「導莊」七篇，以釋詮道。

〔註27〕吳調公認爲袁宏道把禪宗和淨土宗結合。袁中道則受了明代律宗的影響，把
　　　禪宗和律宗結合。見〈論公安派三袁文藝思想之異同〉，《中國古代、近代文
　　　學研究》，1986年3月，頁189～197。

〔註28〕見《啓禎野乘》，卷七〈袁文選傳〉（台北：明文書局，1991年元月），頁5。

月。〔註29〕

　　這段期間，中道首次會晤了同年鍾惺（字伯敬，1574～1625），並同遊天界〔註30〕。此外，也時常向焦竑請益問學〔註31〕。並且「大會文士三十人於秦淮水閣」〔註32〕，「大會文士四十餘人於羅近溪先生之祠」〔註33〕，可以說生活得非常豐富與適意。《啟禎野乘》中，記載中道這一段生活云：

> 買一舟名汎鳧，置槖粮其上，書畫數簏，任意行止，彷彿張子同、趙子固之為人，遇佳山水輒艤舟邀其地勝流共登眺、唱和，間出古器、法書、名畫，評賞題跋，而一一籍記其事，因自號曰鳧隱。既遊桃源德山，因放舟下江陵，汎西子湖，凡吳中名流、高衲、歌兒、老嫗無不口小修為名士，而公亦到處題詠不輟。〔註34〕

舟中讀書，任意東西，與學者名士論學賦詩賞畫，此時期的中道風流倜儻，堪當名士而無愧。

　　九月，中道一路北上。入京後，居宏道寓。不久遷至極樂寺，與錢謙益，（字受之，1582～1664），賀中冷（函伯）等共同讀書〔註35〕，二十八歲的錢氏和四十歲的中道，日後頗有交情，應是從此時開始。這也是後來錢氏對公安派的批評遠較批評竟陵派來得少的原因之一。

三、山居吏隱的晚年

　　萬曆三十八年，中道應試又落選，懷抱甚惡，回到公安，移居沙市「金粟園」，以便和仲兄常相聚守〔註36〕。不料，宏道竟於九月六日病逝，對自幼與仲兄形影相隨的中道而言，不啻是個晴天霹靂，悲慟之際，血疾大作，不得不逃於當陽玉泉山中養病，買地結庵，鎮日閱藏習靜，看山聽泉，與無跡和尚相依，有感「兄弟壽命短促，即致身青雲，亦復何用？」〔註37〕惟有「皈依如來，究竟乘理」〔註38〕為是，棲隱之志甚堅。

〔註29〕參《珂集》，卷之二十三〈寄李參政夢白〉，頁996。
〔註30〕見《珂集》，《遊居柿錄》卷之三，第二十四則，頁1148。
〔註31〕同前註，第三十五則，頁1150；第四十二則，頁1151。
〔註32〕同註30，第三十四則，頁1150。
〔註33〕同註30，第四十三則，頁1152。
〔註34〕同註28，頁4～5。
〔註35〕同註30，第一四一則，頁1176。
〔註36〕同註30，卷之八，第一二四則，頁1299。
〔註37〕《珂集》，卷之二十三〈與長孺〉，頁1007。
〔註38〕同前註，〈答潘景升〉，頁1001。

萬曆四十年三月，父親袁士瑜病逝，同時得知曾可前也下世。接著，六月，好友黃輝也辭世了，中道面對親友一一成為鬼錄的淒涼景象，世念日益灰冷，皈依淨土之心轉深〔註39〕。吃齋禮佛，與禪友相伴，這個時期的中道已是佛門子弟。

萬曆四十三年，閏八月，中道再度北上赴京應考。萬曆四十四年，終於考中進士，一放榜「人競指其名相告」〔註40〕，平生大半精力，都耗費在舉業之上，一旦了結這個「前生業緣」〔註41〕，心中的舒坦，自是不可言喻。袁中道因名次不前，候館選不得，又不願為縣令〔註42〕。所以先告假還鄉，次年上京候選，乞得新安教官一職，從此展開他的仕途生涯。在給錢謙益的信中，提到了自己為官的心態是：

> 處非仕非隱間，聊以藏身而玩世。四、五年間，得列郎署，山資既
> 足，便脫身歸矣。〔註43〕

在給韓求仲的信中也說：

> 如此世界，陸沉下僚，以官為隱，亦何不可。〔註44〕

居官，一方面可說是名根未忘，一方面是為了經濟問題，而為官的心態是「意在閒適，不樂仕進」〔註45〕，中道以官為隱的心態，正是晚明政治不安之下，部分為官者共有的傾向。此後，終其一生，中道因喜愛六朝佳麗之地，所以，一直在南京禮部、吏部任職。

四、小　結

綜觀中道一生的交遊，少年時浪遊海內，所與交者，皆一時之豪傑。忘年之交如李卓吾、梅國楨、潘士藻、焦竑等；其次，便是宗道和宗道的友人黃輝、陶望齡等，再其次便是宏道和江盈科、曾可前、雷思霈等。這些人多半是所謂的公安派人物，對於中道的學問思想和文學主張都有影響。晚年則

〔註39〕《珂集》，卷之二十四〈寄八舅〉，頁1023。此外，〈答李布政夢白〉，頁1039
　　　　等，當時的尺牘皆表達了這種思想。
〔註40〕同註28。
〔註41〕語出《遊居柿錄》卷之四，第二十三則，頁1185。
〔註42〕不願為縣令，是晚明仕人共有的心態。可參吳智和，〈明代的縣令〉，《明史研
　　　　究專刊》第一期，大立出版社，1978年8月。
〔註43〕《珂集》，卷之二十五〈答錢受之〉，頁1072。
〔註44〕同前註，〈答韓求仲〉，頁1067。
〔註45〕同註43，〈與四弟五弟〉，頁1069。

昔日交遊一一辭世，此時來往較密切的，便是錢謙益和一些舊識，如潘之恆（字景升）、丘坦、秦京、郝公琰、李夢白等人和任職後的新知及晚輩門生了，而這些人，很多也是所謂「竟陵派」鍾惺、譚元春共同的朋友〔註 46〕，彼此在詩文的酬唱切磋下，對於袁中道文學主張後來轉向修正，應該是互有影響的。

至於袁中道的個性或性情，有點複雜，也有點矛盾。李卓吾曾說他「最是謹慎周密，其風顛放浪，都是裝成」〔註 47〕，這種說法是有幾分道理的，正因為謹慎周密的個性，中道在修道方面，比仲兄更重戒律上的修持，而他的文學主張也來得較平允（詳第四章）。中道的風顛放浪，一方面固然是年少輕狂使然，但是不得志於時，也是重要的原因之一。

此外，中道早年自視甚高，不屑與凡人遊，而萬曆三十一年的體悟是「與其捨塵勞求淨業，不若即塵勞為淨業」，而萬曆三十九年給祈年的信中，又認為自己「賦性坦直，不便忍嘿，與世人久處，必招愆尤」，所以適合山居，且不願與「凡鳥」同群，「不隨隊逐群，自取羞辱」〔註 48〕這種退離的態度，和先前有別。此外，本已決意山居棲隱，萬曆四十三年卻又進京趕考，這些現象若不視為矛盾，只能說是當下情境不同，反應和抉擇自然有別，加上人的思想常有多面性和轉變性，前後思想不同，也不一定是矛不矛盾的問題。無論如何，至少袁中道在作品當中，是很真實地呈現出自己的思想與觀點。

若不深究思想和內在因素，綜觀中道文名早著，功名晚就的一生，年少時行為孟浪，以豪傑自命，儼然是一個風流才子。後來，經過人事的歷鍊與科場上的不斷受挫，中年的思想和行為趨向修持和悟理兼重。不過這個階段的中道，除了讀書外，和友人遊山玩水，談禪論學，品茗賞畫……，是頗有名士風範的。而晚年親友一一凋零，人生無常，促使中道參禪學佛日深，守戒念佛益勤，已經是一個護持有力，通懷樂善〔註 49〕的居士了，所以臨終前「鼻垂玉筋，以為禪定」〔註 50〕的說法會流傳於世。而續藏經的居士傳，也

〔註 46〕如錢謙益和鍾惺是同年進士；《列朝詩集小傳》也提及彼此有交情。而蔡復一和袁中道亦有書信往來。其餘見張瑞華，《鍾惺及其文學批評研究》，第二章〈鍾惺師友考〉（東吳大學中國文學研究所碩士論文，民國 72 年）。

〔註 47〕見《珂集》，附錄二〈柞林紀譚〉，頁 1481。

〔註 48〕《珂集》，卷之二十四〈寄六任〉，頁 1016。

〔註 49〕錢謙益語，見《列朝詩集小傳》，丁集中，〈袁儀制中道〉，頁 569。

〔註 50〕清周承弼等修，王慰等纂，《公安縣志》（台北：成文出版社，1970 年 4 月），頁 646。

爲他立了傳。

　　袁中道的一生，不論是早年的任俠行徑或中年的名士風範或晚年的吏隱、居士生活，在思想和行爲上可說皆帶有晚明濃厚的時代特色，是一個十分典型的「晚明文人」。

第二節　袁中道的著作

　　袁中道是三袁之中，年壽較長，著作最多的一位。根據宏道及中道本身的自述，可以約略知道他歷來的著作與刊刻的情形。

　　中道作品，刊刻行世，最早是宏道於萬曆二十四年，在吳縣爲他所刻的詩集。宏道在〈敘小修詩〉中云：

> 弟小修詩，散佚者多矣，存者僅此耳。余懼其復逸也，故刻之。
> 〔註51〕

但此本詩集，未知卷數，今不見傳本。此後，中道詩文，多半自刻。萬曆三十五年，中道入京應禮部會試後落選，至河北漁陽，在蹇理庵太保幕府作客，之後有《漁陽集》、《篔簹集》刊刻行世〔註52〕。只是後世亦皆未得一見。

　　萬曆四十二年，中道一病幾殆，病中董理舊作，發現多有遺亡〔註53〕，「敝履遺簪，不忍棄去」〔註54〕所以將作品付之梓人，刊刻了《珂雪齋近集》〔註55〕。刊成之後，袁中道對於《近集》的內容不甚滿意，在給錢謙益的信中提到：

> 弟前歲一病幾殆，故取近作壽之於梓，名爲《珂雪齋集》。蓋弟有齋名珂雪，取觀經「觀如來白毫相如珂雪」意也。近轉覺其冗濫，不欲流通，正思取一生詩文之精警者，合爲一集。時方令人抄寫，完後當寄一帙受之，爲我序而傳之可也。日記係另一書，目下亦未可

〔註51〕《袁宏道集箋校》，卷四，頁187。
〔註52〕參《珂集》，《遊居柿錄》卷之一，第十二則，頁1107。
〔註53〕見《珂集》，卷之二十四〈答蔡觀察元履〉，頁1044。此外，中道作品的確遺佚很多，如萬曆三十五年所寫的〈虛閒齋剩語〉四卷，今皆未傳。見《珂集》，卷之二十三〈報二兄〉，頁994。
〔註54〕參《珂集》，卷之二十四〈答王章甫〉，頁1048。
〔註55〕參《珂集》，《遊居柿錄》卷之九，頁1321。第八十七則「經始刻珂雪齋近集」。

出耳。〔註56〕

從「不能忘情于過雁之一唳」〔註57〕，到「思取一生詩文之精警者，合爲一集」，這種觀念上的改變，可能受到當時文風和竟陵派的影響〔註58〕。新刊刻的集子，應當就是萬曆四十六年，中道在新安刊刻的《珂集齋前集》，在新安時，中道也刊刻了《珂雪齋外集》。〔註59〕

最後，便是天啓二年刊刻的《珂雪齋集選》。此外，中道在給友人的信中，曾經提及有「素史二冊，極可觀」〔註60〕及「卓譚」〔註61〕等著作，不知所指爲何？

以下擬將中道的著作，分成（一）現在可見的版本，（二）見載於其它書籍者，（三）只見存目者，幾個部份，加以論述。

第一部份——現在可見的版本

（一）《珂雪齋近集》

1. 明末書林唐國達刊本，十卷，附袁祈年詩一卷。（中央圖書館藏，微卷 13025）

此爲傳世中道詩文集，現今所見最早的刊本。前無序文，刻成年月不詳。而根據《遊居柿錄》（詳後）的記載，萬曆四十二年「經始刻珂雪齋近集」〔註62〕，萬曆四十六年「珂雪齋近集已刻成，凡二十四卷，刻工頗精」〔註63〕，一般便認爲《近集》刻成於萬曆四十六年〔註64〕。但根據中道本人

〔註56〕見《珂集》，卷之二十五〈答錢受之〉，頁1073。此外，另一封〈與錢受之〉信中，也是到類似的說法：「往病中恐不復活，故以近日詩文入梓，及梓成而病愈。至今日看之，覺出得稍早，意更欲秘藏。」見頁1103。

〔註57〕參《珂集》，卷之二十四〈寄王勁之〉，頁1052。

〔註58〕關於中道對作品刊刻精選與否的見解，詳第四章第三節。

〔註59〕中道在〈答方駕部〉信中提及：「弟居新安，鹿鹿無善狀，惟將從前綺語盡災之木。念散履遺籫，何足爲重，但念吾輩以此爲業，收之成帙，自無散失，庶了卻一段牽纏因緣耳。」（《珂雪》，卷之二十五，頁1100）。此外〈珂雪齋集選序〉中也提及「予詩文若干卷，外集若干卷，刻於新安」。（《珂集》，頁23）除了《前集》、《外集》外，中道的《新安集》（詳後）可能在這之後，《集選》之前刊行。

〔註60〕同註54，頁1049。

〔註61〕見《珂集》，卷之二十五〈答陶不退〉，頁1070。提到「所云卓譚，楊修齡取去發刻，早晚刻成，當寄一帙。如不刻，俟少暇令人取原本抄來奉覽。」

〔註62〕同註55。

〔註63〕《珂集》，《遊居柿錄》卷之十三，第八十八則，頁1413。

的說法，是預訂萬曆四十三年可以刻成的〔註 65〕，而且如前引文，袁中道在萬曆四十四年給錢謙益的信中，提到了對《近集》不太滿意的看法，可見《近集》應當在萬曆四十四年之前便已經刻成〔註 66〕。而且二十四卷和十卷差距頗大，因此，《遊居柿錄》卷十三提到的珂雪齋「近集」，應該是「前集」之誤。〔註 67〕

今考《近集》中中道的作品，多半是萬曆三十六到四十三年之作〔註 68〕。它的編排方式是：卷一、卷二爲詩；卷三至卷十爲文。卷十一附袁祈年〔註 69〕詩一卷。

2. 台灣偉文圖書公司，1976 年影印本。

此版本乃偉文根據前述中央圖書館所藏「明末書林唐國達刊本」，所影印出版的。分上、下二冊。

3. 大陸中央書店，1936 年重新排印，六卷本。

此爲襟霞閣主人所編次。前附「著者略歷」，《公安縣志・袁小修傳》及續溪章衣萍 1935 年所寫的〈珂雪齋近集序〉。1982 年，上海書店「根據中央書店 1936 年版紙型重印」發行。

章氏在序中云：「此集共二十四卷，爲袁中道之原刊本無疑。」又云：

〔註 64〕 如吳武雄便認爲「此集（近集）爲割裂前集所成」如此和前集序及中道在其他書信中的說法，便有矛盾。參《公安派及其著述考》（東吳大學中文研究所碩士論文，民國 70 年），頁 82。

〔註 65〕 如萬曆四十二年底，中道在〈答王章甫〉信中云：「新刻詩二卷，附寄覽，此集共十餘卷，今尚在校刻。……六月中可畢功，當附便羽寄入京華也。」（《珂集》，卷之二十四，頁 1049）又如萬曆四十三年〈寄王勁之〉信中云：「弟去歲（萬曆四十二年）一病幾危，至今歲始大瘥。……今將已刻者四卷寄覽，至秋場時當卒業矣。」（出處同註 57）

〔註 66〕 錢伯城認爲，據所附祈年詩〈偶成〉有句云「予今二十五」，按袁祈年（中道子，出繼與兄宗道者）生于萬曆二十一年，則當時應爲萬曆四十五年，此本或刻于是年。錢氏的說法，也是可以參考的。總之《近集》應在《前集》之前刊成。（見《珂雪齋集》（詳後）所附〈珂雪齋集版本及校點說明〉，頁 15。另外偶成一詩，見頁 1466）。

〔註 67〕 錢伯城亦如是主張（同前註，頁 15）。關於《近集》的卷數，中道曾經提及「此集共十餘卷」（出處同註 65），但是，萬曆四十三年〈答李夢白布政〉信中又言「弟刻近稿凡二十餘卷，今已近半」（《珂集》，卷之二十五，頁 1159），此處所云「近稿凡二十餘卷」不知作何解釋？

〔註 68〕 其中〈鄴城道中〉十首，應是萬曆三十四年赴京途中所作。（《珂集》，卷之四，頁 174～177）

〔註 69〕 其中包括〈楚狂之歌〉、〈小袁幼稿〉、〈近遊草〉、〈德山雜詠〉四部分。

《近集》原目，本來「詩」在前，「遊記」「尺牘」在後，今重印時
略爲改編，訂成上下二冊，上冊將遊記六卷合爲一卷，尺牘六卷合
爲一卷；下冊將文鈔四卷合爲一卷，詩集六卷合爲一卷，附錄〈小
袁幼稿〉一卷，〈楚狂之歌〉一卷，由二十四卷縮爲六卷，以清眉目，
俾便瀏覽，總之袁小修作品，此爲最全足本。

今考上海書店重印本之內容，除了編排方式不同外，和今所見《珂雪齋近集》
十卷本相同，不知其所根據的「原二十四卷本」，究竟爲何？此外，章氏所云
中道作品，「此爲最全足本」，應是未見《珂雪齋前集》，《珂雪齋集選》而有
之議論，徒增後人疑惑。

（二）《珂雪齋前集》

1.明萬曆四十六年新安刊本，二十四卷。（中央圖書館藏，微卷 13021）

根據集中中道自序後的題記「萬曆戊午五月午日，鳬隱居士袁中道書於
新安郡校之臥雪齋」，可知是萬曆四十六年刻成的。此外，這個版本，在每頁
邊上另有「珂雪齋集」的字樣。取名「珂雪齋集」的因由，如前所述，中道
「有齋名珂雪，取觀經『觀如來白毫相如珂雪』意也」〔註70〕。名爲《近集》
乃指所收爲萬曆三十六至四十三的近作而言。此名爲《前集》，錢伯城認爲，
實即「全集」〔註71〕。袁中道在《前集》自序中也提及他刊刻前集的動機心
態。他說：

文章之道，已憎人愛，已愛人憎。箕畢殊好，未能自定。故賅而梓
之，亦不敢有去取也。

又云：

然則此之梓也，豈欲流通，妄冀有述，聊以結向者修詞之局，以存
過雁之一唳，而使後來不復措意此道已爾。〔註72〕

這種總結向來作品，「賅而梓之」的說法，和先前（萬曆四十四年）所言「思
取一生詩文之精警者，合爲一集」〔註73〕有所出入。今考《前集》內容，多
爲萬曆二十年以來至萬曆四十六年之作，和《近集》重疊的部分（萬曆三十
六～四十三年），差距不大，但不知萬曆三十六年以前的舊作，收錄情形如何？

〔註70〕同註56。
〔註71〕同註66，頁15。
〔註72〕以上兩段引文見《珂集》，頁20～21。
〔註73〕參註56、註58。

所以很難論定「前集」即「全集」之意，不過可以肯定的是，《前集》所收的詩文（指萬曆四十六年之前），是現今所見中道集子中，較全的本子。

這個刊本的編排方式是：卷一到卷八爲詩，卷九至卷二十四爲文。

2. 台灣偉文圖書公司，1976 年影印本。

此版本乃偉文根據前述中央圖書館所藏「明萬曆四十六年新安刊本」，所影印出版的，分上、中、下三冊。

（三）《珂雪齋集選》

1. 明天啟二年汪惟修等刊本，二十四卷。（中央圖書館藏，微卷 13022）

這個刊本，前有李維楨的〈珂雪齋集序〉〔註74〕，及中道本人的〈珂雪齋集選序〉並附錄了萬曆四十六年的〈珂雪齋前集序〉。根據《集選》自序後面的題記「天啓二年重九日，凫隱袁中道撰」，知是刻於天啓二年。

根據《集選》自序云：

> 予詩文若干卷，外集若干卷，刻於新安。後官太學博士，攜之而北。
> 及改南儀曹，遂留京師。已付友人汪惟修南歸舟中，不意行至河西
> 務，偶有火變，板遂燼。又一年，惟修與友人刻予所選詩若干卷，
> 且成，問序於予。……予姑聽其流布焉，而并爲之序。

由上述引文可知《集選》是中道的友人與門生替他刊刻的，內容爲中道自選〔註75〕。可能是因爲在新安所刻的「詩文若干卷」〔註76〕板遭祝融所燼，所以又刊刻了這個本子。

今考《集選》的內容，係就《前集》的基礎加以增刪。增加的部分爲萬曆四十六年之後的新作。《集選》的內容和編排方式與《前集》差別不大。（增刪的比例參後附之表格）卷一至卷七爲詩，卷八至卷二十四爲文。

〔註74〕按中央圖書館藏有《珂雪齋集選》二部，同爲「明天啓二年刊本」，編號爲13022 及 13023，但是其中編號爲 13022 者，前面不見李維楨之序。偉文圖書公司即據此部加以影印，所以也未見李維楨之序。此外中央圖書館所拍製的微卷同樣以編號 13022 爲依據，所以李氏此序，一般不易見到。

〔註75〕見《珂集》，頁 23。
此外，就〈集選序〉而言，這個序文似乎是爲了「惟修與友人刻予所選詩若干卷，且成」而寫的，而且全文皆是針對「詩」而發的議論，不知是否以詩含蓋文章。

〔註76〕在新安所刻的「詩文若干卷」可能是指《前集》，也可能是指《新安集》（詳後），因證據不足，無法定論。

2. 《珂雪齋文集》（《袁小修文集》），《珂雪齋詩集》（《袁小修詩集》），
   上海雜誌公司，1936 年出版。（筆者未見）

收錄在《中國文學珍本叢書》（施蟄存輯，錢杏邨校點）中。按《袁小修文集》與《袁小修詩集》即根據前述《珂雪齋集選》，加以點校排印的。〔註 77〕

根據錢伯城的說法，長期以來，流傳最廣的小修詩文集，便是上海雜誌公司出版的《中國文學珍本叢書》中的校點排印本。「這個排印本，所謂校點，錯誤比比皆是。尤其令人吃驚的是缺頁漏排，上下文胡亂拼湊，讀來不知所云。而後來引用者，不加細察，轉輾抄引，以訛傳訛，真是謬種流傳，誤人不淺。如《文集》中有順序編列的三篇文章：〈妙高山法寺碑〉、〈潘去華尚寶傳〉、〈吏部驗封司郎中郎先生行狀〉，卻因缺頁，被書賈拼在一起，成了〈妙高山法寺碑〉一篇文章。……而後來這個本子引用〈中郎先生行狀〉這篇文章的人，也就囫圇吞棗，在注明引文篇名時，一律題作〈妙高山法寺碑〉……。」〔註 78〕

（四）《新安集》明刊本，日本內閣文庫藏

此刊本無序文，刊刻年月不詳。但集中收錄〈珂雪齋前集序〉，可知應是《前集》之後刊刻的。

《新安集》中的作品，皆為萬曆四十五年將赴新安，及後來任徽州府教授時所作。

其編排方式分為乾、坤兩部分。乾集收有詩九十七首，文十篇。坤集則為文十六篇。

這個刊本流傳不廣，而且集中作品幾乎全部收錄於《集選》之中。但是值得一提的是：其中坤集有三篇文章：〈秦京詩文序〉〈吳母汪碩人行狀〉及〈慈竹汪公行狀〉，現今可見的其它刊本，皆未見收錄。

以下將前述《近集》、《前集》、《新安集》與《集選》四種作品集中，所收錄作品的年代及數量，表列於後，以供參考。

〔註 77〕參陳萬益先生，《晚明性靈文學思想研究》（台灣大學中文研究所博士論文，民國 66 年），頁 146，註 81。

〔註 78〕見〈袁中道論略——為《珂雪齋集》寫的前言〉，文後之「附記」。收錄在《晚明文學革新派公安之袁研究》論文集中（華中師範大學出版社，1987 年 6 月），頁 210～211。

版　本	作品年代	體　類						備　　註
		詩	文					
			序	遊記	尺牘	傳	其它	
近　集	萬曆三十四 ～四十三年	337	228					1. 近集和前集、集選比較： 　近集比前集、集選佚出（即被刪） 　詩 1 首，文 15 篇。 2. 新安集和前集、集選比較： 　(1) 新安集和前集重疊的部分有詩 　　51 首，文 5 篇。 　(2) 新安集和集選重疊的部分有詩 　　95 首，文 23 篇。即新安集佚出 　　詩一文三。 3. 集選和前集比較： 　(1) 集選刪了前集： 　　詩 105 首，約占前集的 1/12。 　　文 45 篇，約占前集的 1/11。 　(2) 集選比前集增加了（萬曆四十 　　六年以後）詩 59 首，文 64 篇。 ＊ 號表約略之意，因其確切年代不易 　考定。
			18	79	89	7	35	
前　集	萬曆*二十 ～四十六年	1337	490					
			60	118	189	12	111	
新安集	萬曆四十五 ～四十七年	96	26					
			13	7	×	×	6	
集　選	萬曆*二十 ～四十八年 及部分天啓 年間作品	1255	511					
			72	118	170	14	137	

（五）珂雪齋外集

1.《珂雪齋外集遊居柿錄》十三卷，明天啓四年刊本。（復旦大學圖書館藏）〔註79〕

此刻本無序跋，但卷三、卷八及卷十一之後，分別有「天啓甲子上元前三日」、「天啓甲子元宵後一日」及「天啓甲子上元後四日」「夏大鵬校于承恩禪寺」的附記，所以可以肯定是天啓四年的刻本。應該是《集選序》中提到「外集若干卷，刻于新安」，板被燬之後，另外再刻印的本子。

《遊居柿錄》的內容，是中道萬曆三十六年十月初一到萬曆四十六年十一月二十八日約十年間的日記〔註80〕，記載其家居出遊，見聞瑣事等。雖然不是逐日記載，但大部分有年月可尋。除了萬曆三十七年、三十八年，事蹟較多，各分為兩卷外，其餘皆採一年一卷的編排方式。中道的《遊居柿錄》是晚明日記體的代表作之一，同時，也是研究公安派作家生活背景的重要參

〔註79〕參錢伯城之說法，得知該校藏有十三卷本的《遊居柿錄》（同註66，頁17）。
〔註80〕即萬曆四十四年〈答錢受之〉中云「日記係另一書，目下亦未可出耳」（出處見註56）所提之日記。

考資料。關於它的特色和價值，請參考後文。

根據沈啓无在〈珂雪齋外集遊居柿錄〉一文中的說法，遊居柿錄的「柿」是「杮」字之誤，「杮」音肺，中道用此字作書名，大約是取其瑣屑之意。此外，根據沈氏的說法，得知遊居柿錄尚有十一卷，十二卷本傳世〔註81〕現在可以肯定的是十一、十二、十三卷本的差異在結束的年代不同，分別止於萬曆四十四、四十五和四十六年。而錢伯城也認爲此書應有萬曆刻本，未見，後世流傳的十二卷鈔本，可能便是從萬曆本傳錄的，因爲第十二卷是中道在新安任徽州府教授的紀事，萬曆本尚未及刻入。根據中道的習慣，常是在作品刊刻完成部分後，便寄給友人指正，所以錢氏的推論是可以採信的。至於《公安縣志》所云中道作品有「遊居柿錄二十卷」〔註82〕，則不知作何解釋。

2.《珂雪齋外集》十五卷，日本江戶寫本。（日本内閣文庫藏）

這個鈔本的十一卷，和前面提到的十三卷本《遊居柿錄》的前十一卷，內容和編排方式完全相同。但是卷十二至卷十五的內容則完全不同。不知這個本子是根據那個版本鈔寫的，和在新安被焚燬的「外集若干卷」之間的異同爲何？因爲這個鈔本的後半部分，一般不容易見到〔註83〕，所以後文略加介紹。

(1) 卷十二爲〈籜錄〉。乃中道在萬曆四十二年，病中一年「胸臆中緊切學問語」之記載。因最初隨書於篔簹谷中之「蛻籜」上，所以稱之爲〈籜錄〉。內容分學語和禪語二部分，可以說是中道修道過程中的體會。可以作爲研究中道思想的參考資料。

〔註81〕見〈珂雪齋外集遊居柿錄〉，《人間世》第三十一期（1935 年 7 月 5 日），頁23。

陳萬益先生認爲「杮」，亦作「柿」。削樹木之皮也，猶今言鉋花。此字寫法與作水果名的「柿」不同。「柿錄」謙稱所錄皆無用之物，猶今人著述之稱「竹頭木屑集」也。（《性靈之聲》，台灣時報文化出版公司，1983 年 11 月，頁 153）此外，錢伯城認爲，書名「柿錄」不經見，按「杮」同「柹」，木片，柿錄實札記別稱。（見註 66，頁 16）

〔註82〕見清周承弼等修王慰等纂（成文出版社，1937 年），頁 646。

〔註83〕沈啓无曾略加介紹（但未及親見）（出處同註81）後來提及此版本者，皆引沈氏之簡介。如入矢義高，〈公安三袁著作表〉，《支那學》十卷一期（1940年 12 月），頁 184～186。又如吳武雄，《公安派及其著述考》（同註64），頁82。

（2）卷十三爲〈師友見聞語〉，亦是萬曆四十二年之作品，中道在病中一年，擔心一旦辭世，生平「所晤賢人君子嘉言善行理宜闡揚者」，不能流傳於後世，所以將它們整理出來，付諸刊刻。這個部分雖然很多散見於中道的其他作品當中，但仍保留了許多李卓吾、袁宏道等人的生平事蹟與言行的相關資料，頗有參考價值。

（3）卷十四爲〈拈史語〉，著作年代不詳。是中道讀史的筆記與心得，不知和先前提及的〈素史〉關係如何？〔註84〕

（4）卷十五爲〈拾遺〉。有〈柞林紀譚〉、〈病中紀事〉、〈代少年書〉、〈紀夢〉等四篇文章。

〈柞林紀譚〉，是萬曆十八年，三袁初次拜訪李卓吾時，論學的記錄。本來已經散佚，萬曆四十三年，中道在北京復見〔註85〕，這篇文章是研究李贄與三袁關係的重要資料。

〈病中紀事〉，實際上應該有〈病紀〉、〈貧紀〉、〈東（遠）遊〉三紀。但中道後來在漢陽友人王章甫家看到的鈔本，僅有〈病紀〉及〈東遊〉二紀的主要部分。現今所見的江戶寫本，其中的文字，乃中道據當時所見殘文，再加上數語，言其始末而成，實際年代不詳。其中〈病紀〉記載了萬曆二十年，中道獨訪李卓吾時，病臥武昌城之事。而〈東遊〉部分，是萬曆二十一年，三袁再度拜訪李卓吾的實錄。這兩篇文章，對於研究三袁年少時的行爲舉止、性情及三袁與李卓吾契合的關係，頗有助益。

〈代少年書〉，乃萬曆二十五年冬，客居金陵時，代一狎妓少年爲文，向其兄謝罪，結果取得圓滿結果的作品，中道於萬曆三十八年重新加以謄錄傳世。從此篇文章和上述〈病紀〉、〈東遊〉中，很可以感受到中道早年情感豐富眞切，行文的確如水東注〔註86〕，一任筆端之渲洩。這類舊作，可能便是中道日後深感「發揮有餘，陶鍊不足」〔註87〕的所在。

〈紀夢〉，爲萬曆四十二年所作，記錄一個頗富宗教色彩的夢境，應是中道晚年學佛修道日益精深的反應。後來《續藏經》的居士傳中，中道的傳記部分，主要便是轉述這個夢境。

〔註84〕同註60。

〔註85〕見《珂集》，《遊居柿錄》卷之十，第一五四則，頁1352。

〔註86〕見《袁宏道集箋校》，卷四〈敘小修詩〉，頁187。

〔註87〕參《珂集》，卷之二十五〈答畢直指東郊〉，頁1092。

3. 《袁小修日記》，阿英校點，上海雜誌公司，1935 年排印本。（筆者未見）

根據錢伯城的說法，此書即根據上述「天啓四年，十三卷本的《珂雪齋外集遊居柿錄》，加以重新排印改名爲《袁小修日記》〔註88〕。不分卷，而以中文數字編號，共計一五七二則。」

4. 《袁小修日記遊居柿錄》，台北書局，1956 年影印本。

此書乃根據上述上海雜誌公司印行的《袁小修日記》影印出版。前附1936 年 3 月「儲里大蹉跎生」之序。

5. 《遊居柿錄》，台北：新興書局，1976 年重新排印本，收在《筆記小說大觀》第七編第二冊。

此本的編排方式，完全按照《袁小修日記》的編排方式。

（六）《珂雪齋集》錢伯城點校本。（上海古籍出版社，1989 年出版）

根據錢伯城在（珂雪齋集版本及校點說明）中，得知錢氏編輯校點是書，彙合了《近集》、《前集》（台灣偉文影印本）、《集選》（上海圖書公司）、《遊居柿錄》（復旦大學圖書館）等四種版本，而以《前集》作爲底本，合編爲《珂雪齋集》。卷之一至八爲詩，卷之九至二十二爲文，卷之二十三至二十五爲書牘；遊居柿錄十三卷；附錄一爲袁祈年詩。附錄二爲載於《李溫陵外紀》的〈柞林紀譚〉。全書正文三十八卷，附錄二卷，共四十卷。另有前言和部分書影。全書共分上、中、下三冊。

錢氏的本子，基本上不作校記。但各本間有異文，涉及整句整段文字改易，顯示作者前後修改痕跡者，則加以列出〔註89〕，另外也逕自改正了一些錯字。至於《遊居柿錄》的編排方式，兼採數字編號（改成阿拉伯數字），與分十三卷，每卷編號自爲起迄，甚便檢索。

錢氏的點校本，是目前最方便閱讀、參考的本子，也是收集中道作品較完備的集子，但是稱不上全本，因爲前述《新安集》、《珂雪齋外集》十五卷本，錢氏皆未及參考，而在點校方面，不如《袁宏道集箋校》的成績。〔註90〕

〔註88〕同註 66，頁 16。
〔註89〕至於〈花雪賦引〉，《近集》的選文和《前集》、《集選》不同，錢氏未及注意。
〔註90〕錢氏另外點校了袁宗道的《白蘇齋類集》。有關三袁的作品集中，錢氏對於《袁宏道集箋校》所下功夫最深，舉凡詩文繫年，人物考證等均十分詳細，

（七）《舌華錄》九卷，明曹臣（蓋之）編撰，袁中道評點，明萬曆末年原刊本。（中央圖書館藏）

《舌華錄》一書的性質是：編撰者曹臣從經史諸子百家中，摘錄其間的妙語，分成「慧、名、狂、豪、傲、冷、諧、謔、清、韻、俊、諷、譏、憤、辯、穎、澆、淒」等十八類，編爲九卷。書成之後，透過郝公琰，請中道加以評點，但確切年代不詳。不過原刊本前，除了袁中道的序文外，尚有萬曆四十三年潘之恆的序，可知中道的評點在此之前。而中道在序文中提到「今春一病柳浪館上」，按萬曆四十二年，中道自春至秋，病了幾乎一年，《舌華錄》的評點，可能便是是年之作〔註91〕。因在病中，時間又短促，所以，除了略作分類上的調整外，評語非常簡略。但透過這個本子的編撰與評點，可以印證晚明清言集之編纂與評點風氣之盛。

（八）《霞房搜異》二卷，明袁中道評選，明刊本。（日本內閣文庫藏）

此刊本前有黃道周的序，及丁卯（天啓七年，1627）秋喬雲將的跋，與袁中道的凡例。是書搜集了自黃帝至趙宋共五十條奇人異事，每條有中道的眉批與總評。「霞房」是中道書齋名，中道讀書其間，將書中所見之異聞錄之成冊，意欲刊刻行世，以享同好，由於數量過多，所以將其中粗俗或荒誕不經者加以刪汰，至於一般常見的異聞，除非特別怪異，否則亦不取。中道在凡例中指出所評選者：

> 其間成敗之機，死生離合之關，幽顯神鬼之理，歡愉悲感之懷，忠憤讒諛之行，悟澹者超，嗜慾者溺，雖云迥異靡非世有，孰謂不可以興，不可以觀，不可以群，不可以怨乎？

就「興、觀、群、怨」審美的功用而言，中道認爲這類足以使人驚異、「反經」之奇聞，對於世道人心不無小補。

袁中道讀書常有選書抄書的習慣〔註92〕，以爲不如是，泛泛讀書，難有頭緒。他的《助道品》、《傳心篇》、《苦海》等選書之作〔註93〕，各有不同的

對於研究三袁共同的師友，和三袁事蹟等頗有助益。

〔註91〕只是中道病中多半在自己萬曆四十一年新購的「雷氏宅」中或舊居「篔簹谷」中養病，而非宏道生前所經營的「柳浪館」中，不知是否另有所指。

〔註92〕見《珂集》，卷三十三〈東遊記〉十七，頁579；及卷之十〈劉性之孝廉序〉，頁476。

〔註93〕以上選書之作，今皆不傳。至於其內容可見：〈助道品序〉、〈傳心篇序〉、〈苦海序〉（《珂集》，卷之十），頁455、461、473。

性質，可見中道讀書之博雜，或「唐文梵策，正史稗冊」〔註94〕，或「古今詩篇」等〔註95〕，不一而足，這類選書，可說是中道讀書應付科考之餘，較爲適情任性之作，而《霞房搜異》一書，正是中道晚年閒靜閱書度日時，「搜異」之作。

※《孔聖通考》五卷，明袁中道編，明刊本。（日本內閣文庫藏）

此刊本共分三冊五本（卷），內容主要是考證孔子，及孔門諸賢與後儒的生平事蹟。吳武雄在所撰《公安派及其著述考》中，根據日本內閣文庫漢籍分類目錄史傳經類，頁89的著錄，視《孔聖通考》爲公安袁中道所編。〔註96〕

但是，依據書前王錫爵的〈孔聖通考序〉所言，作者是他的門生「員融」，曾應丙子（萬曆二年，1576）科考，加上是書凡例部分署名「閩建郡袁中道編次」，因此，《孔聖通考》一書，應非湖廣公安的袁中道（1570～1626）所編。

第二部分──中道作品部分收錄保存於其他書籍中者

（一）《翠娛閣評選十六家小品》三十二卷，〈袁小修先生小品二卷〉，明崇禎錢塘陸氏原刊本（中央圖書館藏）

《翠娛閣評選》又名《皇明十六家小品》。爲明陸雲龍編。中道的作品部分，爲全汝棟選、陸雲龍評，前有崇禎五年（1632）陸氏的〈袁小修先生小品弁詞〉，共選了序文、遊記、碑文、尺牘等三十八篇小品。每篇除了有眉批外，篇末還有總評，對於中道作品的欣賞頗有助益。

（二）《列朝詩集》八十一卷，丁集第十二〈袁儀制中道〉詩九十一首，錢謙益編，清初虞山毛氏汲古閣刊本（中央圖書館藏）

其它如王夫之，《明詩選評》，選錄中道作品九首；陳田，《明詩紀事》，選了十首；朱彝尊《明詩綜》，選了五首。《續說郛》收錄了〈禪門本草補〉、〈一瓢道士傳〉二文。〈出版資料詳參考書目〉

至於現代的晚明小品選集，多半也收錄了中道的作品，主要如朱劍心的

〔註94〕見〈助道品序〉，《珂集》，頁461。
〔註95〕見〈苦海序〉，《珂集》，頁473。
〔註96〕同註64，頁83。

《晚明小品選注》收了小品十四篇；施蟄存的《晚明二十家小品》，也收了十四篇；沈啟无的《近代散文鈔》（即《冰雪小品選》、《古今抒情文選》）也收了十五篇。（出版資料詳參考書目）

第三部分——中道著作，現今只見書目，未見流傳者

（一）〈輿圖考〉一卷

按：此書目見載於《千頃堂書目》（清黃虞稷撰，台灣廣文書局，1967 年 7 月），第二冊，卷六地理類上，頁 388。

（二）〈武夷圖說〉一卷

按：同上，卷八，輿地類下，頁 610。

（三）〈音注彌陀經〉二卷

按：同上，第四冊，卷十六，釋家類，頁 1188。

（四）〈禪宗正統〉一卷

按：見明史藝文志，卷九十八，志第七十四，藝文三（台灣洪氏出版社，1975 年 11 月），頁 2455。

第三章　袁中道文學主張形成的背景

第一節　序　論

　　一個文學流派的產生，往往有其特定的時空背景，公安派興起的原因，最直接的說法，就是爲了反對復古派擬古的創作主張。但是，複雜地說來，公安派這一個主張性靈的文學流派，可說是整個晚明特殊的政治、社會、經濟、思想、文化交融下的產物。

　　在政治方面，神宗皇帝的怠政，政權旁落，官僚制度癱瘓無能，外患、內亂、天災、民變交織在一起，晚明可以說是一個動盪不安的黑暗時期，但一如黃昏時，夕照的燦爛奪目，當時江南因爲紡織業的快速發展，海外貿易的頻仍，造成經濟的繁榮，一方面呈現商人構營居室，建築園林，侈食豪飲，蓄歌兒姬妾，聲色犬馬，晚明社會呈現一片驕奢淫佚的風氣。另一方面，部分的人則附和風雅，追求雅致的精神生活，所以提倡玩古董，講版刻，組文會，究音律等，促成晚明百工技藝的精良，精良的百工技藝又成爲人們所賞玩樂道之事。在這種風氣之下，書籍爲迎合大眾需要的商品，因此在文學的形成、內容和趣味上有了不同的要求。同時，印刷事業的發達，使得小說與戲曲等俗文學盛行，俗文學活潑本色的思想使得性靈思想得到新生的力量，直接、間接地影響到公安派文學的主張。

　　此外，明代的書畫和園林藝術有很高的成就，書畫理論和文學理論結合，園林藝術提供文人創作和評論的審美角度。晚明整個社會文化背景，可說是利於一種異於傳統，具有個性的文學流派之產生，而明人好結社，加上出版

業發達，使得不同的文學見解容易傳播，影響層面擴大，自然容易成派。

　　至於晚明的思想，則大抵籠罩於王門流風之中，受王畿與王艮一系的泰州學派影響最大。晚明士人多順承見在良知之說來體認良知心體，既有愚夫愚婦良知與聖人同的平等觀念，又將生活與良知之學合而爲一，特別注重良知在人倫日用上的體現，對晚明文壇甚具影響力的李贄有「童心」之說，承良知說而來，強調「絕假存眞，最初一念之本心」〔註1〕，並以眞心之言才是眞文字，此一理論影響晚明性靈文學思想甚劇，諸文人強調性靈之眞，可說是童心、眞心說的迴響，肯定個人創作能力與自由。

　　孔子極力辨明君子小人，中道與鄉愿的分際，主張與其成爲鄉愿，不如爲狂者狷者。王陽明悟致良知後，自覺有狂者胸次〔註2〕。王門弟子尤其是泰州學派多繼承了這分狂者胸次，並影響晚明很多狂狷之士，力斥鄉愿作風，表現在文學上，一則激湧文學觀念的相互辯難，有較深刻的進展，二則將狂狷鄉愿之辨引申到文學創作的眞僞之辨〔註3〕，公安派論人論文的觀點，正是承襲自此。

　　此外，晚明盛行三教合一的思想，王門後學對三教合一思想多抱持贊同的態度。士大夫除習儒業外，兼修二氏之學，援引佛老印證儒學的風氣也流行一時。諸如管志道（東溟）、焦竑、李卓吾、三袁本身、陶望齡等人，皆持三教合一的思想〔註4〕。暫且不論每個人三教思想比重的異同和義理詮解上的出入，這種思想雜揉儒、釋、道的時代思潮，反映在他們日常生活上的表現便是：時相聚會談禪論學，如蒲桃社的聚會〔註5〕，而個人則時做儒家內省和佛老修持的功夫，在修持與頓悟之間尋求出路，這種對心性之學的參求，使得文士傾向閱藏習靜，接近山水、刹宇，對於性靈文學的創作與主張，有一

〔註1〕見《焚書》，卷三〈童心說〉（台北：漢京文化公司，1984年5月），頁98。
〔註2〕見《傳習錄》，下卷（台北：金楓出版社，1987年3月），第六十四則，頁218。
〔註3〕參曹淑娟，《晚明性靈小品研究》（台北：文津出版社，1988年7月），頁142。
〔註4〕關於這些人三教會合的思想，可參曹淑娟，《晚明性靈小品研究》第三章第三節丙〈三教思想的會合〉，頁127～134。以及柳秀英，《陶望齡文學思想研究》，第二章第二節〈三教問題與陶望齡的三教觀〉（國立高雄師範學院國文研究所碩士論文，民國78年），頁82～91。
〔註5〕見《珂集》，卷之十七〈石浦先生傳〉，頁709。蒲桃社是萬曆二十六年，三袁與潘士藻、黃輝、陶望齡、顧天峻、李騰芳、吳用先、蘇惟霖等人共同組成，除了談論詩文外，亦談及政治、學術思想等。

定的影響。

　　以上是晚明時代背景的大致情形，因爲歷來研究晚明性靈文學思想、泰州學派、公安派、晚明小品、晚明文人生活等的論著，對於晚明這個特殊的時空背景，論之甚詳，本文不再贅述，只作簡單的交待。至於本章的重點，則擺在幾個對袁中道的文學主張有直接影響的人物身上，尤其著重他們的文學觀點上。因爲李卓吾這一晚明思想的導師〔註6〕，和公安三袁有深厚的情誼，對公安派影響深遠，而袁中道的〈柞林紀譚〉和〈李溫陵傳〉是研究李卓吾和公安派關係的重要資料，所以本章特立一節，就袁中道的觀點和角度來探討李卓吾對公安派的啓發。

　　此外，對袁中道的文學主張之形成，影響最直接的，便是他的兩位兄長袁宗道與袁宏道，旁及三袁的師友，如焦竑、湯顯祖、陶望齡、江進之等，這是第二節要論述的重點。

　　最後，便是袁中道提出修正主張的文學背景，一如七子末流弊端叢生之際，復古派本身如屠隆（1542～1605）及李維楨（1547～1656）〔註7〕等人，在理論上作了若干的修正，有調和折衷七子與公安的傾向。袁中道年壽長於二位兄長，是公安派盛行時的健將之一，同時目睹了公安派末期，因過份強調性靈，矯枉過正，導致文壇呈現一片俚俗率易之風的現象。針對公安末流之弊與時人的批評，他除了替亡兄袁宏道辯解外，在理論上也作了修正，是有功於文壇與公安派的，本節所要論述的便是公安末流所呈現的具體面貌，與時人的批評，藉以突出袁中道置身其間的立場。

第二節　李卓吾的影響

　　李贄（1527～1603），生平字號甚多，卓吾、溫陵、宏甫、禿翁、龍湖叟等，皆爲其稱號，而時人或稱其爲「李長者」、「李老子」或「柞林叟」。因受陽明一派王畿、王艮學說的影響，思想自由解放，富衝抉世網的精神。李

〔註6〕見陳萬益先生，《晚明性靈文學思想研究》（台灣大學中文研究所博士論文，民國66年），頁23。

〔註7〕關於屠隆與李維楨的文學主張，可參郭紹虞，《中國文學批評史》下卷，第二篇〈明代〉、第三章第三節〈後七子派之詩論〉（文史哲出版社，1988年4月）。另外周志文著有《屠隆文學思想研究》（台灣大學中文研究所博士論文，民國70年），可參。

卓吾在當世，便是一個頗具爭議性的人物：焦竑推尊他爲聖人，沈德符將他與達觀眞可並列爲「二大教主」、二大「導師」〔註8〕，道學家卻視他爲妖人，爲左道惑眾，他的一生，至今仍難論定。不過，他的思想影響了晚明性靈文學的興盛，尤其是直接啓發了公安派，這已是不容置疑的事實。錢謙益曾云：

> 萬曆之季，海內皆詆訾王李，以樂天子瞻爲宗。其說唱於公安袁氏中郞小修，皆李卓吾之徒，其指實自卓吾發。〔註9〕

對於李卓吾這樣一個異端人物，歷來從思想、生平、文論各種不同角度加以研究評論者甚多，而袁中道的〈李溫陵傳〉是研究者不可或缺的重要參考資料之一。但本節的重點不在探討李卓吾其人，而是希望透過袁中道的作品和角度，探討三袁和李卓吾交往的過程當中，實際上所受到的影響和啓發。因爲萬曆十八年三袁初見李卓吾時（詳後），李卓吾已經是六十四歲高齡，可說早已擁有自己獨特論人、論事、論文的見解，因此在論述彼此的互動關係之前，先概略引述李氏的文學思想，以作爲後文的引證。

首先，提到〈童心說〉〔註10〕，這篇文章可說是李卓吾思想精髓的代表，同時是涵蓋整個晚明性靈文學理論的重要文獻。〈童心說〉的理論基礎是：人人天生有一副絕假存眞的童心，只要護持得法，不失其眞，則內含章美，篤實生輝，自然而爲眞人眞文的言行。可是，原爲護持童心所作的工夫——讀書識義理——卻容易障蔽其眞，讓道理聞見入主出奴，使人成爲假人，文成爲假文，滿場是假。李卓吾所追求的童心就是孟子所追求的「放心」，可能直接導源於王陽明「致良知」的學說〔註11〕。可是，孟子、王陽明所要排除的是物慾、是私利，而李卓吾要反對的是四書文、八股文，尤其是道學家滿口仁義，言行卻不合一的時代風氣，爲了針砭這種弊端，李卓吾不惜大膽撻伐，積極主張言行相顧、人文合一的童心說；並且爲了堵塞假人的口實，他否定了六經、語、孟爲「萬世至論」的說法，他不認爲出自聖人之口即可爲永恆不變的道理。他特別強調聖人的言論是「有爲而發」、是「因病發藥」、是「隨時處方」，而後學不察，執著膚文，失其本心，迂闊懵懂，如何可與話聖人童

〔註8〕見《萬曆野獲編》，卷二十七，「二大教主條」，頁691。

〔註9〕見《牧齋初學集》，卷三十一〈陶仲璞遯園集序〉（台灣商務印書館，1975年6月），頁337。

〔註10〕見《焚書》，卷三（台北：漢京文化公司，1974年5月），頁98～99。

〔註11〕見陳萬益先生，《性靈之聲》（台北：時報文化公司，1987年元月），頁84。

心呢？由這個思想基礎所衍生的文學見解，即是求真心，做真人，寫真文，因此他對當時擬古派剽竊模擬的作品，極力批評。他說：

> 天下之至文，未有不出於童心焉者也。苟童心常存，則道理不行，
> 聞見不立，無時不文，無人不文，無一樣創制體格文字而非文者。
> 〔註12〕

這種「無時不文」的文學見解，異於復古派貴古賤今的觀點，正是後來公安派文學進化論的先聲，消弭了秦漢派、唐宋派等無謂的紛爭。而「無人不文」的主張，等於肯定了市井小民也可以發至性為至文，抬高了通俗文學的地位。至於「無一樣創制體格文字非文」的觀點，等於肯定了文學的創造性，強調作者情性的感發，自然為文，這正是公安派所謂的「獨抒性靈，不拘格套」〔註13〕。這種觀點給予作者最大的創作自由，和出自作者情性的作品最大的肯定。

其次是李卓吾特別贊賞蘇東坡其人、其文，他選評蘇文，專取可以顯現其人精神髓骨的文章，特別是世人不知不取的片言隻字。李氏認為文章的形式風格是人格自然的反映，所謂「有是格，便有是調」〔註14〕，睹文如見其人，睹人亦知其文；他說：

> 蘇長公何如人也，故其文章，自然驚天動地，世人不知，只以文章
> 稱之，不知文章直彼餘事耳。世未有其人不能卓立，而能文章垂不
> 朽者。〔註15〕

文章與人格契合為一，這是他推崇蘇軾的原因，而蘇東坡在晚明文壇地位特別高，顯然和李卓吾的推舉有關〔註16〕。而焦竑、三袁對東坡的喜愛與見解也多半受到李氏的影響。

總上所述，李氏的文學見解是：主張存童心，做真人，以為如此才能寫出天下至文。此外他認為文學是進化的，任何時代、體製皆各有擅場，不得以「時勢先後」〔註17〕論其優劣。最後，基於真與自然，他特別重視那些突

〔註12〕同註10，頁99。
〔註13〕《袁宏道集箋校》，卷四〈敘小修詩〉，頁187。
〔註14〕同註10，〈讀律膚說〉，頁133。
〔註15〕同註10，卷二〈復焦弱侯〉，頁48。
〔註16〕同註11，頁88。此外，關於蘇軾詩文在有明一代流傳的情形，可參陳萬益先生，〈蘇東坡與晚明小品〉，《晚明小品與明季文人生活》（台北：大安出版社，1988年5月），頁1～35。
〔註17〕同註10，頁99。

破「體製」和「時代」的戲曲小說，他把水滸傳、西廂曲等列爲「古今至文」〔註18〕，在當時可說是言人之所不敢言，這些都足以顯示李氏其人的特異。

萬曆十八年春，李卓吾至公安縣，止於村落野廟。袁宗道當時正冊封歸里，袁宏道也以會試下第居鄉，袁中道亦家居，三人同去拜訪「柞林叟」，交談之下，視李爲「大奇人」，袁中道將這一次拜訪、問答的內容，編纂成〈柞林紀譚〉〔註19〕。萬曆十九年，袁宏道獨自去龍湖拜訪李氏，二人大相契合，留居三月餘，殷殷不捨，後來李送袁至武昌始別〔註20〕。次年五、六月間，袁中道一人獨至武昌拜訪李氏〔註21〕。萬曆二十一年，三袁又共同至黃州龍潭問學〔註22〕。此後，李氏又開始了北遷南移的命運，在這段時期，三袁和李氏，依然保持著書信的往來，直至萬曆二十九年，李氏無端被捲入沈一貫的政爭，由於張問達的疏劾，導致以異端之罪入獄，最後自刎獄中（萬曆三十年）結束令人爭議的一生〔註23〕。李贄晚年，正逢三袁的年輕時代——可說正是人生思想啓蒙的關鍵期，以下就三袁和李氏之間，尤其是袁中道的相關詩文，論述他們當時交談、互動的關係，藉以呈現李卓吾對三袁的影響和啓發。

三袁初訪李氏，向李請益的多半是關於人物的評價及做學問修道的問題。三袁問及豪傑、俠，李氏認爲眞正豪傑難得，臨濟、德山之流及晏子、太史公可稱得上是豪傑、好漢、俠客。而王心齋、徐波石、顏山農、何心隱一派相傳，都是俠客，各有殺身不悔之氣。李氏一段話，可作爲他對泰州學派的觀感，他說：

> 波石爲左轄時，事不相干，挺然而出，遂以死，肉骨糜爛。山農以行
> 船事，爲人所恨，非羅近溪救之幾至以死，不但謫戍而已。心隱以言
> 忤人，遂死于殺人媚人之手。蓋以心齋從來氣骨高邁，亢不懼禍，
> 奮不顧身，故其兒孫都如此。所謂龍生龍子，果然非虛。〔註24〕

〔註18〕同前註。
〔註19〕見《珂集》，附錄二，頁1475～1489。
〔註20〕見《珂集》，卷之十八〈中郎先生行狀〉，頁755。
〔註21〕見《珂雪齋外集》，卷十五〈病中紀事〉，日本內閣文庫藏。
〔註22〕同前註，或註20。兩文皆提及此事。
〔註23〕關於李卓吾的死因等，可參侯外廬主編，《中國思想通史》第四卷，第二十四章第一節〈李贄生平的戰鬥歷程及其著述〉，頁1031～1048，及其他相關論文。
〔註24〕同註19，頁1483。

泰州學派的學者多半帶有豪俠的習氣，李氏欣賞推崇他們不懼禍、不怕死的精神，而他本身特異的思想行徑，和最後身死獄中的抉擇，可說也帶著濃厚的狂者、豪俠色彩。三袁關心這個問題，可知「豪傑」是晚明文人，人格形象之嚮往〔註25〕。至於學道是否要做豪傑，學道是否要根器？學道是否便能不畏生死等，也是三袁，尤其是袁宗道的疑問？因爲袁宗道此時正是由養生之學轉向心性之學，參求最精勤之時〔註26〕，關於這些問題，李氏認爲學道或學問若只在枝葉上求明白，「縱枝葉上十分明白，也只是枝葉」〔註27〕，每個人「各有一段精彩，學既成章，自然是豪傑矣，豈定有豪傑可學邪？」〔註28〕但是，豪傑雖不可強求，學道卻須有根器。此外，李氏坦誠自己學道，仍不免怕死〔註29〕，諸如這些意見上的溝通，讓三袁對李氏有深刻的感受，當眾人互評生平像何人時，袁宗道認爲李氏像老子，袁宏道認爲似李贄，袁中道則認爲「公即盜跖」〔註30〕，可說都掌握了李氏爲異人的部分特質，即有老子、盜跖的不受世俗禮法規範和李贄的骨氣〔註31〕。而李卓吾則認爲「伯修量差似黃叔度，識差如管幼安。中郎似魯國男子」〔註32〕，至於袁中道，李氏認爲小修「最是謹愼周密，其風顚放浪，都是裝成」〔註33〕，同時又具有古今豪傑所同有的俠氣〔註34〕。此外，最值得注意的是李氏評袁中道其人曰：「病處即是你好處，人無病，即是死物。」〔註35〕這個賞鑑人物的特殊觀點，可能直接影響了晚明文人「於病處見美，於疵處觀韻」品人的新觀點。〔註36〕

　　第一次的會面，彼此都留下極好的印象，袁宏道二度訪李後，大受影響，

〔註25〕關於這個問題，可參黃明理，《「晚明文人」型態之研究》（國立師範大學中文研究所碩士論文，民國78年），第四章第二節。

〔註26〕見《珂集》，卷之十七〈石浦先生傳〉，頁709。

〔註27〕同註19，頁1478。

〔註28〕同前註。

〔註29〕李卓吾當初爲了怕死而學道。（見《珂集》，卷之十七〈李溫陵傳〉，頁720）至此時（萬曆十八年）仍不能不怕死。

〔註30〕同註19，頁1481。

〔註31〕李卓吾認爲自己骨氣像李贄，然而李贄事，「我卻有極不肯做的」，出處同註19，頁1482。

〔註32〕同註19，頁1481。

〔註33〕同前註。

〔註34〕同註19，頁1482。

〔註35〕同註19，頁1488。

〔註36〕見陳萬益先生，《晚明小品與明季文人生活》，頁81。

袁中道在〈中郎先生行狀〉中，有如下的記載：

> 先生既見龍湖，始知一向掇拾陳言，株守俗見，死於古人語下，一
> 段精光，不得披露。至是浩浩焉如鴻毛之遇順風，巨魚之縱大壑。
> 能為心師，不師於心；能轉古人，不為古轉。發為語言，一一從胸
> 襟流出，蓋天蓋地，如象截急流，雷開蟄戶，浸浸乎其未有涯也。
> 〔註37〕

袁宏道日後能不計世俗之毀譽，高舉「獨抒性靈，不拘格套」之旗幟，與復
古派對抗，可以說是受到李卓吾莫大的啟示。

　　至於原本就頗有俠氣〔註38〕的袁中道，和有英雄豪傑習氣的李卓吾
〔註39〕也是十分契合，李氏曾贈詩袁宏道云：

> 誦君金屑句，執鞭亦忻慕。早得從君言，不當有老苦。〔註40〕

萬曆二十年，袁中道至武昌和李縱譚古今之後，臨別，李氏也十分不捨地說
道：

> 子之別也，無可與言者矣！夫吾言出而賢者駭，不賢者笑，非格外
> 之英雄，烏能兩相契乎！所以伯牙至死而不鼓琴也。吾老矣，有等
> 死於武昌耳，子能再訪我乎？〔註41〕

無疑地袁氏兄弟是李卓吾老年英雄孤寂，異端行徑不為世俗所容下的一大慰
藉。萬曆二十一年，三袁東遊吳越，再度共訪李氏於武昌，十日的聚會，相
談甚歡，別後袁中道有詩云：

> ……龍潭十日同笑傲，虎溪千古失風流。老去英雄轉惆悵，握手相
> 別淚相向；匹馬黃泥道上歸，青山滿目淚沾衣。……〔註42〕

可見三袁和李氏之間情誼的深厚。總而言之，萬曆二十年左右，三袁對李氏
可說幾乎是全然地傾服，除了前述袁宏道受到的影響外，袁宗道在給李氏
的尺牘中，也表達了他的傾慕。如「忽得法語，助我精進不淺」，「不佞讀他
人文字覺懣懣；讀翁片言隻語，輒精神百倍。」〔註43〕而李卓吾則讚賞袁宗

〔註37〕同註20，頁756。
〔註38〕同註19，頁1482。
〔註39〕見《珂雪齋外集》，卷十三〈師友見聞語〉。
〔註40〕同註20。
〔註41〕見《珂雪齋外集》，卷十五〈病中紀事〉。
〔註42〕《珂集》，卷之一〈大別山懷李龍湖兼呈王子〉，頁16。
〔註43〕《白蘇齋類集》，卷之十五，頁209～210。

道的「穩實」、袁宏道的「英特」〔註44〕，並且傾倒於袁中道的「八斗才」〔註45〕。但是，隨著年歲的成長，加上人生的際遇與人事的歷鍊，袁氏兄弟後來雖仍傾服李氏，但卻不同於往昔的全然認同。袁宗道後來任東宮侍講，思想已回歸儒家，一如他穩實的個性。而袁宏道在萬曆二十七年，在學問和處世態度上，有了相當的轉變，對於李氏所給予的影響，也有了修正，即從偏重悟理，「遺棄倫物，偭背繩墨，縱放習氣」〔註46〕轉向兼重修持。

萬曆二十八年，袁宗道病逝北京，次年，當袁中道扶長兄靈柩南歸，停於潞河時，李氏來弔，袁中道便勸他入山隱居，勿吃葷〔註47〕，蓋李氏特異的行徑和言論，動輒爲時人表率，引起當道的側目、非議，不避開政治是非之地，只怕遲早會遭禍，中道是以有如此之勸。

但是，萬曆三十年李卓吾終究因「敢倡亂道，惑國誣民」的罪名被捕，最後自刎於獄中。消息傳來，對有識之士而言，打擊頗大。中道在〈與丘長孺〉信中，便感觸頗深地說道：

　　　天下多事，有鋒穎者先受其禍，吾輩惟默惟謙，可以有容！〔註48〕
萬曆三十年左右的政治環境，原本就已經十分複雜、混亂，李卓吾死後，黃輝也因結社譚禪，有違世教被逐〔註49〕。接著，萬曆三十一年，發生了所謂「妖書案」，紫柏大師因受牽連被捕，死於獄中〔註50〕。一連串的政治紛爭，使得有識之士在言行上不得不謹慎小心，公安派也因蒲桃社在無形之中解散了，而盛況不再。

李卓吾之死，在袁宏道現有的集子中，未見任何表示批評或記載此事的文字，令人費解，可能的原因，便是因爲當時的政治環境，袁宏道不方便發表議論〔註51〕。因此，袁中道在萬曆三十五年，所寫的〈李溫陵傳〉〔註52〕

〔註44〕同註20，頁756。
〔註45〕同註21。
〔註46〕同註20，頁758。
〔註47〕見《續焚書》，卷二〈書小修手卷後〉（台北：漢京文化公司，1974年5月），頁62。此外，《珂雪齋外集》，卷之十三〈師友見聞語〉亦有相似的記載。
〔註48〕見《珂集》，卷之二十三，頁978。
〔註49〕見《萬曆野獲編》，卷十，「黃慎軒之逐」條，頁271。
〔註50〕同註8。
〔註51〕任訪秋認爲可能的原因有二，其一是避免招是非，其二是後來編集子時，刪除了相關資料，不過任氏以爲以第一個原因較可靠。見《袁中郎研究》（上海古籍出版社，1983年9月），頁38。此外，因日人鈴木虎雄，《李卓吾年譜》，將方沆訒庵所作弔李卓吾的〈紀事十絕〉，誤爲袁宏道作，所以後人如周質

對於研究公安派和李卓吾的關係來說,意義便十分重大。尤其是透過袁中道評價李卓吾的角度,或許可以釐清李氏對他文學主張的啓發所在。

〈李溫陵傳〉中,袁中道表達了對李卓吾其人和作品,無限的景仰。李卓吾其人「爲士居官,清節凜凜」;「不入季女之室,不登冶童之床」;「深入至道,見其大者」;「自少至老,惟知讀書」;「直氣勁節,不爲人屈」,這些特質是一般人無法做到的。而在著書立論方面,李卓吾評史論人特異、大膽的見解,更是異於傳統,異於世儒,世儒:

> 觀古人之跡,又概以一切之法,不能虛心平氣,求短於長,見瑕於瑜。好不知惡,惡不知美。至於今接響傳聲,其觀場逐塊之見,已入人之骨,而不可破。

袁中道指出,正因爲世人理障太多,名心太重,又太拘泥於傳統的格套局面中,所以李卓吾面對傳統的僵化教條,和虛僞道學,大膽的提出,以己之觀點評史論人的見解,而非議以孔子之是非爲是非。

> 於是上下數千年之間,別出手、眼。凡古所稱爲大君子者,有時攻其所短;而所稱爲小人不足齒者,有時不沒其所長。

袁中道認爲,李卓吾如此做的用意,無非是在「黜虛文,求實用;舍皮毛,見神骨,去浮理,揣人情」。而這樣的做法,難免有矯枉之過,輕重之偏。但袁中道指出,只要捨棄李卓吾作品表面上「批駁謔笑之語」,而細心去體會,則「其破的中竅之處,大有補於世道人心。」結果,如此卓識之士,卻被以「得罪於名教」、「毀聖叛道」論罪,豈不令有志之士爲之扼腕。

接著,袁中道舉史記、漢書爲例,此二書在當時雖然倍受非議,但卻千古流傳,正是因爲其有獨見之處,精光不可磨滅。此外,古來讀莊子、韓非二書,皆取其正面的意義,並不會因其它原因而廢書。不過,值得注意的是:在基本上,袁中道認爲六經、洙泗之書,仍是正統的地位,就好像是「梁肉」,但梁肉吃多了也會得病,必須以清爽的「大黃蜀豆」來清腸整胃,

---

平,《公安派的文學批評及其發展》中,也誤引以爲是袁宏道作。見(台灣商務印書館,1986 年 5 月),頁 143、160,註 99。關於這個問題,《李贄研究參考資料》第一輯,編者有加以訂正,見(福建人民出版社,1976 年 5 月),頁 163。

〔註52〕 從袁中道給仲兄的信中,可推知上文作於萬曆三十五年,見《珂集》,卷之二十三,頁 994。此外,〈李溫陵傳〉見《珂集》,卷之十七,頁 719～725,以下引文出自本篇者,皆不另註明。

方能無病。

> 世之食粱肉太多者，亦能留滯而成痞。故醫者以大黃蜀豆瀉其積穢，然後脾胃復而無病。

袁中道認爲像這種「消積導滯」之書，世間「不可無一，不可有二」的珍奇之作，之所以會受到批評，原因就出在「其出之太早，故觀之者成心不化，而指摘生焉。」就好像史記、漢書等書，在當時受到非議一樣，但後世終究會加以肯定。同樣的，李卓吾的書在當時雖然被禁，但從當局愈禁，民間愈風行的情形看來，李卓吾的作品，終究是獲得肯定的。

從以上袁中道對李卓吾作品的分析中，可以概略地看出幾點公安派的文學創作觀點，這其間的因果關係，頗值得重視。

首先，袁中道肯定李卓吾評史論人「上下數千年之間，別出手眼」的膽識。這膽識影響中郎「讀書論詩，橫說豎說，心眼明而膽力放，於是乃昌言排擊，大放厥辭」〔註 53〕，這正是公安派能和復古派相抗衡的精神所在。而批評世儒成心不化，不能「見瑕於瑜」，正是〈柞林紀譚〉中，病處即好處，人無病便是死物的觀點，也正是袁宏道評中道的詩云：「疵處亦多本色獨造語」〔註 54〕見解所承。日後袁中道刊刻作品集時，不加刪剪，也是以這種觀點來看待自己的作品（詳第四章），可以說都是直接受到李卓吾的啓示。

此外，袁中道指出李氏讀書、評點古文、小說、戲曲，「肌擘理分，時出新意。」而爲文「不阡不陌，抒其胸中之獨見，精光凜凜」，而詩不多作，卻「大有神境」。李氏的評點，無疑地對後世有很大的影響，而他的詩文表現，李曰剛也認爲：

> 文如行雲流水，行於所當行，止於所當止，別具一格，不同凡響；詩亦銜口而出，語無擇言，不懼淺俗，不忌詼諧，或傷其俳優作態，或訾其平庸近陋，實則純是一片天真，貽給公安派極大影響。〔註 55〕

李氏的作品表現，誠然有矯枉之過，但袁中道認爲它的正面意義，大於負面影響。而這正是中郎作品主張信手信口，不避詼諧戲謔的原因所在，袁宏道的用意，無非也是要破除世人積習已久的弊病，不得不有矯枉之舉（詳後），仔細推敲袁中道在〈李溫陵傳〉中爲李的辯解，立論點和他後來在〈中郎先

〔註 53〕見《列朝詩集小傳》，丁集中，〈袁稽勳宏道〉，頁 567。
〔註 54〕《袁宏道集箋校》，卷四〈敘小修詩〉，頁 187。
〔註 55〕見《中國詩歌流變史》（台北：文津出版社，1987 年 2 月），頁 546。

生全集序〉、〈中郎先生行狀〉等文章中，為宏道的辯解相似，就這種現象而言，可知公安派文學革命的精神承李氏而來，而袁中道也正以公安派的觀點，來評價李氏。

以上是袁中道就李氏著書立論，為詩作文異於世人，而遭至禍害，所作的辯解。但是，儘管李氏之《藏書》等論著，不容於當道，袁中道卻認為「窮公之所以罹難，又不自書中來也」。他以為李氏遭禍，最根本的原因，並不在於作書詆毀聖賢，而是在他的意氣激昂，行為詭異，致使「斥異端者，日益側目」，也就是他的「急乘緩戒，細行不修，任情適口」，激怒了道學家，加上「會當世者欲刊異端，以正文體，疏論之」，即當世者將禪佛思想的流行，威脅到孔孟程朱道統和舉業士習的罪過，加在李氏身上，雖然不合理〔註 56〕卻可看出當道對他的不容。而三袁的好友陶望齡對李氏獲罪原因也抱持相似的看法，他說：

> 卓吾先生雖非真悟正見，而氣雄行潔，生平學道之志甚堅，但多口好奇，遂構此禍，當事者處之太重，似非專為一人。〔註57〕

面對李卓吾這樣一位衝抉羅網的異端人物，除了景仰之外，袁中道在某些部分則採保留態度，對於李氏行為和思想上的矛盾，袁中道無法解釋，只用「大都公之為人，真有不可知者」來交代。最後提出了「不能學者有五，不願學者有三」，其中不難看出袁中道後來在思想行為方面，轉變的痕跡。一如袁宏道的思想，自萬曆二十七年以來，已有悟修兼重的傾向，萬曆三十五年，袁中道對學道一事頗有精進，益重修身養性，持戒念佛，大異於昔日的風顛放浪，加上有感於李氏：

> 才太高，氣太豪，不能埋照溷俗，卒就囹圄，慚柳下而愧孫登，可惜也夫！可戒也夫！

李卓吾的死，加上一連串的政治事件，足以使有識之士，心生警戒，在言論和行事上逐漸傾向保守。除了前述袁中道「惟默惟謙，可以有容」的感觸外，陶望齡也說：

〔註56〕關於這個問題的探討，可參陳萬益先生，〈論李卓吾與陳眉公〉，《晚明小品與明季文人生活》，頁91～94。此外江燦騰認為，中道分析李氏獲罪的原因，即叛聖人、信禪學、詆名教，這些不滿王學者攻擊的部分，不是李卓吾的缺點，他著重的是李卓吾的倔強脾氣，隱而涉世和僧行不謹。見《人間淨土的追尋》，第二章〈卓吾的生平與佛教思想〉，頁118。

〔註57〕見《歇庵集》，卷十六〈寄君奭弟〉，頁2355。

> 卓老之學，似佛似魔，吾輩所不能定，要是世間奇特男子。行年七十
> 六，死無一棺，而言者猶曉曉不已，以此世界，尚堪仕宦否？〔註58〕

當時的局勢，可說是：

> 通人開士，只宜匿跡川巖，了徹性命，京都名利之場，豈隱流所可
> 托足耶！〔註59〕

政治上的陰影，使得有些人走向山林，走向消極退隱或修道之路。

　　總上所論，從三袁和李氏交往的詩文和實錄（〈柞林紀譚〉）及袁中道的
〈李溫陵傳〉中，可以發現公安派文學主張深受李氏對人對文等特殊見解的
啟發。透過袁中道的角度，似乎可以發現公安派因李氏的影響而旗幟更鮮明，
卻也因李氏其人其事和後來的遇害，而在思想和文學主張上走向修正的路
線。無論如何，李卓吾給予晚明性靈文學、公安派的啟示極大，是袁中道文
學主張形成的重要影響人物。至於袁中道以公安派的角度和觀點，為李卓吾
這樣一位晚明異端人物所寫的〈李溫陵傳〉，就傳記而言，可以說也有它特殊
的意義。

第三節　兄弟師友的影響

　　三袁除了師事李卓吾外，也視焦竑為師〔註60〕。焦竑（1540～1620），字
弱侯，號漪園，又號澹園，萬曆十七年進士，可說是一位「博學多識」的思
想家〔註61〕。其學師事於耿天台與羅近溪，同時又與李卓吾最為相善，所以
「頗近於禪」〔註62〕。對於公安派的思想和文學主張也有一定的影響。焦竑
論文，尚變而不主故常，對於前後七子的擬古主義曾加以批評，視之為「顛
倒黑白」、「謬種流傳」〔註63〕。他認為對古文詞，應「不以相襲為美」，「書

〔註58〕同前註，頁 2355。
〔註59〕同註 8。
〔註60〕見《珂集》，卷之十七〈石浦先生傳〉，頁 709。文中言：「己丑，焦公竑首制
　　　　科，……先生就之問學，共引以頓悟之旨。」此外袁宏道有「送焦弱侯老師使
　　　　梁，因之楚訪李宏甫先生」詩，見《袁宏道箋校》，卷二，頁 58。至於袁中道
　　　　「萬曆三十七年至南京時，便常向焦竑請益。」見《珂集》，《遊居柿錄》卷之
　　　　三，第三十五則，頁 1150；第四十二則，頁 1151。可知三袁視焦竑為師。
〔註61〕見《明史》（台北：洪氏出版社，1975 年 11 月），卷二八八，頁 7392。
〔註62〕見郭紹虞，《中國文學批評史》，下卷（台北：文史哲出版社，1988 年 4 月），
　　　　頁 679。
〔註63〕見《焦氏澹園集》（十二），〈與友人論文書〉（台北：偉文圖書公司，1977

不借采於易，詩非假途於春秋也」，善法古者不應機械模擬，而要化實爲虛，化死爲活，化臭腐爲神奇，即要「脫棄陳骸，自標靈采」，就是不要拘泥於古法，而要獨創〔註64〕。此外焦竑對於蘇軾與白居易十分推崇，他肯定蘇軾的「詞達」說，主張：

> 心能知之，口能傳之，而手又能應之，夫是謂之詞達。〔註65〕

同時讚美白居易能獨出谿逕，非擬古派所能及。他說：

> 樂天見地故高，又博綜內典，時有獨悟，宜自運於手，不爲詞家谿逕所束縛如此。近世宗尚子美往往卑其音節，不復數第，膚革稍近，而神情邈若燕越，非但不知樂天，亦非所以學杜也。〔註66〕

此種重視獨創、主張「詞達」的見解，可以說是公安派的先聲。焦竑又說：

> 詩非他，人之性靈之所寄也。苟其感不至則情不深；情不深則無以驚心動魄，垂世而行遠。〔註67〕

以及：

> 詩也者率自道其所欲言而已。以彼體物指事，發乎自然，悼遊傷離，本之襟度，蓋悲喜在內，嘯歌以室，非強而自鳴也。〔註68〕

這種論詩乃「人之性靈之所寄」、「發乎自然」、「本之襟度」的論點，和公安派的詩論是一致的。但焦竑畢竟年長於公安派諸子，加上學識淹博，所以思想較爲中庸，不偏重於師古或師心〔註69〕，這和公安派主流思想有別，但是袁中道後來的修正主張，不偏廢才學，可以說和焦竑的體認一致。

三袁的老大袁宗道，號石浦，生於嘉靖三十九年（1560），秉性聰慧，萬曆十四年，二十七歲，以會試第一人及第，授翰林院庶吉士，萬曆二十五年出任東宮講官，因積勞成疾，病死於萬曆二十八年（1600），年僅四十一歲。

袁宗道始習養生求道之學，萬曆十七年，在京師爲官期間，受到焦竑及僧深有（龍潭高足）的啓發，開始遍閱禪宗語錄，精研性命之學，不復談長生之事，曾經著「海蠡篇」，嘗試「以禪詮儒」，「使知兩家合一之旨」

年），頁408～412。
〔註64〕同前註。
〔註65〕見《澹園續集》（一），〈刻蘇長公外集序〉（轉引自郭紹虞，《中國文學批評史》，頁681）。
〔註66〕見《焦氏澹園集》（十五），〈刻白氏長慶集鈔序〉，頁546。
〔註67〕同前註，〈雅娛閣集序〉，頁572。
〔註68〕見《澹園續集》（二），〈竹浪齋詩集序〉（出處同註65），頁682。
〔註69〕關於焦竑的文論可參郭紹虞，《中國文學批評史》，下卷，頁679～684。

〔註70〕，兩位弟弟的心性之學，便是受到他的啓迪〔註71〕。袁宗道後來自覺歸守儒家、深契陽明良知之學，既深惡空談妙悟而不修行之徒，亦反對矯枉太過而食素持珠之人。在三袁當中，袁宗道的思想較向傾向儒家，個性較為「穩實」。〔註72〕

　　袁宗道早年喜讀先秦、兩漢之書，對於當時盛行的七子文集，頗有心得〔註73〕。但是，後來因為不滿詞壇王李模擬之習瀰漫，所以和同館黃輝揭竿發難，提出「趨新」的文學主張，可說是公安派的首開風氣者〔註74〕。袁宗道與李卓吾、焦竑一樣喜愛蘇軾與白居易，甚至將自己的書齋命名為「白蘇齋」〔註75〕。袁宗道的文學主張主要表現在他所寫的兩篇〈論文〉上，〈論文〉的宗旨在矯正王李擬古的末流之弊，〈論文〉的上篇談文章表達的問題，強調學古要學其意，不必拘泥其字句，主張今人要有自己的意見，才會有自己的語言，綜合而言，袁宗道的文學主張有二，一是創新，二是求達。

　　就「創新」而言，袁宗道目睹當時七子的模擬已達到「彼摘古字句入己著作」、「以一傳百，以訛傳訛，愈趨愈下，不足觀矣。」〔註76〕的嚴重地步，他譏評這類模倣剽竊之文沒有價值，「正如書畫贗本，決難行世」〔註77〕事實上，袁宗道並不反對「學古」，因為模擬是學習的途徑，創新的先導，是以他對「學古」有更通達的識解。他說：「古不必學耶？余曰：古文貴達，學達即所謂學古。」〔註78〕學古之法有二：一是師意：「學其意不必泥其字句」〔註79〕；二是學體：「修古人之體，而務自發其精神，勿離勿合，亦近亦遠。」〔註80〕不能只進行字句模擬，而是要發揮其精神。學古要在陶鈞銷

〔註70〕以上關於袁宗道的生平資料，均依據〈石浦先生傳〉，出處見註60。
〔註71〕見《珂集》，卷之十七〈石浦先生傳〉，頁709；卷之十八〈告伯修文〉，頁787。
〔註72〕見《珂集》，卷之十八〈中郎先生行狀〉，頁756，引李卓吾之評語。
〔註73〕見〈石浦先生傳〉，頁708。
〔註74〕見錢謙益，《列朝詩集小傳》，丁集中，〈袁庶子宗道〉，頁566。錢氏云：「伯修在詞垣，當王李詞章盛行之日，獨與同館黃昭素，厭薄俗學，力排假借盜竊之失。于唐好香山，于宋好眉山，名其齋曰白蘇，所以自別於時流也。其才或不逮二仲，而公安一派實自伯修發之。」
〔註75〕同前註。
〔註76〕《白蘇齋類集》，卷之二十〈論文〉上，頁284。
〔註77〕同前註，卷之十六〈答陶石簣〉，頁234。
〔註78〕同註76。
〔註79〕同註76。
〔註80〕《白蘇齋類集》，卷之七〈刻文章辨體序〉，頁82。

鎔，體圓用神，富有新意，作品自有其價值。基於此點，袁宗道深入推究七子文章病源，是在思想學問根本上的錯誤，而導致作品徒具外貌，規模形似，全無精神，喪失了文學意義與價值，他以爲「學問積理」〔註81〕是創作的先決條件，所謂「理充於腹，而文隨之」〔註82〕。他認爲李攀龍謂「視古修詞，寧失諸理」〔註83〕，是「強賴古人無理」〔註84〕；王世貞以爲「六經固理藪已盡，不復措語矣。」〔註85〕是「不許今人有理」〔註86〕，由於這種思想，導致走上模擬之途，但是袁宗道以爲「其病源則不在模擬，而在無識」〔註87〕，他說：「有一派學問則釀出一種意見，有一種意見，則創出一般言語」〔註88〕，「無識」造成模擬，積極治本的方法便是「口不言文藝而先植其本」〔註89〕，而「本」何在？在「從學生理，從理生文」〔註90〕，「理」即是「意見」，也是「識」，有運才之本，才能「器識文藝，表裡相須」〔註91〕，如此，模擬剽竊，言之無物的惡風始可破除。這是袁宗道文學主張最值得重視的一點。至於四庫題要評公安派云：「七子猶根於學問，三袁則惟恃聰明。」〔註92〕是有欠公允的。就這一點而言，袁宗道的立論是比較溫和比較傳統的，和袁宏道的尖銳慷慨，激進發越有別。

就「求達」而言，袁宗道從「變」的歷史觀點立論，他說：「時有古今，語言亦有古今。」〔註93〕文章好壞的標準，不在模擬古人奇字奧句，而在於「達」，因爲「口舌代心者也，文章又代口舌者也」〔註94〕，文章寫得愈暢順愈好。文章如何「達」呢？袁宗道提出二個途徑，其一，是用今人今語寫文

〔註81〕 見王更生，《文心雕龍讀本》，下篇〈神思〉（台北：文史哲出版社，1985年），頁3。
〔註82〕《白蘇齋類集》，卷之二十〈論文〉下，頁286。
〔註83〕 同前註，頁285。
〔註84〕 同註82。
〔註85〕 同註82。
〔註86〕 同註82。
〔註87〕 同註82。
〔註88〕 同註82，頁285。
〔註89〕《白蘇齋類集》，卷之七〈士先器識而後文藝〉，頁92。
〔註90〕 同註82。
〔註91〕 同註89。
〔註92〕 見《四庫全書總目提要》，卷一七九，集部三十二，別集類存目六（台北：藝文印書館，1975年12月），頁3714。
〔註93〕 同註76，頁283。
〔註94〕 同前註。

章。其二，是轉述古書時，當改古語從今字〔註 95〕，不僅方便時人閱讀，也使歷史作品傳之久遠。袁宗道強調作品須以今語表達的論點，是有助於文學革新的。

至於黃輝和陶望齡因與袁宗道相善，又常聚守論學論詩文，所以文學主張和袁宗道相差不遠〔註 96〕。其中陶望齡所提出的「偏至」之詩論較爲特別，在〈馬曹稿序〉中，他說：

> 劉邵志人物嘗言「具體而微，謂之大雅；一至而偏，謂之小雅。」
> 蓋以詩喻人耳。予嘗覆引其論以觀古今之所謂詩辭，求其具體者不
> 可多見，因妄謂自屈宋以降，至於唐宋，其間文人韻士，大抵皆小
> 雅之流，而偏至之器，惟人就其偏，而後詩之大全出焉。〔註 97〕

陶望齡借用劉邵人物志品評人物的詞彙來說明；自古以來的詩難得具體而微，卻賴屈宋以來所有詩人以偏至之才器，成就各自偏至之詩，才能匯合成詩之大全，這種肯定詩人自由表現的價值，正是公安派擺脫傳統格套的陰影，別開蹊徑的精神所在。

上述諸人的文學見解可說已是公安派的發端，但是，一來他們的態度較溫和，二來這些見解尚未建立成爲一個完整的體系，所以要等到袁宏道出來銳意改革時，公安派才算蘊釀成熟，眞正形成一股不可遏抑的潮流，與復古派對抗。如錢謙益所說：

> 萬曆中年，王、李之學盛行，黃茅白葦，彌望皆是。文長、義仍，
> 嶄然有異，沉痼滋蔓，未克芟薙。〔註 98〕

嘉靖、隆慶以來，雖有唐宋派〔註 99〕與前後七子對抗，但是王、李之學依然盛行。後來經過「奇人」〔註 100〕徐渭，「純情說」〔註 101〕的湯顯祖等之努力，仍然無法掃蕩文壇模擬的痼疾，一直要等到袁宏道繼承了唐順之、徐渭以來的本色論，及李卓吾「童心說」的啓發，加上兄弟友朋，尤其是與江進之間

〔註 95〕同註 82。

〔註 96〕關於陶望齡的文學主張，可參柳秀英，《陶望齡文學思想研究》、陳萬益先生，《晚明性靈文學思想研究》，頁 92〜96。

〔註 97〕《歇菴集》，卷三（台北：偉文，1976 年），影本，頁 372〜373。

〔註 98〕《列朝詩集小傳》，丁集中，〈袁稽勳宏道〉，頁 567。

〔註 99〕關於唐宋派的文論，可參郭紹虞，《中國文學批評史》、梅家玲，《明代唐宋派文論研究》（台灣大學中文研究所碩士論文，民國 73 年）。

〔註 100〕關於徐渭對公安派的影響，可參陳萬益先生，《晚明性靈文學思想研究》。

〔註 101〕同註 100。

的唱和，在文學主張和實際創作上，提出了鮮明的意見和作品，才扭轉了晚明文壇的風氣。

　　袁宏道（1568～1610），萬曆二十年進士。萬曆二十三年，爲吳縣縣令，在職二年，與同科進士，即鄰縣長洲令江盈科過從甚密。

　　宏道曾云：

　　　　余與進之遊吳以來，每會必以詩文相勵，務矯今代蹈襲之風。

〔註102〕

宏道在人文薈萃的吳縣和江盈科共同提倡性靈之說，時人並稱爲「袁江」，在公安派發展演變歷程中，這兩年可說是關鍵性時刻。辭官後，袁宏道和陶望齡共遊江南山水，兩人在思想和詩文之間互有啓發〔註103〕。萬曆二十六年，三袁都在北京，於是和館閣之士結成蒲桃社，一時之間公安派的影響力達到顛峰。不幸，萬曆二十八年袁宗道去世，蒲桃社又捲入政爭，在無形之中解散了〔註104〕，而公安派的活動也就逐漸沈寂。

　　在公安派當中，袁宏道以他的「近狂」，與勇於「承當」的資質與膽識〔註105〕，作詩「力破時人蹊徑，多破膽險句」〔註106〕，不僅改變了袁宗道「穩而清」，黃輝「奇而藻」〔註107〕的詩風，更引得時人的側目，而他尖銳激昂，甚至偏激，批評復古派的言詞，更是有振聾啓瞶的作用。關於袁宏道的文學主張，歷來研究者甚多，本文不再詳述，只作簡單的交代，以作爲袁中道文學主張形成背景的參考。

　　首先，袁宏道主張文隨時變，也就是反對復古模擬，提倡變古創新。他認爲「文之不能不古而今也，時使之也」〔註108〕，文學隨著時代的發展而變化，不同的時代就應該有不同的文學。所謂「世道既變，文亦因之。今之不必模古者也，亦勢也。」〔註109〕「勢」即是文隨時變，不斷革新的必然規律，違背這個規律，就是復古倒退。他反對前、後七子用格調、法度等一套陳規

〔註102〕《袁宏道集箋校》，卷十八〈雪濤閣集序〉，頁701。
〔註103〕見《珂集》，卷之十八〈中郎先生行狀〉，頁758。
〔註104〕可參沈德潛，《萬曆野獲編》，卷二十七，「紫柏禍本」條。（見《筆記小說大觀》，第十五編第六冊，新興書局，1977年1月），頁690～691。
〔註105〕同註103。
〔註106〕見《珂集》，卷之二十一〈書方平弟藏慎軒居士卷末〉，頁891。
〔註107〕同前註。
〔註108〕見《袁宏道集箋校》，卷十八〈雪濤閣集序〉，頁709。
〔註109〕同前註，卷十一〈江進之〉，頁515。

陋習束縛創作，因此提出「法因於敝而成於過」〔註110〕的觀點，認爲詩之作既然無定法可循，便當從精神上去學習古人，以求得「度越千古」〔註111〕，永垂不朽。

其次，文隨時變的目標是要存眞去僞，抒寫性靈。袁宏道認爲「古之爲文者，刊華而求質，敝精神而學之，唯恐眞之不及也。」〔註112〕在〈敘曾太史集〉中，言明自己文章的特點是「信腕直寄」是「眞」，而「眞」就是「直寫性情」〔註113〕。在〈敘小修詩〉中，他更透過對弟弟中道詩歌的評論強調詩文要「獨抒性靈，不拘格套，非從自己胸臆流出，不肯下筆」〔註114〕，這就形成了「性靈說」，是公安派文論的核心。

袁宏道認爲「性靈」，能導致文章的「趣」和「韻」，而它們是由「無心」或「童子之心」得來的。他在〈敘陳正甫會心集〉中指出：

> 世人所難得者唯趣。趣如山上之色，水中之味，花中之光，女中之態，雖善說者，不能下一語，唯會心者知之。……夫趣，得之自然者深，得之學問者淺。〔註115〕

這樣解釋性靈與趣，以現代的詞語來說，是排除了「理」（思想）的感情活動，是下意識的直覺。它與李卓吾的「童心說」極爲接近。

此外，基於求眞的要求，袁宏道特別重視俗文學，他認爲民間的通俗文學正是「無聞無識」的「眞聲」〔註116〕。至於江盈科也是以「眞」作爲品評詩作的基準，他說：

> 善論詩者，問其詩之眞不眞，不問其詩之唐不唐、盛不盛，蓋能爲眞詩，則不求唐不求盛，而盛唐自不能外；苟非眞詩，縱摘取盛唐字句、嵌砌點綴，亦只是詩人中一箇竊盜掏摸漢子。〔註117〕

同時又說：

> 夫爲詩者，若係眞詩，雖不盡佳，亦必有趣；若出於假，非必不佳，

〔註110〕同註108，頁710。
〔註111〕《袁宏道集箋校》，卷二十一〈答張東阿〉，頁753。
〔註112〕同前註，卷五十四〈行素園存稿引〉，頁1570。
〔註113〕《袁宏道集箋校》，卷三十五，頁1106。
〔註114〕同前註，卷四，頁187。
〔註115〕《袁宏道集箋校》，卷十，頁463。
〔註116〕同註114，頁188。
〔註117〕見《雪濤小書》，詩評三〈求眞〉（見《古今詩話叢編》，台灣：廣文書局，1971年9月），頁3。

　　即佳，亦自無趣。〔註118〕
江盈科評詩重眞、重趣的觀點，可以說和袁宏道契合。

　　綜觀袁宏道的文學主張（也就是一般人據以爲公安派的文學理論所在），一是：講求「獨抒性靈」，求眞、求趣。二是：求新求變，三是：重視俗文學，這些和袁宗道、陶望齡等人主張詩文要「創新」，要求「辭達」，肯定詩人自由表達的價值等，在精神上是一致的，何以歷來攻擊公安派的箭頭主要都指向袁宏道？這種現象除了說明他身爲主將之外，最大的原因，就在於他立論不惜矯枉過正，如他爲了反對復古派「文必秦漢，詩必盛唐」的主張，意氣激昂地告訴友人說：

　　世人喜唐，僕則曰唐無詩；世人喜秦漢，僕則曰秦漢無文。世人卑
　　宋黜元，僕則曰詩文在宋元諸大家。〔註119〕

如此說法，當然不是持平之論。此外，爲了強調「獨抒性靈」，贊賞「任性而發」〔註120〕、「信心而出、信口而談」〔註121〕、「信腕信口，皆成律度」〔註122〕的觀點和遊戲之作，一來給末流不學的藉口，二來也爲諧謔、率易、俚俗等做了示範，造成後來文壇一片本末倒置，鄙薄的風氣，倍受復古派與後來的竟陵派之批評。袁宏道晚年在思想和創作態度上有了改變，思想上由偏重悟理變成兼重修持〔註123〕，創作態度上則「覺往時太披露，少蘊藉」〔註124〕，可惜，天忌英才，萬曆三十八年，袁宏道以四十三歲英年病逝，否則他的成就應當不止於此。

　　袁中道一生蒙受兄長的照顧和啓發甚多，所結交的朋友如黃輝、陶望齡、雷思霈等皆是袁宗道和袁宏道的朋友，所以他前期的文學主張，可以說大部分承襲自兄長，尤其是他與袁宏道年紀相仿，常相左右，最知仲兄文學改革的苦心和文學主張的精神所在，所以在後期（宏道辭世後）他不斷地爲亡兄辯解，釐清公安派的眞精神，同時，延續宏道晚年的轉變，在文學理論上提出修正主張，可以說整個公安派由盛到衰的背景，正是他文學主張形成的背景。

〔註118〕同前註，〈貴眞〉，頁9。
〔註119〕《袁宏道集箋校》，卷十一〈張幼于〉，頁501。
〔註120〕同註116。
〔註121〕同註119。
〔註122〕同註108，頁710。
〔註123〕參《珂集》，卷之十八〈中郎先生行狀〉，頁758。
〔註124〕《珂集》，卷之十九〈告中郎兄文〉，頁796。

第四節　爲袁宏道文學主張的辯解與修正

袁宏道是一個「心眼明而膽力放」〔註125〕的「英靈」〔註126〕男子，他爲了「力矯敝習，大格頹風」〔註127〕，不惜矯枉過正的文學主張與作風，在當時便倍受爭議，褒貶互見。宏道曾自言：

> 獨謬謂古人詩文，各出己見，決不肯從人腳根轉，以故寧今寧俗，
> 不肯拾人一字。詞客見者，多扼手呵罵，唯李龍湖、黃平倩、梅客
> 生、陶公望、顧升伯、李湘洲諸公，稍見許可。〔註128〕

袁宏道不拾前人餘唾，寧今寧俗的主張，對傳統文人而言，無異是驚世駭俗之論，因此倍受批評。但是，正因爲袁宏道「才高膽大，無心於世之毀譽」〔註129〕，所以能造成時勢，取代擬古派，而成爲文壇的盟主。然而，誠如郭紹虞所說：

> 凡開創一種風氣或矯正一種風氣者，一方面爲功首，一方面又爲罪
> 魁，這本是無法避免的事。蓋此種偏勝的主張，固可以去舊疾，也
> 容易致新疾。何況，在時風眾勢之下，途徑既成，無論何種主張都
> 不能無流弊。故其罪不在開山的人，而在附合的人，後人懲其流弊，
> 而集矢於開創風氣的人，似未得事理之平。〔註130〕

袁宏道「獨抒性靈，不拘格套」的文學主張，爲當時文壇注入清新流暢的風氣，但是「信腕直寄」的附作用太大，造成文壇一片俚俗率易的文風，袁宏道也因此被指爲罪魁禍首。鄒迪光（1557～？）〔註131〕便嚴厲地抨擊袁宏道：

> 瓦礫可寶、薇蕨可茹、牛溲馬勃可用，不苦不難而詩，詩之至者也。
> 此説行，而後進之士無所知識，以爲至語，轉相傳效。不能爲古者，
> 既便而趨其中，即能爲古者，亦誘而入其內。諸童謠，方諺，市談
> 巷説，皆歸不律，至舉中郎集中所謂：「月生毛江豬拜，鸚鵡癯、鷓

〔註125〕見錢謙益，《列朝詩集小傳》，〈袁稽勳宏道〉，頁567。
〔註126〕見《珂集》，卷之十八〈中郎先生行狀〉，頁756。
〔註127〕見《珂集》，卷之九〈解脫集序〉，頁452。
〔註128〕見《袁宏道箋校》，卷二十二〈馮琢菴師〉，頁781～782。
〔註129〕《珂集》，卷之十一〈中郎先生全集序〉，頁521。
〔註130〕《中國文學批評史》（文史哲出版社，1988年4月），頁713。
〔註131〕鄒迪光，《列朝詩集小傳》言其「排詆公安，並撼眉山，力爲弇州護法」，所以鄒氏對於袁宏道之批評，如此激烈。見丁集下，頁647。

鴟癧，平生兩不宜，擔糞與圍棋。十二樓五城，某天如某障。」等
句，謂漢唐人所不敢道不能達，而字擬句摹、沾沾然詫白雪之在我
矣。……酷哉乎？中郎氏之禍天下也。〔註132〕

在這段文字裡，攻擊公安的疵處有四點：其一、公安主張獨運，致使後輩小
生不讀書，率爾操觚，即無本而爲詩。其二、公安創作的態度過於草率。其
三、公安的詩文淺俗俚僻。其四、釀成學公安輕率的風潮。鄒氏認爲：

夫擬漢唐而失之，如塑像衣冠而不得其似，尚爲木會；擬長公而失
之，猶刻形樵牧，而無所彷彿，將爲芻狗。〔註133〕

學蘇東坡或袁宏道，一如後人學天才橫逸的詩仙李白一樣，有畫虎不成反類
犬之虞，不如學杜甫來得有法可尋，有跡可求。

袁宏道個性鮮明，具有諧謔的性格，加上肯定民歌、戲劇等俗文學和當
時的語言，所以他的詩文當中，常常不忌俗語俗字，他自己也說：「野語街談
隨意取，懶將文字擬先秦」〔註134〕「不肖詩文質率，如田父老說農桑，土音
而已。」〔註135〕「當代無文字，閭巷有眞詩」〔註136〕。因此，這類「野音」、
「土音」在他的尺牘中俯拾皆是。如：

不惟悔當初無端出宰，且悔當日好好坐在家中，波波吒吒，覓什鳥
舉人進士也。〔註137〕

糞裡嚼渣，順口接屁，倚勢欺良。〔註138〕

若不踢翻溺壺，恐終以兜率悅爲文章僧耳。〔註139〕

然上官直消一副賤皮骨，過客直消一副笑嘴臉，簿書直消一副強精
神，錢穀直消一副狠心腸，苦則苦矣，而不難。〔註140〕

這種鄙俚、苟謔的字句，正是後人指責最嚴厲之處。以今日的眼光視之，雖
然難登正統文人大雅之堂，卻頗有民間戲曲俚俗本色的味道。

〔註132〕見《石語齋集》，卷十四〈蕉雪林詩序〉，頁13。
〔註133〕同前註。
〔註134〕《袁宏道集箋校》，卷十四〈齋中偶題〉，頁609。
〔註135〕《袁宏道集箋校》，卷四十三〈答錢雲門邑侯〉，頁1275。
〔註136〕《袁宏道集箋校》，卷二〈答李子髯〉，頁81。
〔註137〕《袁宏道集箋校》，卷六〈黃綺石〉，頁309。
〔註138〕《袁宏道集箋校》，卷十一〈張幼于〉，頁502。
〔註139〕《袁宏道集箋校》，卷五〈瞿太虛〉，頁220。
〔註140〕《袁宏道集箋校》，卷五〈沈廣乘〉，頁242。

至於詩歌，袁宏道強調獨抒性靈，不拘格套，重視趣味，異於傳統視詩歌爲精鍊的語言，總以象徵的手法，達到含蓄且寓弦外之音爲上作，文字上則以雅正莊重爲貴。袁宏道的詩作，有時的確不夠含蓄蘊藉，而且流於淺俗，如：

> 不即凡，不求聖。相依何、覓性命。三入湖，兩易令，無少長，知名姓，湖上花，作明證。別時衰，到時盛。後來期，不敢問，我好色，公多病。〔註141〕

> 漢口來何易，湘江去不難。北風吹順水，三日到齊安。

> 湖上望君切！江上送君苦。江上與潮上，詩程一千五。

> 海內交遊多，何人可與言。我欲知姓名，東西南北去。〔註142〕

這些詩，如果用傳統的詩式來衡量，實在經不起批評，與其說是詩，不如說是民歌。它像民歌一樣質樸有趣。

袁宏道的詩文之所以受人抨擊，根本原因就在於他求眞、求趣、求質而疏忽了文學技巧的陶鑄。袁宏道才高膽大，猶不失諸趣。至於他的好友江進之，諧謔俚率則更有甚之，更是倍受時人攻擊。以下節錄幾則詩句以明之：

> 狐自性淫呈魍魎，鼠因年老現妖精。〔註143〕

> 睡魔憐我懶，點鬼笑人癡。洗面貓知客，垂頭鶴禮師。〔註144〕

> 垢常停洗沐，癢亦忍爬搔；坐久嫌溲急，睡來愁夢勞。〔註145〕

> 健脾慣服雞頭肉，辟穢遙思佛手柑。〔註146〕

江進之的詩，題材廣闊，舉凡貓、鼠、妖精、雞頭肉等歷代詩家所忌的詩材，和爬搔、溲急、辟穢等不雅的詞語皆入詩，「言今人之所不能言，與其所不敢言者」〔註147〕，袁宏道替他這種「近平」、「近俚」、「近俳」表現的辯解是：此乃江進之「矯枉之作，以爲不如是，不足矯浮泛之敝，而鬮時人之

〔註141〕《袁宏道集箋校》，卷九〈別石簣〉，頁404。
〔註142〕《袁宏道集箋校》，卷一〈別無念〉，頁45～46。
〔註143〕《雪濤閣集》，卷四〈靈濟宮怪響〉，頁 53。（明萬曆二十八年、庚子西楚北京刊本，中央圖書館藏）
〔註144〕《雪濤閣集》，卷一〈漫興〉，頁42。
〔註145〕同前註，〈懶〉，頁43。
〔註146〕《雪濤閣集》，卷四〈謾興〉，頁36。
〔註147〕《袁宏道集箋校》，卷十八〈雪濤閣集序〉，頁710。

目,故也」〔註148〕。而袁中道也認為「進之詩可愛可驚之語甚多,中有近於俚語者,無損也。稍為汰之,精光出矣。」〔註149〕至於鍾惺則極言申斥:「江令賢者,其詩定是惡道,不堪再讀,從此傳響逐臭,方當誤人不已。」〔註150〕江進之作品風貌所以遭人議論,在於詩作題材「不暇揀擇」〔註151〕,導致內容卑俗,創作手法刻劃形似、語言用字俚俳,可說是務為「以新求變,而不自覺忽略文學恆常不變的『體要』,於是文體割裂,詩歌創作的美學典範(即賦、比、興),在為標『本色』之下,遂致滑離,體製無法呈現詩歌適當的體貌。」〔註152〕袁宏道、江進之等公安派大將,詩文仍然不免有俚俗之弊,更何況是一些末流之輩,只知效顰學步,導致「牛鬼蛇神,打油定鉸,遍滿世界」〔註153〕。正如錢謙益所云:

> 中郎之論出,王、李之雲霧一掃,天下之文人才士始知疏淪心靈,
>
> 搜剔慧性,以蕩滌摹擬塗澤之病,其功偉矣。機鋒側出,矯枉過正,
>
> 於是狂瞽交扇,鄙俚公行,雅故滅裂,風華掃地。〔註154〕

公安派掃除了文壇長久以來,在古人格套陰影下創作的弊端,不料卻使文壇陷入另一種俚俗率易的弊端當中,這並非公安派的本旨。萬曆三十八年袁宏道辭世之後,面對文壇的弊端與時人對亡兄之指責〔註155〕,袁中道在文學主張上提出了若干的修正(詳後),同時不斷地為宏道辯解。

袁中道認為,袁宏道之所以遭世人詆訶,一來是盲目附和者過多,二來是市面上充斥假借中郎之名的贗書,惑人心目。如袁宏道死後,市面上流行的《袁中郎十集》,中間摻雜了〈狂言〉與〈狂言別集〉兩種〔註156〕。〈狂言〉

〔註148〕同前註,頁711。

〔註149〕《珂集》,卷之十七〈江進之傳〉,頁728。

〔註150〕《隱秀軒詩集》,往集〈王稺恭兄弟〉(偉文圖書公司,1976年9月),頁1138。

〔註151〕同註150,頁727。

〔註152〕見林美秀,《江進之詩學理論與實踐》(國立高雄師範學院國文研究所碩士論文,民國77年),頁136。

〔註153〕同註150,頁1139。

〔註154〕同註134。

〔註155〕袁中道在萬曆四十二年的日記中提到「中郎逝後,往時同學號深相知者,皆作白眼按劍之語。」見《遊居柿錄》卷之九,第六則,頁1306。

〔註156〕關於狂言的作者與狂言的內容、體例等,可參陳萬益先生,〈「狂言」的作者及其相關問題〉,《晚明小品與明季文人生活》(台北:大安出版社,1988年5月),頁117~142。

是晚明印刷業發達之下，商人造贗籍以射利風氣下的產物。尤其是以袁宏道在文壇上的地位，書坊中假借其名刻書者甚多，「告之以贗，亦不信」〔註157〕，在書商爲了獲利，讀者爲了滿足嗜痂之癖的心態下，袁宏道的作品流傳一時，而〈狂言〉等作品也隨著傳播。袁中道對於這類「刻畫無鹽，唐突西子」的作品，極爲痛恨〔註158〕，卻無法遏阻。今考兩狂言的內容和體例，十分駁雜，而且執著於公安派求眞趣的主張，堅持戲謔和俚率的創作方法，對於狂言的表現，陳萬益先生認爲平實以觀：

> 兩狂言有許多小慧小見，突破道學的束縛，具現思想的自由和活潑。
> 可是，從文學觀點看來，〈山居鬥難記〉這樣頭尾完整、文字清新可
> 喜，引人入勝的篇章，在兩狂言裡是絕無僅有的。除此之外，所有
> 文字確實只能作爲公安派末流的注腳而已！〔註159〕

〈狂言〉的表現，無疑地，影響了時人或後人對袁宏道的評價。袁中道除了從這個角度爲仲兄辯解外，也就宏道本身的作品和創作心態加以辯護，他指出，宏道早期的作品，如《錦帆集》，《解脫集》中的作品，因爲「意在破人之執縛，故時有遊戲語」〔註160〕，即使如此，他認爲宏道的少作：

> 或快爽之極，浮而不沉，情景大眞，近而不遠，而出自靈竅，吐于
> 慧舌，寫于銛穎。蕭蕭泠泠，皆足以蕩滌塵情，消除熱惱。〔註161〕

袁中道的這種說法，是把握了仲兄「獨抒性靈、不拘格套」的創作精神，肯定在眞率平淺之後，所流露出的慧心與巧思。袁中道更進一步地指出「學以年變，筆隨歲老」，袁宏道的詩風是不斷在改變〔註162〕，超越自己的。中道提及仲兄詩文風格改變的地方很多，如：

> 花源以前詩，間傷俚質，此後神理粉澤，合併而出。文詞亦然。今底
> 稿具在，數數改易，非信筆便成者。良工苦心，未易可測。〔註163〕

〔註157〕《遊居柿錄》卷之十，第九十四則，頁 1345。

〔註158〕同前註，第一○一則，頁 1146。

〔註159〕同註 157，頁 142。

〔註160〕同註 129。

〔註161〕同註 129。

〔註162〕同註 129。關於袁宏道詩風的轉變可參陳萬益先生，《晚明性靈文學思想研
　　　　究》，第三章第四節〈一、袁中郎的轉變〉（台灣大學中文研究所博士論文，
　　　　民國 66 年）；田素蘭，《袁中郎文學研究》，第五章第一節〈中郎詩風的轉變
　　　　過程〉（台北：文史哲出版社，1982 年 3 月）。

〔註163〕《珂集》，卷之二十一〈書雪照存中郎花源詩草冊後〉，頁 883。

> 花源以後詩，字字鮮活，語語生動，新而老，奇而正，又進一格
> 矣。〔註164〕

姑不論袁宏道後期的作品，是否如中道所言，達到「渾厚蘊藉，極一唱三歎
之致」〔註165〕的境界，但可以肯定的是：公安派的主將袁宏道本身，晚期的
主張和作風較之往昔，光燄收斂了不少，時人不察，只知取袁宏道年少遊戲
語，作為批評的依據，或是取為效顰學步的對象，這些人都是沒有掌握到公
安派或是袁宏道的真精神。

總上所述，袁中道在仲兄死後，眼見公安末流俚俗率易的弊端，充斥文
壇，亡兄也因此倍受指責。這種現象一來顯示公安派本身的理論不周延，容
易導致誤解，造成弊端，二來再度突顯了末流不善學，世人缺乏判斷的能力，
無法體認掌握公安派的宗旨，只知一味地模習，或一味地反對，這種文壇的
現象，正是袁中道提出修正主張的背景所在，他的動機無非是為了釐清公安
派的真精神，同時，糾正公安末流的弊病。

〔註164〕同註126，頁759。
〔註165〕同註126，頁761。

第四章　袁中道的文學主張

第一節　序　論

　　中道由於出生較晚，年壽又長於宗道和宏道，所以很清楚地看到公安派由盛到衰的經過。從公安派上承唐宋派反擬古主義的餘緒，到深受李卓吾異端思想的影響，宗道和黃輝、陶望齡等首倡風氣於前，宏道和江盈科唱和發揚於後，當時文壇可以說是洋溢著公安派清新的文學主張。中道恭逢其盛，在萬曆三十年以前，也是主張和實現「獨抒性靈，不拘格套」的健將之一。

　　此後，公安派的主將宏道在辭世前的幾年間，因修道和人事的閱歷等諸多因素，在思想和作為上有了明顯的改變，由昔日的意氣昂揚走向韜光養晦。加上創作的經驗，逐漸體會出往昔為了力矯復古派之弊，而不惜矯枉過正的作法，有其偏差，因此在文學創作的態度上，也有了轉變，由率性而為到講求工鍊。

　　中道和宏道兩人一向情感深厚，時相聚守論學、作文、賦詩。所以，中道在早期——宏道生前，不論是思想或文學主張，多半和宏道相契合。即使是後期——宏道辭世後，也可以說是延續宏道晚年的省悟和改變，而加以發展的。〔註1〕

〔註 1〕因為如此，所以本章提及袁中道的文學主張，多半以他後期，也就是萬曆三十八年袁宏道辭世之後的主張為主。其實袁中道的主要見解，也多半反應在他後期的作品當中。

　　只是中道後來面對公安末流的弊端叢生，時人對宏道的批評及竟陵一派有起而代之之勢，他的文學主張重點不得不放在為宏道的辯護和修正上。本章的重點之一就是探討中道如何在堅守公安派的基本精神——獨抒性靈之餘，提出他的修正理論，使公安派的主張更加周延。此外，在承繼與發展當中，袁中道本身的創作理念，對作品的賞鑑觀點，對作品刊刻的看法等為何？是否受到竟陵派的影響，有所改變？是否和他本人的性情、際遇及人生觀等一致？這也是重點之一。

　　至於公安派和竟陵派之間，頗有師友淵源，竟陵何以會另成一派，最後取代公安的地位，在所面對的文壇背景相同之下，他和鍾譚的文學主張是否有互動的關係？兩者的見解有何異同？這是重點之三。

　　最後，便是袁中道的文學見解與修正主張的評價問題，晚年處在公安末期到竟陵成派，風行一時，這一個過渡時期，相信他的文學主張和表現，可以提供我們對文學的演變發展，一個思考的方向。同時，透過這些問題的探討，相信對於我們了解晚明的文壇現象，會有些微的助益。

第二節　論「變」與「不變」
——袁中道繼承與修正公安的立論點

　　公安派和以前後七子為代表的復古派，二者文學觀點之歧異和對立，除了產生的背景不同外，最根本的原因，就在於二派的文學史觀不同。同樣認為文學會隨著時代而改變，但復古派認為其結果是一代不如一代，所以主張「文必秦漢，詩必盛唐」，主張擬古。這種貴古賤今的觀點，無異是文學退化論者。在相同的前題——文學代變之下，公安一派的觀點卻完全相反。袁宗道認識到了古今語言的差別與變化，所謂「時有古今，語言亦有古今」〔註2〕，既然語言是隨著時代的發展而變化，便沒有必要把古代的語言作為楷模、典範來加以模仿。袁宏道也認識到了古今語言的變遷，他說「文之不能不古而今，時使之也」，如果不能體認到這一點而「襲古人語言之跡，而冒以為古」，這和在冬天穿夏天的衣服一樣，不合時宜〔註3〕。同時，袁宏道對詩歌演化發展的看法是：

〔註2〕《白蘇齋類集》，卷之二十〈論文〉上，頁283。
〔註3〕《袁宏道集箋校》，卷十八〈雪濤閣集序〉，頁709。

> 詩之氣，一代減一代，故古也厚，今也薄。詩之奇、之妙、之工、
> 之無所不極，一代盛一代，故古有不盡之情，今無不寫之景。然則
> 古何必高，今何必卑哉！〔註4〕

他承認詩歌的氣勢是一代不如一代，但他認為詩歌的題材、體裁、藝術技巧
等，卻是一代比一代更加豐富、更加多樣。

基於這種看法，袁宗道和袁宏道一樣主張，要做「真人」、發「真聲」，
為「真文」，只要能「獨抒性靈」，寧可「不拘格套」，即使矯枉過正亦在所
不惜。可以說他們主張文學是進化的，不論是語言文字或是體裁風格等方
面，都要有自己的特色。反對擬古派字擬句摹，徒取形跡之似，剿襲格套的
作法。

袁中道和二位兄長一樣，文學主張首先強調「變」，但是他後期所處的環
境和兄長不同，復古派的陰雲已被沖散，性靈派的弊病亦有所呈現。所以，
他的論「變」，重點不再放在對擬古派的批評，而是著重在對「變」的肯定，
一來肯定了袁宏道的成就，同時為袁宏道因公安末流之弊而遭受時人的批
評，提出辯解。此外，針對袁宏道矯枉過正，公安末流「俚俗」、「纖巧」、「莽
蕩」〔註5〕的事實，袁中道在「變」與「不變」中，提出了他的修正主張，同
時指引了後輩晚生一條為詩作文的途徑。以下便就袁中道論「變」與「不變」
的文字加以論述。

中道在早期（萬曆二十五年）為宏道所寫的〈解脫集序〉中，承繼了宏
道「時」與「變」的觀點，強調文章作品，本無古今之分，只要能表達一己
的特色，都足以流傳後世。中道說：

> 夫文章之道，本無今昔，但精光不磨，自可垂後。唐宋于今，代有
> 宗匠。降及弘嘉之間，有縉紳先生倡昌復古，用以救近代固陋繁蕪
> 之習，未為不可。而剿襲格套，遂成弊端。後有朝官，遞為標榜，
> 不求意味，惟仿字句，執議甚狹，立論多矜。後生寡識，互相效
> 尤。〔註6〕

文中批評復古派浸成「剿襲格套」，字擬句摹等弊端，和宏道的主張是一致的。
但是宏道死後，中道面對公安末流俚率之弊的事實和時人對宏道的攻擊，他

〔註4〕 同前註，卷六〈丘長孺〉，頁284～285。
〔註5〕 《珂集》，卷之十一〈中郎先生全集序〉，頁523。
〔註6〕 《珂集》，卷之九，頁452。

不得不略加修正，提出較周密的見解。他說：

> 天下無百年不變之文章，有作始，自宜有末流；有末流，還有作始。
> 其變也，皆若有氣行乎其間。創爲變者，與受變者，皆不及知。是
> 故性情之發，無所不吐，其勢必互異而趨俚。趨於俚，又將變矣。
> 作者始不得不以法律救性情之窮，法律之持，無所不束，其勢必互
> 同而趨浮。趨於浮，又將變矣。作者始不得不以性靈救法律之窮。
> 夫昔之繁蕪，有持法律者救之；今之剽竊，又將有主性情者救之矣，
> 此必變之勢也。〔註7〕

中道認爲文章之變，有其「必變之勢」，只是他將這個演變看作是循迴在「性
情」與「法律」兩極之間一個往復不停的過程。宗道與宏道大體上是從語言
的觀點來探討文學的演變。而中道較著重的是風格問題〔註8〕。「法律」是「形
式」，而「性情」則指「內容」；也可以說就是孔子所說的「文」與「質」。文
質彬彬固然是創作的最高理想，但是文學史上，不論那一個時代，那一個作
家，都難免有偏倚的現象。因此，能夠相互補足，才是努力的方向〔註9〕。基
於這個觀點，中道肯定了公安派以性情救法律之窮的時代意義。值得注意的
是，中道對七子的態度，也緩和了許多，已不再是全然的對立和否定。如同
肯定宏道矯枉之功，而將罪過歸諸後人之不善學一般，中道肯定了七子一變
宋元近代之習的功勞。他說：

> 國朝有功於風雅者，莫如歷下。其意以氣格高華爲主，力塞大曆後
> 之實。於時宋元近代之習，爲之一洗。及其後也，學之者浸成格套，
> 以浮響虛聲相高；凡胸中所欲言者，皆鬱而不能言，而詩道病矣。
> 先兄中郎矯之，其意以發抒性靈爲主，始大暢其意所欲言，極其韻
> 致，窮其變化，謝華啓秀，耳目爲之一新。及其後也，學之者稍入
> 俚易，境無不收，情無不寫，未免衝口而發，不復檢括，而詩道又
> 將病矣。由此觀之，凡學之者，害之者也；變之者，功之者也。中
> 郎已不忍世之害歷下也，而力變之，爲歷下功臣。後之君子，其可
> 不以中郎之功歷下者功中郎也哉？〔註10〕

〔註7〕 《珂集》，卷之十〈花雪賦引〉，頁459。
〔註8〕 參周質平，《公安派的文學批評及其發展》（台北：商務印書館，1986年5
月），頁38。
〔註9〕 參陳萬益先生，《晚明性靈文學思想研究》，頁103～104。
〔註10〕 《珂集》，卷之十〈阮集之詩序〉，頁462。

「凡學之者，害之者也；變之者，功之者也」，宏道力變復古派的積習，是有功於歷下者，後來的人，應該怎麼做，才是有功於學中郎之詩者？中道本著「變」的精神，提出了他的修正主張。但中道畢竟是公安派的人物，仍有他基本不變的立場。同樣的，文章之道，雖然有其「必變之勢」，但也有其不可變之處。中道曾經指導後輩周伯孔作賦要懂得「不可變」與「可變」之道。他說：

> 守其必不可變者，而變其可變者。毋捨法，毋役法爲奇，無徒嘲詠
> 花雪，作不磊落事可也。〔註11〕

什麼是「變」？什麼是「不變」？什麼「可變」？什麼「不可變」？中道在文中並沒有明確地說明。但是綜合其他篇章中的論述，是可以概略得知的。首先，從他贊美阮集之爲詩能「屢變」，是大有功於學中郎之詩者，可以看出中道修正主張中「變」與「不變」的一面。他說：

> 集之才甚高，學甚博，下筆爲詩，本之以慧心，出之以深心，而尤
> 不肯以輕心慢心掉之，予甚心折焉。大端慧人才子，其始也，惟恐
> 其出之不盡也；其後也，惟恐其出之盡也。集之束髮爲詩，亦屢變
> 矣。至是雖不爲法縛，而亦不爲才使。奇而不囂，新而不纖，是力
> 變近日濫觴之波，而大有功於學中郎之詩者也。〔註12〕

姑不論中道是否有溢美之辭，從上述引文，可以看出中道修正公安末流的論點。他肯定阮集之才高學博，作詩態度謹慎認眞，能不受法律的束縛，也不一任性情的發洩殆盡，作品能散發新奇的風格，而不會流於叫囂、纖巧，是眞能「採中郎之意而變化之者」。〔註13〕

　　總上所述，可以知道，中道所謂「不變」，就是「變」，唯有了解文學發展和演變的趨勢，不斷地變化，才能使自己的作品歷久彌新，就公安一派而言，就是要常保作品的「精光不磨」〔註14〕。簡單的說，中道認爲「獨抒性

〔註11〕同註7。
〔註12〕同註10。
〔註13〕《珂集》，卷之十〈吳表海先生詩序〉，頁466。
〔註14〕《珂集》，卷之九〈解脫集序〉，頁452。中道認爲「文章之道，本無今昔，但
　　　　精光不磨，自可垂後。」。此外，在〈四牡歌序〉中，曾指出劉元定善於學古
　　　　詩，「屢變而精光始出，信筆揮灑，乃見詩人之致。」（同前註，頁453）
　　　　陳萬益先生曾經指出，袁中道所稱的「精光」，和袁宏道所揭舉的「性靈」，
　　　　江盈科所謂的「元神」等等，和李贄所提出的「童心」，內涵相同。都是指未
　　　　經道理聞見所蒙蔽的本心，也就是王陽明所謂的良知。見《晚明性靈文學思

靈」的創作原則是不可變的。但爲了使「精光不磨」必須「屢變」。

中道面對公安末流「稍入俚易，境無不收，情無不寫，未免衝口而發，不復檢括」的弊病，是勇於承認的，畢竟「有作始，自宜有末流；有末流，自宜有鼎革。」〔註15〕每一派文學主張之起，往往因爲針對著特定的對象和情境，所以在理論上難免其偏失和疏漏之處，每一種作品也同樣地會有其偏至。在基本精神不變的原則下，那些外圍使作品「精光」不出的枝節，都是可以刪剪改變的。針對公安末流的弊病，中道在學習態度和方法，創作態度和技巧等方面，都提出了他修正的見解。

首先，他指導姪子祈年和彭年要熟讀漢魏及三唐人詩，他說：

> 若輩當熟讀漢魏及三唐人詩，然後下筆。切莫率自胗臆，便謂不阡
> 不陌，可以名世也。夫情無所不寫，而亦有不必寫之情；景無所不
> 收，而亦有不必收之景。〔註16〕

這樣的立論，表面上看來，大異於宏道一空依傍，獨抒性靈、信腕直寄的主張，甚至和復古派的論點有漸趨一致的傾向。但是只要稍加辯析，中道是變而不離其宗，和復古派之間還是有區別的。相對於七子作詩只效盛唐一二家的作法，中道的主張是：詩固然以唐人爲高，但七子輩只取盛唐一二家的作法，結果：

> 外有狹不能收之景，內有鬱不能暢之情，迫脅情境使過抑不得出，
> 而僅僅矜其穀率，以爲必不可踰越。其後浸成格套，眞可厭惡。
>
> 〔註17〕

七子的取法對象太狹隘，而創作態度也未免受格套束縛，中道是不願與之同道的。他主張要熟讀漢魏三唐人的詩，在範圍上便較擬古派寬廣了許多。此外，對於宋元詩的看法，中道也不是全然排斥，他說：

> 蓋近代修詞諸家，有創謂不宜讀宋元人書者。夫讀書者，博采之而
> 精收之，五六百年間，才人慧士，各有獨至。取其精華，皆可發人
> 神智；而概從一筆抹殺，不亦冤甚矣哉！〔註18〕

學習的態度，應該是博采精收，以得書中之精華爲目的，一如學唐詩是要得

　　　想研究》，頁107。
〔註15〕同註10。
〔註16〕《珂集》，卷之十〈蔡不瑕詩序〉，頁458。
〔註17〕同前註。
〔註18〕《珂集》，卷之十一〈宋元詩序〉，頁498。

「唐詩之神」，這種主張和七子輩從字句形跡上去模仿唐人是不同的。中道勉勵蔡不瑕取漢魏三唐詩讀時，理想的態度是：

> 細心研入，合而離，離而復合，不效七子詩，亦不效袁氏少年未定
> 詩，而宛然復傳盛唐詩之神，則善矣。〔註19〕

如果像公安派末流一些學者，不知變只知取宏道「少時偶爾率易之語，效顰學步」，結果流於「俚俗」、「纖巧」、「莽蕩」，這實在不是宏道的本旨，也不是學習者應有的態度。面對公安末流被譏爲不學、輕率的弊病，中道比宏道來得更重視學習。對於學習的對象，學習的方法、態度提出了一些看法，但並不是很深入、很具體，中道關於學習的說法和宏道對法的主張，仍有異曲同工之妙。宏道曾說：

> 故善畫者，師物不師人，師心不師道，善爲詩者，師森羅萬象，不
> 師先輩，法李唐者，豈謂其機格與字句哉？法其不爲漢，不爲魏，
> 不爲六朝之心而已，是眞法者也。〔註20〕

宏道以「無法爲法」〔註21〕，法的是古人求變創新之心，而非取古人之形式格局。爲文之要，在於能先觀古人之精神氣象，得其創作之意，然後加以鎔鑄變化，以期做到自擄胸臆，獨出機杼，表現出自己的風格。中道主張博采精收，和宏道「以無法爲法」，在精神上仍是一致的。

　　以上就學習的態度和方法論「變」，以下就創作的態度和技巧等，討論中道對公安末流的修正。

　　首先，提到創作應有的態度，中道贊美阮集之作詩時，「本之以慧心，出之以深心，而尤不肯以輕心慢心掉之」，又指導祈年、彭年作詩「切莫率自矜臆」，也就是創作時態度應該謹愼認眞，這是針對公安末流輕率之弊而發的。

　　至於創作技巧方面，中道也針對問題，提出了一些因應之道。宏道以性情救法律之窮，一改七子過分重視法律，造成「剽竊雷同，如贋鼎僞觚，徒取形似，無關神骨」的弊端〔註22〕。但是矯枉有矯枉之功，往往也難免造成

〔註19〕同註16。
〔註20〕《袁宏道集箋校》，卷十七〈敍竹林詩〉，頁700。
〔註21〕袁宏道在〈答張東阿〉信中，他曾提出同樣的見解。他說：「唐人妙處，正在無法耳。如六朝、漢、魏者，唐人旣以爲不必法，沈、宋、李、杜者，唐之人雖慕之，亦決不肯法，此李所以度越千古也。兄丈冥識玄解，正以無法法唐者，此又少卿序中未發之意，故不肖爲補足之。」（出處同前註，卷二十一，頁753）
〔註22〕同註5，頁522。

過正之弊，當公安派末流俚俗、纖巧、莽蕩之弊日顯時，即使是宏道都有修正的傾向，更何況是宏道辭世後，弊病更加明顯嚴重，中道是不得不起來加以修正的。相對於七子和宏道的過分注重法律和性情，中道主張兼重二者。中道認為文章之道，是在「法律」和「性情」兩極之間循迴發展演變的，如何使兩者互相配合，是當下應努力的方向。中道的修正主張是：在內容上排除那些不宜入詩的情景；在形式上排除那些不含蓄的俚語率句。同時，主張重視作品的含蓄蘊藉和韻外之致。

　　除了前引〈蔡不瑕詩序〉中，提到情景當加以揀擇，方能入詩外，中道在〈答須水部日華〉書中，也有相同的說法：

　　　　言之無文，行之不遠。情雖無所不寫，而亦有不必寫之情；景雖無
　　　　所不收，而亦有不必收之景。色澤神理，貴乎相宜。〔註23〕

又，〈吳表海先生詩序〉中說：

　　　　顧情境有所必達，亦有所必汰。如江發岷山，萬派千流以赴峽，而
　　　　峽山常束而堤之，使無旁溢。〔註24〕

至於何者可以入詩，何者應加以汰除，中道並沒有加以具體說明，這是中道疏漏之處〔註25〕。不過，從中道晚年少作「應酬文」看來〔註26〕，這一類情景不真，非自性靈中流出的作品，是他刪汰的對象之一。

　　在文學形式方面，中道為了矯正率易的弊病，主張文要含蓄，要鍛鍊，他說：

　　　　至于作詩，頗厭世人套語，極力變化，然其病多傷率易，全無含
　　　　蓄。蓋一下事未有不貴蘊藉者，詞意一時俱盡，雖工不貴也。
　　　　〔註27〕

這樣的說法大異於宏道早期「信腕直寄」的主張，但是和宏道晚期認為「詩文之工，決非以草率得者」〔註28〕的改變是一致的。中道又說：

　　　　天下之文，莫妙於言有盡而意無窮，其次則能言其意之所欲言。……

〔註23〕《珂集》，卷之二十四，頁1047。
〔註24〕同註13。
〔註25〕參陳萬益先生，《晚明性靈文學思想研究》，頁133。
〔註26〕見《珂集》，卷之二十五〈答王天根〉，頁1061。此外，中道曾評劉玄度之詩文云：「翰瀉有餘，淘鍊不足；性靈應酬，合併而出。」（見卷之十一〈劉玄度雲在堂集序〉，頁496）可知應酬文是中道認為該刪汰的對象。
〔註27〕《珂集》，卷之二十四〈寄曹大參尊生〉，頁1029。
〔註28〕見《袁宏道集箋校》，卷四十三〈黃平倩〉，頁1259。

> 舉業文字，在成弘間，猶有含蓄有蘊藉。至于今，而才子慧人，蜚
> 英吐華，窮其變化，其去言有餘意不盡者遠矣。〔註29〕

對於中道所提出關於含蓄的論點，下面章節會加以討論，這裡的重點是指出
中道的修正主張所在。主張詩文形式內容要加以揀擇，文字要含蓄、要鍛鍊，
這些都是屬於「法律」的範圍。中道對法律的重視有逐漸增強之勢，他所謂
的「法律」的內涵和宏道早期所提出的「代有升降，而法不相沿」〔註30〕及
「法因於敝而成於過者也」〔註31〕的觀念，不盡相同〔註32〕，但和復古派以
法為主的主張還是有別的〔註33〕。他說：

> 古之人意至而法即至焉，吾先有成法據於胸中，勢必不能盡達吾
> 意，達吾意而或不能盡合於古法。合者留，不合者去，則吾之意其
> 可達於言者有幾？而吾之言其可傳於世者又有幾？故吾以為斷然不
> 能學也，姑抒吾意所欲言而已矣。抒吾意所欲言，即未敢遠於法，
> 第欲以意役法，不以法役意。故合於古法者存，不合於古法者亦
> 存。……豈誠謂我用我法，而可目無古人為也？〔註34〕

在前述的引文中，可以看出中道公安派的立場依然沒變，他依然強調獨抒性
靈，即「姑抒吾意所欲言而已矣」，但是抒吾意所欲言，必須「未敢盡遠於法」，
最理想的態度是「以意役法，不以法役意」，這和他勉勵周伯孔作賦要「毋捨
法，毋役法為奇」，讚美秦京作詩「本之以性靈，裁之以法律，真可謂善變者」
〔註35〕的論點是一致的。

　　總上所述，是中道的修正主張。中道提出「有作始，自宜有末流；有末
流，還有作始」，「有末流，自宜有鼎革」的論點，從這裡出發，輔以宏道之
意，在「變」與「不變」之間，提出了自己的觀點。一來肯定了宏道「力矯

〔註29〕　《珂集》，卷之十〈淡成集序〉，頁486。
〔註30〕　《袁宏道集箋校》，卷之四〈敘小修詩〉，頁188。
〔註31〕　同註3，頁710。
〔註32〕　參陳萬益先生，《晚明性靈文學思想研究》，第三章第三節〈二、論「時」與
　　　　　「法」〉，頁100～105。
〔註33〕　復古派前後七子之間，對於法律與性情的看法，略有不同。王世貞晚年與末
　　　　　五子的李維楨，在理論上有調合折衷的傾向，但基本上還是以「法律」為主。
　　　　　參郭紹虞，《中國文學批評史》，下卷第三篇〈明代〉、第三章〈前後七子與其
　　　　　流派〉（台北：文史哲出版社，1988年4月）。
〔註34〕　《珂集》，〈珂雪齋前集序〉，頁19。
〔註35〕　〈秦京詩文序〉見《新安集》，明刊本，日本內閣文庫藏（詳第二章第二節中
　　　　　道的著作部分）。

敝習，大格頹風」〔註36〕的貢獻；二來也給自己的主張找到了修正的依據；同時也指導了公安後輩為詩作文應有的方向。

對於中道「變」與「不變」的修正主張，歷來的看法可以細分為三類：朱銘漢認為中道的修正說，客觀而且中肯，兼顧了格調與性靈派，折衷了復古派與公安派的紛爭，使公安派的理論走入了一個新的層面，是有功於宏道的。〔註37〕

陳萬益先生認為中道是從公安派到竟陵派過渡時期的人物，他的文學思想試圖兼言二派的優點，結果是：中道謹慎周密的性格以及含蓄收斂的修正意見，使得宏道所拓展出來的新領域，又逐漸的縮小。〔註38〕

周質平認為，公安派晚期和七子意見有漸趨一致的發展，公安派的詩論，到了中道變得穩當持中，但清新光焰之氣也因此而消匿了不少，無復當年「獨抒性靈，不拘格套」之特色了。〔註39〕

綜合上面三種說法，可以得出以下的結論：中道身為公安晚期的人物，對公安派的得失有較全面的認識，他的修正意見，的確使公安派的主張趨向周延，不過由於中道反攻為守的作法，使得公安派很快就被竟陵派所取代。竟陵派本著「學之者，害之者也；變之者，功之者也」的理念，提出自己的主張，走出自己的風格。以下我們有必要另立一個章節，來討論中道和鍾譚他們所面對的文壇現象相同，同時二派之間又頗有師友淵源，何以竟陵派不僅成為公安派的修正者，更成為取代者？鍾譚的論「變」和中道有何異同？只有把竟陵派拿來作一個對照，才能更清楚地看出中道的定位。（詳第五節）

第三節　論「選」與「全」——袁中道創作理念與對作品集刊刻傳世的見解

論者認為公安派，由袁宗道的發難開創，到袁宏道的波瀾壯闊，袁中道的補偏救弊，這一演變發展的軌跡，可以作為晚明社會思潮演變的對照。也

〔註36〕同註14。
〔註37〕見朱銘漢，《袁中郎之文學批評觀》（東海大學中文研究所碩士論文，民國67年），頁121～130。
〔註38〕同註9，頁135。
〔註39〕同註8，頁44。

就是說，透過對三袁思想、文學主張等主流思想轉變的探討，可以發現公安派的興衰史，正是晚明時代的折光——晚明性靈思想的由盛而衰〔註 40〕。其實，三袁主流思想的演變，固然可以視為一個整體的演變。但是，就個人的發展而言，未嘗不是如此。心志的成長，人事的歷鍊等，往往使人由光芒外放到日益沈潛、內斂。袁宗道和袁宏道年壽雖然不長，但是仍然可以看出演變的軌跡。至於袁中道，由於年壽稍長，可以很清楚地看出，也由年少的意氣勃勃到半生「懷利刃切泥之嘆」〔註 41〕，和晚年的淡然退藏，這一演變的過程（詳細參生平部分）。同樣地，他的文學主張也有了相應的轉變痕跡。

　　以下，將承上一節的結論，接著探討袁中道在繼承與修正中，所形成的一己的創作理念，及他對作品集刊刻傳世，是否要「選」的見解。主要的參考資料是他的〈珂雪齋前集序〉、〈珂雪齋集選序〉，以及其他相關的序文。此外，便是和友人往返的書信，尤其是袁中道晚年在給錢謙益和蔡復一的信中〔註 42〕，時常提及自己對詩文創作及刊刻的見解與原則。其中不難看出他在「變」與「不變」當中抉擇的心路歷程。

　　袁宏道在萬曆二十四年〈敘小修詩〉中，提到中道的詩文「大都獨抒性靈，不拘格套，非從自己胸臆流出，不肯下筆」，又說中道年輕時不得志，多感慨，所以時常把貧苦窮愁的情懷，表現在詩文當中，「每每若哭若罵，不勝哀生失路之感」〔註 43〕。尊重自己真實的情感，任性而發，這是中道年輕時秉持公安派文學主張——發真人真聲，反模擬剽竊的實際表現。這類作

〔註 40〕有關公安三袁思想、文學主張、審美觀等異同，可參大陸吳調公的論文：
　　　　（一）〈論公安派三袁美學觀之異同〉，《中國古代、近代文學研究》，1986
　　　　　　　年 2 月，頁 179～188。
　　　　（二）〈論公安派三袁文藝思想之異同〉，《中國古代、近代文學研究》，1986
　　　　　　　年 3 月，頁 189～198。
　　　　案：關於大陸的論文，雖然思想型態和臺灣不盡相同，但是，許多不同的研
　　　　　　究角度，如美學方面的觀點，頗值得參考。上引二文仍有不少論點值得商榷
　　　　　　也有不少基本的錯誤，如（一），頁 181，誤將袁祈年的《楚狂之歌》，視為袁
　　　　　　中道的作品。且對於蒲桃社結社的時間，說法也不對。
〔註 41〕見《珂集》，〈珂雪齋前集自序〉，頁 20。
〔註 42〕袁中道和錢謙益、蔡復一晚年頗有書信往來，但是今天在錢的《初學集》、《有
　　　　　學集》，和蔡的詩文別集當中，無法找到相應的書信以看出彼此的互動關係，
　　　　　殊為可惜。關於蔡復一的作品流傳情形，可參陳萬益先生，《晚明性靈文學思
　　　　　想研究》（台灣大學中文研究所博士論文，民國 66 年），頁 218，註 16。
〔註 43〕見錢伯城，《袁宏道集箋校》，頁 188。

品，在袁宏道看來，即使有「疵處」，也是「本色獨造語」〔註44〕，最足以感人。

中道晚年，面對公安末流創作態度輕率，詩文內容趨向俚易淺俗的弊病，雖然在理論上如前所述，作了若干的修正，同時檢討自己歷來「率爾成章」、「偶爾寄興」、無暇揀擇的作品，有「兔起鶻落、決河放溜，發揮有餘，淘鍊無功」〔註45〕的缺點。但是，中道對於這種能抒己意之所欲言的作法，仍然抱持著肯定的態度。他在回答蔡復一的信中強調：

> 不肖謬謂垂世之業，亦必置其身于世間毀譽稱譏之外，而後一段精光不可磨滅。而有意於不朽者，其勢且速之朽。故往往衝口信筆，不復刪汰。以爲果出雅士之口，即俗亦雅也；果出俗士之口，即雅亦俗也。〔註46〕

在袁中道看來，垂世之作最可貴的就在於它的「精光不可磨滅」，至於其它修辭，淘鍊的功夫，反而是次要的問題。不過，「獨抒性靈，不拘格套」，有一個前題，那便是作者必須是慧人才士，才能各出手眼，各爲機局，以達其意之所欲言。否則，像一些沒有如袁宏道之才之學之趣的人，只知取「少年偶爾率易之語」，效顰學步，只會造成「俚俗」、「纖巧」、「莽蕩」的弊病〔註47〕。這和那些七子末流「才短腸俗，束書不觀」〔註48〕，只知剽襲模擬，「拾他人殘唾，死前人語下」〔註49〕的情形是一樣的。當然，袁中道對於自己是「慧業文人」〔註50〕，能「即俗亦雅」是頗爲自許的。

主張「抒己意之所欲言」，袁中道認爲和「言有盡而意無窮」並沒有抵觸。天下之文，「莫妙於言有盡而意無窮，其次則能言其意之所欲言」〔註51〕。但是古人所謂「水中鹽味，色裏膠青」，這樣的境界，即使是三百篇也不可多得，而盛唐也不多見，更何況是中晚唐，袁中道以爲：

> 才人致士，情有所必宣，景有所必寫，倒囷而出之若決河放溜，猶

〔註44〕同前註，頁187。
〔註45〕同註41。
〔註46〕《珂集》，卷之二十五〈答蔡觀察元履〉，頁1063。
〔註47〕《珂集》，卷之十一〈中郎先生全集序〉，頁523。
〔註48〕同前註，〈宋元詩序〉，頁498。
〔註49〕同前註，頁497。
〔註50〕袁中道曾說：「所謂慧業文人，我不敢讓，本色道人，我不敢任。」《珂集》，卷之二十五〈答謝青蓮〉，頁1101。
〔註51〕《珂集》，卷之十〈淡成集序〉，頁485。

> 恨口窘腕遲，而不能盡吾意也。而彳亍，而囁嚅，以效先人之顰步，
> 而博目前庸流之譽，果何為也？〔註52〕

這是批評七子末流，為了博取法古的聲譽，不惜囁囁嚅嚅效顰學步，以至失
卻自己的作法。袁中道在〈淡成集序〉中，甚至將他們視為「文中之鄉愿」
〔註53〕。他認為楚人〔註54〕之文，雖然發揮有餘，蘊藉不足，但是「直攄胸
臆處，奇奇怪怪，幾與瀟湘九派同其吞吐」〔註55〕，這種能夠盡抒一己胸中
之奇的作法，比起那些只知字模句擬之輩來得可貴。袁中道一再強調：

> 以為揀擇太過，迫脅情景，而使之不得舒真，不如倒囷傾囊之為快
> 也。本無言外之意，而又不能達意中之言，又何貴於言。楚人之
> 文，不能為文中之中行，而亦不為文中之鄉愿，以真人而為真文。
> 〔註56〕

主張作文和為人一樣，以「真」為貴，這是從李贄「童心說」下來，公安派
一貫不變的創作原則。

　　但是，「有末流，自宜有鼎革」，更何況「學以年變，筆隨歲老」〔註57〕，
一個人會隨著年紀的增長，創作經驗的豐富等，在思想和文學主張方面，都
會相對的有所改變。袁中道在面對「昔之論氣格者近於套，今之論性情者近
於俚」〔註58〕，這一種文學演變的趨勢，體會到任何主張往往都有其偏至，
最好能在氣格（法律）與性情之間取得平衡。除了檢討七子一派的文學主張
外，對於自己創作的得失，也時有省思。他曾經說自己：

> 少年勉作詞賦，至於作詩，頗厭世人套語，極力變化，然其病多傷
> 率易，全無含蓄。蓋天下事，未有不貴蘊藉者，詞意一時俱盡，雖
> 工不貴也。近日始細讀唐人詩，稍悟古人鹽味膠青之妙。〔註59〕

又說：

> 僕束髮即知學詩，即不喜為近代七子詩。然破膽驚魂之句，自謂不
> 少，而固陋朴鄙處，未免遠離於法。近年始細讀唐人詩，間有一二

〔註52〕《珂集》，卷之十〈吳表海先生詩序〉，頁466。
〔註53〕同註51，頁486。
〔註54〕關於楚人楚風的論點參第四節。
〔註55〕同註53。
〔註56〕同註53。
〔註57〕同註47，頁521。
〔註58〕《珂集》，卷之二十五〈答錢受之〉，頁1073。
〔註59〕《珂集》，卷之二十四〈寄曹大參尊生〉，頁1029。

語合者。〔註60〕

袁中道肯定自己的創作,能夠擺脫格套的束縛,「極力變化」,獨抒性靈。但是,這樣的作法,雖然能得不少「破膽驚魂」之佳句,卻有不夠含蓄,「未免遠離於法」的遺憾。畢竟,「慧人才子,其始也,惟恐其出之不盡也;其後也,惟恐其出之盡也」〔註61〕,含蓄蘊藉,是天下詩文最高的境界。才人致士,在「各呈其奇」,「互窮其變」,有一段「眞面目溢露於褚墨之間」〔註62〕之後,會有更高的期許。也就是在追求詩文「精光不可磨滅」的同時,努力兼顧當初在兩相權衡之下,無法兼顧的問題。這也就是袁中道後來提出「以意役法,不以法役意」〔註63〕,以法律救性情之窮,認爲「色澤神理,貴乎相宜」〔註64〕的原因之一。可以說這是袁中道爲了「力塞後來俚易之習」〔註65〕所提出的修正主張(詳前)。也可以說這是袁中道創作境界的提昇——從獨抒性靈到對古人「鹽味膠青,言有盡而意無窮」之妙的追求。同時,也是他的創作理念與人生境界的合一。袁中道晚年,修道日深,在創作方面,追求的是「淡」與「自適」,他在給秦中羅解元的信中,提到自己一生的心血,半爲擧子業耗盡,如今既老且病,幸好「少而聞道」,晚年能「深加探討」,有不少感悟。提筆爲詩作文的表現和心態已是:

> 如郭忠恕天外遠山,澹澹數峰,聊以自適而已。〔註66〕

對於「淡」與「自適」的追求,可以說是袁中道晚年的心境,同時,也可以反映出晚明文人所嚮往的人格格調。〔註67〕

以上討論的是袁中道的創作理念。接著要討論的是他對作品集刊刻傳世的見解。他究竟是主張對作品應該加以揀選再付梓,還是主張「賅而梓之」?在選與不選之間,他的說法是否有矛盾〔註68〕?如果有自相衝突的地

〔註60〕《珂集》,卷之十〈蔡不瑕詩序〉,頁458。

〔註61〕同前註,〈阮集之詩序〉,頁462。

〔註62〕同註47,頁522。

〔註63〕〈珂雪齋前集自序〉,同註41,頁19。

〔註64〕《珂集》,卷之二十四〈答須水部日華〉,頁1047。

〔註65〕同註61。

〔註66〕《珂集》,卷之二十四〈答秦中羅解元〉,頁1053。

〔註67〕參黃明理,《「晚明文人」型態之研究》(師範大學國文研究所碩士論文,民國78年),第四章「晚明文人」之生活。

〔註68〕陳萬益先生認爲袁中道是一個過渡性的人物,所以他的思想在公安與竟陵之間,還存有一些矛盾,譬如說關於選詩的問題,便有許多自相衝突的意見。見《晚明性靈文學思想研究》,頁134。

方，原因又何在？是否和他的創作理念可以互相參證？這些問題是以下要探
討的重點。

　　萬曆四十二年，袁中道一病幾殆，病中惟恐一旦辭世，生平作品將散佚
不存，那麼文名將無法流傳於後世，不得已只好將舊作加以整理，付之於梓。
萬曆四十三年，袁中道在回答蔡復一的信中，將自己刊刻作品的心態和見解
交待得十分清楚，他說：

> 去秋奄奄伏枕，惟恐一旦溘先朝露，則過雁一唳，竟從湮滅。不得
> 已取而付之於梓，大都輸寫之致有餘，鍛鍊之功不足。都無言外之
> 意，而姑吐其意中之所欲言。庶幾千秋而後，知有袁生而已矣。不
> 肖謬謂垂世之業，亦必置其身于世間毀譽之外，而後一段精光不可
> 磨滅。……故往往衝口信筆，不復刪汰。以爲果出雅士之口，即俗
> 亦雅也；果出俗士之口，即雅亦俗也。姑賅而存焉，聽後之人愛我
> 者留，不愛我者去，以付諸虛心平氣之定論焉。〔註69〕

基於作品能「姑吐其意中之所欲言」，其中自有「精光不可磨滅」處，足以流
傳於後世。所以在「直念遺簪敝屨，不忍終棄也」〔註70〕的心態下，「賅而存
焉」地將作品付梓，相信後世自有棄取。

　　這種對於作品集刊刻時，但求其全的觀點，袁中道在另一封回答蔡復一
的信中，也表達了對陶望齡遺集不同的看法。他說：

> 近閱陶周望祭酒集，選者以文家三尺繩之，皆其莊嚴整栗之撰，而
> 盡去其有風韻者。不知率爾無意之作，更是神情所寄，往往可傳者
> 托不必傳者以傳，以不必傳者易于取姿，炙人口而快人目。班馬作
> 史，妙得此法。今東坡之可愛者，多其小文小說；其高文大冊，人
> 固不深愛也。使盡去之，而獨存其高文大冊，豈復有坡公哉！大賓
> 水陸之席，有時以爲苦，而偶然酒核，有極成歡者，此之謂也。
> 〔註71〕

重視文章的風韻趣味，這是公安派審美觀點異於傳統見解的所在（詳第四
節）。袁中道對於陶望齡集中，沒有收入遊記及尺牘，深表惋惜。在他看來：

> 此等慧人，從靈液中流出片語隻字，皆具三昧，但恨不多，豈可復

〔註69〕同註46。

〔註70〕《珂集》，卷之二十四〈答蔡觀察元履〉，頁1044。

〔註71〕同前註，頁1045。

加淘汰，使之不存于世哉！〔註72〕

對於「高文大冊」和「小文小說」的看法，見仁見智，袁中道認為應該並存，聽憑後人的取捨。這是就作品風格而言並不完全是就文字的鍛鍊與否立論的。其實，袁中道衡量作品的標準，並不是「工不工」的問題，而是強調有沒有其特色，他認為作品之於作者，就好像子女之於父母一樣，都是經過孕育而成的，父母不會因為子女不才就將他們拋棄，作者也不會因為作品不工而加以淘汰的。畢竟，對同樣一件事物，每個人的見解與喜好不同，所謂：

> 文章之道，己憎人愛，己愛人憎。箕畢殊好，未能自定。故賑而梓
> 之，亦不敢有去取也。〔註73〕

同樣的見解，也表現在他對於鍾惺所刻雷思霈詩集的看法上。鍾惺選詩的觀點，在求其「精」〔註74〕，袁中道則不然，他認為：

> 此等慧人之語，一一從胸中流出，盡揭而垂之於天地間，亦無不可。
> 昔白樂天，詩中宗匠也，其所愛劉禹錫詩，都非其佳者。豈自以為
> 工者，人或不以為工；而自以為拙者，反來世之激賞也。不若並存
> 之為是。〔註75〕

對於詩的「工」與「拙」，每個人欣賞的角度不同，不如讓它們並存於作品集中，讓不同的讀者有不同的選擇，這是袁中道的主張。

但是，在某些時候，袁中道對於「賑而梓之」的作法，又有相反的意見。譬如，萬曆四十四年，他在給錢謙益的信中，提到對於萬曆四十二年付梓的《珂雪齋近集》，覺得不太滿意，他說：

> ……一病幾殆，故取近作壽之於梓，名為珂雪齋集。近轉覺其冗濫，
> 不欲流通，正思取一生詩文之精警者，合為一集。〔註76〕

在同一個時期，寫給丘坦的信中〔註77〕，也提到相同的見解，他說：

> 度邊集極有奇趣，但其中稍有二三率易語，須少汰，乃可入梓。然

〔註72〕同前註。
〔註73〕同註41。
〔註74〕鍾惺選詩的觀點，請參陳萬益先生，《晚明性靈文學思想研究》，第四章第六節〈論「選」——選詩之說及其創作論〉。
〔註75〕《珂集》，《遊居柿錄》卷三十，頁1343。
〔註76〕《珂集》，卷之二十五〈答錢受之〉，頁1073。
〔註77〕丘坦（丘長孺），和竟陵派亦頗有交往。

> 亦無多也。弟意欲于兄數十年全集內，選其精緊奇古，稍示人以難，
> 而不示人以易者，刻爲二冊，以行於世。至妙，至妙！兄即不好名，
> 然弟恐兄名之不美也。〔註78〕

這種在既有作品集中，再加以精選以另成一集傳世的作法，可以說和竟陵派的觀點相近。甚至和先前提到「並存之爲是」的看法有所衝突。對於這種現象，究竟要如何解釋？或許，正如陳萬益先生的推論，袁中道在竟陵派諸人前仍然不免要爲公安派辯護；但是對於同屬公安派的人，他就採取竟陵派的觀點，來彌補公安派的缺陷。袁中道可以說是從公安派到竟陵派過渡時期的人物，他的文學思想試圖兼容二派的優點，卻還無法達到一家之言的圓融境界，不免有自相矛盾的地方。〔註79〕

袁中道對於「選」的看法，基本上和鍾譚的見解，還是有差別的，這留待第五節再加討論。這裏必須再就袁中道從結集《珂雪齋近集》、《珂雪齋前集》到《珂雪齋集選》這一段過程當中，他的文學主張和實際作法，究竟改變了多少，做一個總結。

在某些方面，袁中道的個性的確如李卓吾所說，是「謹慎周密」的〔註80〕。他的修正主張基本上是十分周延的，從「有末流，自宜有鼎革」，「守其必不可變者，而變其可變者」，這種的立論點下來，在變與不變之間、他的主張，可以有十分寬廣的天地。不過，他並沒有失卻他身爲公安派的立場，他的許多修正主張，都是在基本原則不變的情形下，爲了更進一步使理論更周密、作品更優秀而提出的。

天啓二年，袁中道所寫的〈珂雪齋集選序〉，可以說是他晚年的定論。這一篇序文，立論十分允當持中，又不失自己向來的立場。文中他指出，唐詩之所以稱盛的原因，就在於它的「異調同工」，和當時作者對於各種不同風格的作品及人的肯定。比如杜甫的「沈著」，李白的「俊快」，雖然風格不同，但是他們能夠「各從所入，以極其才」，所以到了後代仍然「光燄不磨」。即使是李賀、孟郊這一類非「正聲」作品，也都能「相與角奇鬥巧，崢嶸一代」。而不會因爲作品的「偏枯」而受到時人的排斥，正因爲它的兼容並蓄，所以能成就唐詩的盛況。袁中道認爲創作態度過於輕率，作品過於俚俗，固

〔註78〕《珂集》，卷之二十五〈答丘長孺〉，頁 1069。
〔註79〕同註 68，頁 135。
〔註80〕見《珂集》，附錄二〈柞林紀譚〉，頁 1481。關於袁中道的這種個性，陳萬益
　　　　先生，有進一步的分析，參《晚明性靈文學思想研究》，頁 130～23。

然不足取，但是若「摭故詘新，喜同惡異，拘執格套，逼塞靈源」，這也是不對的。對於自己獨抒性靈的作品付諸刊刻的看法，他以花園中的花木作為比喻，「香色皆絕」，固然是奇觀，但是那些「有色而香減」或「有香而色減」的花木，一樣是宇宙的「精華所寄」，和那些「蔓草散木」是不同的，香、色稍減，並不妨害它的存在。同樣的，各有偏至的作品，都有流傳後世的價值。〔註81〕

　　袁中道在《珂雪齋近集》刻成之後，覺得過於冗濫，所以，又從一生詩文當中選出精警者合為一集，這應該就是後來的《珂雪齋前集》。不過，將兩者加以比較，可以發現，《前集》只刪了《近集》詩一首，文十五篇（約十五分之一）（詳頁29的表格），在比例上並不大。而且〈珂雪齋前集序〉中，袁中道又認為自己的作品歷來散佚的，已經很多，實在不忍再加以棄擲，所以「賅而梓之，亦不敢有去取也」，只希望能聊結「向者修詞之局，以存過雁之一唳，而使後來不復措意此道己爾」，這種作法和想法，不免與當初有所出入。

　　再將《珂雪齋集選》和《珂雪齋前集》做一個比較，可以發現《集選》刪了《前集》詩約十二分之一，文約十一分之一，比例也不大。

　　從上述現象可以歸納出一個結論，那就是，袁中道對於公安派「獨抒性靈」的主張，始終沒有改變。只是對於「不拘格套」的作法略加修正。而他對於作品集傳世，究竟要不要「選」的看法和作法，時有出入，這種現象，除了說明他可能受到竟陵派主張的影響，是過渡時期的人物外，更可以從其中看出他的性格。除了謹慎周密之外，誠如錢謙益所說，（袁中道）有「才多之患」。《列朝詩集小傳》裏，有這樣一段對話：

　　　　余嘗語小修：「子之詩文，有才多之患，若遊覽諸記，放筆芟薙，去其強半，便可追配古人。」

　　　　小修曰：「善哉，子能之，我不能也。吾嘗自患決河放溜，發揮有餘，淘鍊無功，子能為我芟薙，序而傳之，無使有後世誰定吾文之感，不亦可乎？」

　　　　小修之通懷樂善若此，……〔註82〕

袁中道對於自己有「才多之患」，對於作品不忍過於割捨的「弱點」是承認的。

〔註81〕同註41，頁23。
〔註82〕《列朝詩集小傳》（上海古籍出版社，1983年10月），頁569。

當理論上有了缺失，袁中道是勇於承認並且加以修正，晚年的他益發謙讓和寬容，的確誠如錢謙益的贊美——是一個通懷樂善的人，或許正是這種謹慎周密、不忍割捨，通懷樂善的個性和胸懷，使得他無意或無法挽回公安派的江山，而將文壇大纛拱手讓給竟陵派。

第四節　論「眞」與「趣」
——袁中道論人評文的觀點

　　綜合歷來學者的研究，可以肯定的是：王陽明的良知學說，秉持著自由解放的精神，使明代脫離了朱學的桎梏，成爲心學的時代。而其中由王畿（王龍溪）、王艮（王心齋）到李贄的心學系統，對晚明性靈文學思想有著十分顯著的影響。一來，它主張自由平等的精神，使得文學思想同樣具有這個特色，那便是肯定個人創作的能力，和文章表現的自由。二來，它所強調的「狂狷論」，在文學思想方面成爲偏至的主張〔註83〕。袁中道兄弟，和李贄有實際而深刻的交往，他們對於人和詩文的評論，很多觀點都是直承李贄而來，並且加以發揮的。但是，除了晚明心學的影響外，許多得之於山水書畫的經驗與心得，也影響了袁中道論人評文的見解，本節所要探討的，便是袁中道對於人（作者）與詩文（作品）賞鑑的角度。

　　「眞人」是明人爲學做人所追求的最高境界〔註84〕。爲眞人、發眞聲，作眞文是公安派一貫不變的主張。在這個前提之下，認爲文章的形式風格是人格的反映，也就是詩品即人品的評論〔註85〕，很自然地出現在公安派的詩文評論當中，袁中道當然也不例外。生於楚地，身爲楚人，袁中道在爲人和作文方面，便十分強調要發揮楚人的本色，要有楚風。

　　袁宏道把楚風概括爲「勁質而多懟，峭急而多露」〔註86〕，晚年也說過「楚聲多怨」，「楚人長才盛氣」「楚人面稜稜，令人不欲近」〔註87〕等話。總

〔註83〕　參見陳萬益先生，《晚明性靈文學思想研究》，第一章第二節〈晚明的心學〉（台灣大學中文研究所博士論文，民國66年），頁5～10。
此外，關於陽明心學對晚明文學的影響，可參周志文，《泰州學派對晚明文學風氣的影響》（台灣大學中文研究所碩士論文，民國66年）。
〔註84〕　同前註，《晚明性靈文學研究》，頁24。
〔註85〕　同前註，頁31。
〔註86〕　《袁宏道集箋校》，卷四，錦帆之二——遊記雜著，〈敘小修詩〉，頁189。
〔註87〕　同前註，卷五十四，未編稿之二——雜著，〈劉元定詩序〉，頁1528～1529。

括來說，剛勁直樸，峭刻急切，直抒悲憤，才高氣盛，這是楚人的性格。為詩作文秉持「獨抒性靈，不拘格套，非從自己胸臆流出，不肯下筆」，「任性而發」〔註88〕，這是楚人創作的態度，表現在詩文上，便多是「眞聲」、「情至之語」、即使有「疵處」，也多是「本色獨造語」〔註89〕。袁宏道的這種說法，顯然受到李贄求「眞」和「病處即是你好處，人無病，即是死物」〔註90〕觀點的影響。

袁中道深受李贄與袁宏道的啓迪和影響，也有類似的見解。他認為楚人的才情未必勝過吳越，但是楚人的「膽」勝過吳越，所以當文章處窮而必變之時，出來加以鼎革，領先風騷的，往往便是能夠不計「世間毀譽是非」，「不守故常，而獨出新機」的楚人〔註91〕。他對於哥哥袁宏道能夠出來一洗擬古派剽竊格套的弊端，那種不計世間毀譽，不惜矯枉過正的膽力和識力，是極為佩服的〔註92〕甚至視為是有明一代數百年來的兩大異人之一（另一個是李贄）。〔註93〕

雖然不是每個人都能成為袁宏道，但是楚人勇於變革，勇於創新，勇於追求自我的精神是一致的。所以楚人為詩，不會「字字效盛唐」；為文，不會「言言法秦漢」，但是卻頗能抒發一己的情感與胸中之奇，雖然「發揮有餘，蘊藉不足」，但是「其直擄胸臆處，奇奇怪怪，幾與瀟湘九派同其吞吐」〔註94〕。總之，為文和為人的原則一樣，「不為中行，則為狂狷」，講求「以眞人而為眞文」〔註95〕，這是楚人的本色，也是袁中道的主張。

但是「不為中行，則為狂狷」，它強調的是要為眞人眞文，反對假道學、鄉愿（假人），反對擬古派的剽竊雷同，並非反對或不願為「中行」，這和詩文講求獨抒性靈，不拘格套，與含蓄蘊藉不相牴觸一樣，都是在某種特定的情境之下，退而求其次的選擇。其實，追求聖人——不偏不倚中庸的境界，

〔註88〕同註86，頁187～188。

〔註89〕同前註。

〔註90〕《珂集》，附錄二〈柹林紀譚〉，頁1488。此外，關於「本色」的見解，唐順之和徐渭的主張，對公安派也有啓發。參陳萬益先生，《晚明性靈文學思想研究》，頁41～48。

〔註91〕《珂集》，卷之十〈花雪賦引〉，頁459～460。

〔註92〕《珂集》，卷之十一〈中郎先生全集序〉，頁521。

〔註93〕《珂集》，卷之二十四〈答須水部日華〉，頁1047。

〔註94〕《珂集》，卷之十〈淡成集序〉，頁486。

〔註95〕同前註。

往往是傳統士人、文人一生追求的終極目標。

隨著年歲的成長，當復古派的陰雲大致散去之後，許多當初矯枉過正的理由和作法，便不再那麼重要。尤其當公安派本身的弊端產生時，袁中道的看法，自然（也可以說是不得不）有所修正。所以，他說：

> 楚人之文有骨，失則傖；吳人之文有態，失則跳。予每欲以楚人之質幹，兼吳人之風致，而不可得也。〔註96〕

兼顧「質幹」和「風致」，可以說便是兼顧文章的「素」與「繪」，也就是兼顧文章的「質」與「文」（也就是「性情」與「法律」；「內容」與「形式」之間的問題）。文章能夠兼顧二者，不偏一端，可以說便是文之「中行」的境界，這種境界雖然不易達到，但終究是詩文創作的理想境界。除了前面提到，袁中道認為文章的演變發展是在「法律」和「性情」兩極之間循迴，互有偏至外，也以「繪」、「素」的觀念，表達他對歷來詩文表現的見解。他說：

> 詩文之道，繪素兩者耳。三代而上，素即是繪；三代而後，繪素相參。蓋至六朝，而繪極矣。……夫真能即素成繪者，其惟陶靖節乎？非素也，繪之極也。宋多以陋為素，而非素也。元多以浮為繪，而非繪也。國朝乘屢代之素，而李何繪之，至于今而繪亦極矣。甫下筆，即沾沾弄姿作態，惟恐其才不顯而學不博也。古之人任其意之所欲言，而才與學自聽其驅使。今之人反以才學為經，而實意緯之，故以繪掩素，而繪亦且素。然而無色，膩靡而無足觀，予重有慨焉。〔註97〕

袁中道認為詩文之道，無非是文采和本質相互配合的問題，歷來只有陶淵明可以作到「即素成繪」的境界，陶淵明「為詩如其為人」，深得恬澹之趣，他的詩文，作到的不只是「素」，也不是像宋代那樣多以粗淺為「素」，或元代那樣多以浮華為「繪」，他達到的境界是「繪之極也」，可以說是藝術鍛鍊到了極點，反成自然、質樸的境界。袁中道對於七子以來，為詩作文過於強調才學，過於雕琢和重視文藻，結果反失去了作者的真性情，文字顯得黏膩靡弱的現象，深表感慨。同時，有感於公安派末流俚俗率易這種過度強調性情所造成的現象，和過度強調才學一樣，有它的弊端，所以他說「言之無父，

〔註96〕《珂集》，卷之十〈二趙生文序〉，頁488～489。
〔註97〕《珂集》，卷之十〈程晉侯詩序〉，頁470～471。

行而不遠」、「色澤神理，貴乎相宜」〔註98〕。這種論點，和袁宏道：「言之愈質，則其傳愈遠」〔註99〕的說法，顯然不同，袁宏道為了力革擬古派的頹風，不惜矯枉過正，重質輕文，忽略了詩文的藝術性。有些研究者認為袁宏道混淆了主觀情感的眞和藝術的眞，以及眞正的「自然」與藝術的自然，也就是他忽略了「詩情」的本身，並非就是詩篇。如錢鍾書《談藝錄》引王濟的話說：

> 文生於情，然而情非文也；性情可以為詩，而非詩也。詩者，藝也。
> 藝有規則禁忌，故曰持也。持其情志，可以為詩，而未必成詩也。
> 〔註100〕

袁宏道的詩論就是忽略了「持其情志」的「持」字〔註101〕。這是袁宏道理論疏漏所在，至於袁中道則注意到了這個問題，認為詩文必須兼顧情感的眞摯與藝術性。但是，他畢竟不是文學理論家，對於該如何兼顧，實際作法為何？並沒有進一步的說明，只是他在評人論文時，往往將「才」、「學」、「膽」、「識」、「趣」等並提，不像袁宏道那樣極端地強調性靈的眞與趣，往往使人誤以為他主張「不學」，正如周質平的看法，他認為錢鍾書在《談藝錄》中，對袁枚性靈說的批評，也可以轉用到袁宏道的詩論上，錢氏說：

> 隨園每將「性靈」與「學問」對舉，至稱「學荒翻得性靈出」，即不免割裂之弊。吾儕不幸生古人之後，雖欲如「某甲」之「不識一字，堂堂作人」，而耳目濡染，終不免有所記聞，記聞固足汨沒性

〔註98〕 同註93。

〔註99〕 《袁宏道集箋校》，卷五十四〈行素園存稿引〉，頁1571。

〔註100〕 錢鍾書，《談藝錄》（台灣：書林書店，1988年11月），頁40。

〔註101〕 參周質平，《公安派的文學批評及其發展》（台灣商務印書館，1986年5月），頁24～25。另外田宜弘也有類似的見解。參〈排擊擬古，昌言性靈──論袁宏道‧敘小修詩〉，《晚明文學革新派公安三袁研究》（湖北：華中大學出版社，1987年5月），頁150。

關於袁宏道是否「重質輕文」這個問題，朱銘漢在他的碩士論文，《袁中郎之文學批評觀》中，有不同的看法，他認為中郎之「求質」說，統合了言志抒情與注重內容這兩個觀念，使得傳統「文」「質」互有偏勝的情形，得到平衡。只是中郎「求質」的觀念，容易導致誤解，讓人誤以為他不重後天的學力或創作的技巧形式。（東海大學中文研究所碩士論文，民國67年），第二章第四節〈「求質」意義之纏析〉，頁46～52。

其實不論那一種說法正確，它都表示袁宏道理論容易使人誤解，所以公安派末流不察，導致弊端叢生，而後代評論研究者也因此而各有所執，見解不一。

靈，若陽明《傳習錄》卷下所謂：「學而成癖」者。然培養性靈，亦
非此莫屬，今日之性靈，適昔日學問之化而相忘，習慣以成自然者
也。〔註102〕

性靈非他，只是學問與習慣相融相忘後之結果，袁宏道忽略了這一點，只說
性靈、趣韻之高妙，而不示人至此高妙之路，周質平以爲這種說法，對一個
在詩詞中浸淫了數十年的人，也許有當頭棒喝之功，但對初學者卻並未指出
門徑。甚至造成初學者以爲作詩不必讀書，或讀書會妨礙性靈的誤解，結果
出現了末流草率膚淺的現象。〔註103〕

「前修未密，後出轉精」，同樣可以說明，袁中道在袁宏道之後，對於整
個公安派的主張，有較全面的檢討與修正，態度也較客觀。以下條列幾則他
論人評文的觀點，以便看出他較袁宏道周延的一面：

吾觀宋元諸君子，其卓然者，才旣高，趣又深，於書無所不讀。故
命意鑄詞，其發脈也甚遠，……後來學者，才短腸俗，束書不
觀，……。〔註104〕

至于詩之一道，未必有中郎之才之學之趣，而輕效其顰，似尤不
可。〔註105〕

集之才甚高，學甚博，下筆爲詩，本之以慧心，出之以深心，而尤
不肯以輕心慢心掉之，……。〔註106〕

天根喜讀書，下筆爲詩賦，及小言短章，天趣皆奕奕毫楮，所謂文
人之藻，韻士之趣備矣，……。〔註107〕

夫名士者，固皆有過人之才，能以文章不朽者也。然使其骨不勁，
而趣不深，則雖才不足取。〔註108〕

從以上的引文中，可以肯定袁中道在理論上注意到了才學與韻趣等，必須兼

〔註102〕同註100，頁206。「補訂一」。
〔註103〕同註101，頁28。
〔註104〕《珂集》，卷之十一〈宋元詩序〉，頁498。
〔註105〕同註93。
〔註106〕《珂集》，卷之十〈阮集之詩序〉，頁462。
〔註107〕《珂集》，卷之十〈王天根文序〉，頁480。
　　　　若據《珂雪齋近集》，則在「天趣皆奕奕毫楮」下，多「且也煙霞成癖，兵壑
　　　　棲神」二句。
〔註108〕《珂集》，卷之十〈南北遊詩序〉，頁457。

備的問題，缺乏才學便無法成其爲文人、名士。才學可以說是成爲文人、名士必備的條件，但並不是全部，因爲，如是只有過人之才，而沒有勁骨、深趣，那麼即使有高才也不足取。就像七子以來，過份強調才學，掩蓋了性靈、眞、趣一樣，這是公安派最不以爲然的一點。

袁中道雖然肯定才學的重要性，但是他只是把它視爲一項必要的條件，才學並不是他評人論文的中心。即使是面對公安末流俚俗率易的現象，他在理論上做了若干的修正之後，「趣」、「韻」、「眞」、「慧」、「淡」等屬於性靈文學追求的人格特質與作品風格，還是袁中道評論欣賞的中心。

除了強調眞人眞文，作品要抒發眞實的感情，要有「本色」之外，對於「趣」這個範疇，袁中道也十分重視，他認爲不管是對人或對文學作品而言，「趣」是不可缺少的要素。對於「趣」的解釋，袁中道和哥哥袁宏道一樣，頗有「只可意會，不可言傳」的味道〔註109〕。在〈劉玄度集句詩序〉中，他提出的說法是：

> 凡慧則流，流極而趣生焉。天下之趣，未有不自慧生也。山之玲瓏
> 而多態，水之漣漪而多姿，花之生動而多致，此皆天地間一種慧
> 點之氣所成，故倍爲人所珍玩。至于人，別有一種俊爽機穎之類，
> 同耳目而異心靈，故隨其口所出，手所揮，莫不灑灑然而成趣。
>
> 〔註110〕

用現代的術語來說，「趣」，就主觀方面而言，是屬於人們創造和欣賞藝術美的審美意識，就對象而言，是藝術作品能夠激起人們美感的審美屬性〔註111〕。簡單的說，人有「趣」，就能創造和欣賞美的事物；而事物或作品有「趣」，就會給人美感。袁中道認爲「趣」，是由天地間「慧點之氣」流動所產生的。慧人才士，秉持著這種「慧點之氣」，各有不同的心靈，只要將性靈自然地表

〔註109〕袁宏道論「趣」的有名篇章是〈敍陳正甫會心集〉，《袁宏道集箋校》，卷十，解脫集之三——遊記雜著，頁463～464。
此外，他在〈壽存齋張公七十序〉中，對「韻」的論述，見解和論「趣」相同。出處同上，卷五十四，未編稿之二——雜著，頁1541～1542。
〈敍陳正甫會心集〉云：「世人之所難得者唯趣，趣如山上之色，水中之味，花中之光，女中之態，雖善說者不能下一語，唯會心者知之。……夫趣得之自然者深，得之學問者淺。當其爲童子也，不知有趣，然無往而非趣也。……入理愈深，然其去趣愈遠矣。」
〔註110〕《珂集》，卷之十，頁456。
〔註111〕參《美學辭典》（台北：木鐸出版社，1987年12月），頁228。

現出來，作品自然能相映成趣，表現出作者不同的風格和韻趣。文如其人，
這種就創作個性言作品風格的觀點，時常出現在袁中道爲人所寫的詩序當
中。如〈南北遊詩序〉云：

> 予友陶孝若，淡泊自守，甘貧不厭，眞有過人之骨；文章清綺無塵
> 坌氣，眞有過人之才。而尤有一種清勝之趣，若山色水色，可見而
> 不可即者。〔註112〕

如前所述，袁中道認爲，即使是名士，如果沒有勁骨和深趣，雖然有高才，
也不足取〔註113〕。他贊美陶孝若爲人淡泊，有才氣，文章自然顯現一種「清
勝之趣」。又如〈徐樂軒樵歌序〉中，他稱賞樂軒居士，隱居在清水舟山之間，
謝絕一切人間的應酬，落筆爲文，自然有一種「煙雲之趣」。〔註114〕

　　袁中道言「趣」，常常言及山水煙雲之趣，他認爲「天下之質有而趣靈者
莫過于山水」〔註115〕，「山水之樂，能濯俗腸」〔註116〕，袁中道對於旅遊「好
之成癖」〔註117〕，作品也多爲「模寫山容水態之語」〔註118〕，這種對於山水
的追求，雖然和袁中道的個性和際遇有關（詳見生平部分），但也正是晚明文
人一種共同的傾向。〔註119〕

　　袁中道評論詩文的觀點，除了上述所說，受到晚明心學求眞反假的影響
和得之於山水經驗外，他也常將繪畫的理論運用到詩文的範疇。譬如〈馬遠

〔註112〕同註110，頁457。
〔註113〕葉朗在所著《中國美學史大綱》中，提出公安派講「性靈」，講「趣」，卻著
　　　　重在美化所謂的山人或爲他們自己酒肉聲妓的生活方式提供論證。他認爲「性
　　　　靈說」包含著脫離現實的消極因素和庸俗低級的趣味。（台北：滄浪出版社，
　　　　1986年9月），頁347。
　　　　葉朗的說法，頗值得商榷，他並沒有掌握到公安派講「性靈」、講「趣」的重
　　　　心，至少這一篇詩序中袁中道重視才、骨、趣的配合。
　　　　此外，陳萬益先生認爲，公安派講求趣韻，誠然有隱遁的傾向，但袁宏道提
　　　　倡趣韻有其積極的意義。公安諸人棄去現實酒肉物慾，放遊於山水之中，以
　　　　護持童心。他們是要以得之自然的趣韻，來反對得之學問的道理。見《晚明
　　　　性靈文學思想研究》，頁111。
〔註114〕《珂集》，卷之十，頁468。
〔註115〕《珂集》，卷之十〈王伯子岳遊序〉，頁460。
〔註116〕同前註，〈助道品序〉，頁461。
〔註117〕同註115。
〔註118〕〈珂雪齋前集自序〉，見《珂雪齋集》，頁20。
〔註119〕關於晚明文人與山水的關係，可參曹淑娟，《晚明性靈小品研究》（台北：文
　　　　津出版社，1988年7月），第五章〈性靈小品反映的處世模式〉。

之碧雲篇序〉中，他說：

> 蓋遠之爲人，有逸韻，饒俠骨，急友朋，愛煙嵐，故隨筆出之，自
> 仙仙然有異致。所謂一一從肺腑流出，蓋天蓋地者也。夫畫家重逸
> 品，如郭忠恕之天外澹澹數峰是也。世眼不知，乃重許道寧輩金碧
> 山水，不亦謬乎！吾觀遠之之文，鹽味膠青，若有若無，比之忠恕
> 之畫，氣類自同。〔註120〕

從上面這一段文字中，可以看出袁中道認爲文章的表現，以做到鹽味膠青，
若有若無的境界爲高，就像畫家重視「逸品」，也就是像郭忠恕天外遠山，澹
澹數峰的意境，而非追求許道寧輩所作濃膩的金碧山水。

我國傳統詩畫審美理論便有「妙在象外」的追求，從其源流來看，受南
宗文人畫派的影響頗深。南宗畫派，從唐代王維起，下至宋代的荊浩、關同、
郭忠恕，元代的倪雲林等四大家，明代的吳門畫派……，都主張神韻、氣韻。
元末倪瓚，論繪畫把「草草而成」、「有出塵之格」的「逸品」作爲最高審美
標準，強調「寫胸中逸氣」〔註121〕「文人畫」派重視神似，輕視形似，主張
抒情寫意，要求繪畫於象外傳形〔註122〕，這種理論在詩文、小說、戲劇等各
種藝術樣式中，都可以廣泛的運用，有其相通的精神。

山水詩文書畫，向來是文人生活的中心，袁中道和書畫大家董其昌有交
情，也常同有人一起觀賞書畫，交換心得。雖然不是畫家，但極有天賦，畫
人頗能得其傳神之處。他曾說：

> 今畫者求之形似，終不似也。予不善畫，而于傳神極有會。〔註123〕

總之，欣賞山水畫中，澹澹數峰的意境，可說是袁中道晚年修道日深，澹然
自守心態的自然表現。同時，反映在詩文創作和評論方面，便是追求含蓄蘊
藉，欣賞能得自然韻趣的人品與文品。

總上所述，袁中道論人評文的觀點，和哥哥袁宏道並沒有太大的出入，
差別所在，其實也正是延續袁宏道晚期的轉變，走向欣賞淡然、含蓄的人格
與作品，這和竟陵派講求「幽深孤峭」，還是有著很大的區別。

〔註120〕《珂集》，卷之十，頁482。
〔註121〕見《清閟閣全集》，卷九〈跋畫竹〉、卷十〈答張藻仲〉（《四庫全書》第一二
　　　　二〇冊，台灣商務印書館，1986年3月），頁301、309。
〔註122〕參曾祖蔭，《中國古代美學範疇》（台北：丹青出版社，1987年），第二章〈形
　　　　神論〉。
〔註123〕《珂集》，卷之二十一〈傳神說〉，頁902。

第五節　從公安到竟陵
——袁中道的修正主張與竟陵派理論的異同

　　竟陵派是繼公安派之後興起，並且影響明末清初達數十年之久的一個文學流派。因爲兩派的主要領導人物——公安三袁與竟陵鍾惺、譚元春，同爲湖北人〔註124〕；兩派又同是「性靈」思想的提倡者，所以歷來文學史家或研究者，常將兩派相提並舉，只是對於兩派之間的承繼關係，有著不同的見解。綜合各家的說法，可以得到的結論是：竟陵派的文學理論承繼公安派而來，但是同中有異，繼承之中又有不同的發展，它修正調和了復古派與公安派的文學主張，兼取其長，並去其短，提出了屬於竟陵一派獨特的見解。一般在論述比較兩派文學主張的異同時，所指的「公安派」，通常以「袁宏道」所提出的理論爲主，不包括他晚期的轉變和袁中道的修正主張。而本節所要討論的重點，正是以袁中道的修正主張爲主，拿來和鍾惺、譚元春的主張作一個比較，以期從中看出從公安到竟陵這一個過渡時期，在面對相同的文壇現象，即復古派有死灰復燃之勢，而公安末流俚率之弊已爲眾矢之的時，袁中道的因應措施和鍾惺、譚元春的主張有何異同。

　　有明一代的文學思潮可以說是在學古與趨新二者之間更迭，袁中道認爲文學的演變發展是必然的趨勢，「有作始，自有末流；有末流，還有作始」〔註125〕，他對於盛行一時的復古派與公安派，總結的看法是：「昔之論氣格者近于套，今之論性情者近於俚」〔註126〕，可以說是各有首創之功與末流之弊。在文學流變的情勢下，袁中道的態度是：肯定首創者與首創之功，同時修正理論上的缺失，袁中道後期這種不僅肯定袁宏道也肯定歷下諸公的胸懷，和主張「有末流，自宜有鼎革」〔註127〕的態度，顯然客觀持平而且非常通達，沒有尖銳的批評和惡意的攻擊，或所謂的門戶之見。同時，袁中道提出「凡學之者，害之者也；變之者，功之者也。」〔註128〕這樣一個觀點，提供了後來學習詩文者學習和創作的原則，也就是不斷地學習吸收別人的長

〔註124〕三袁爲湖廣公安縣（今湖北公安縣）人，鍾譚皆爲湖廣竟陵（今湖北天門縣）人。
〔註125〕《珂集》，卷之十〈花雪賦引〉，頁459。
〔註126〕《珂集》，卷之二十五〈答錢受之〉，頁1073。
〔註127〕《珂集》，卷之十〈阮集之詩序〉，頁462。
〔註128〕同前註。

處，避免落入末流之弊。同時，要不斷地加以變化，走出自己的風格。以上是袁中道提出修正主張的動機與觀點。

竟陵派和公安派之間有頗深的師友淵源，除了鍾惺和蔡復一各為雷何思與黃輝的門生外，袁中道和鍾惺為同年，譚元春與袁述之（袁宏道之子）頗為知交，二派之間也有很多共同的朋友，如丘坦之（長孺）、潘之恆（景升）、潘之恪（稚恭）兄弟，錢謙益……等。而鍾惺本來與袁中道的立場一致，喜好推崇袁宏道，並且「誓相與宗中郎之所長，而去其短」〔註129〕，但為什麼鍾譚和袁中道不同，鍾譚不僅是公安派的修正者，最後更取代公安而成為新的文學流派呢？

竟陵派之所以別創一調，可以說是繼承了公安派「變」的觀念，是真正能採中郎之意而加以變化者，誠如袁中道所說末流之後的鼎革，「變之者，功之者也」，在某些方面，鍾譚的確一如袁宏道力塞歷下之弊，而為歷下的功臣一樣，是有功於學中郎者。

首先，就鍾惺「變」的觀念來看，和袁中道一樣，他對於「學之者，害之者也」有很深的感觸，他說：

> 今稱詩不排擊李于麟，則人爭異之，猶之嘉隆間不步趨于麟者，人爭異之也。或以為著論駁之者自袁石公始，與李氏首難者，楚人也。
> 夫于麟前，無為于麟者，則人宜步趨之；後于麟者，人人于麟也，世豈復有于麟哉！世有窮而必變，物有孤而為奇，石公惡世之群為于麟者，使于麟之精神光燄不復見於世，李氏功臣，孰有如石公者？
> 今稱詩者遍滿世界，化而為石公矣，是豈石公意哉！〔註130〕

「世有窮而必變，物有孤而為奇」，重視作者的「精神光燄」，鍾惺這種強調詩文演變的必然性和創作的獨特性，及對袁宏道「變」的肯定，可以說和袁中道若合符節。同時，對於公安末流效顰學步，使得文風從矯正擬古派的偏

〔註129〕《珂雪齋近集》，卷之六〈花雪賦引〉，頁40。按《近集》與《前集》、《集選》的內容不同。

〔註130〕〈問山亭詩序〉（鍾集、昃集，序二），頁787～788。
　　　　按陳萬益先生指出，「國立中央圖書館善本書目」著錄明天啟壬戌虞山沈春澤刊《隱秀軒詩集十卷文集二十二卷八冊》共二部，又同板《隱秀軒詩集十卷六冊》一部。民國65年，偉文圖書公司即據前者加以影印，有詩集十卷、文集二十二卷，書名卻誤標為《隱秀軒詩集》易使人生有詩無文的錯覺（參陳博士論文《晚明性靈文學思想研究》，頁217，註13），所以一般引用偉文影印本，都簡稱《鍾集》。後文註皆同。

失走向另一個極端，鍾惺對於那些只知隨風逐影的附和者，有非常嚴厲的批評，他說：

> 江令賢者，其詩定是惡道，不堪再讀，從此傳響逐臭，方當誤人不已，才不及中郎而求與之同調，徒自取狼狽而已。……學袁江二公與學濟南諸君子何異，恐學袁江二公，其弊反有甚於學濟南諸君子也。眼見今日牛鬼蛇神，打油定鉸，遍滿世界，何待異日，慧力人於此尤當緊著眼。大凡詩文，因襲有因襲之流弊，矯枉有矯枉之流弊，前之共趨，即今之偏廢；今之獨響，即後之同聲，此中機挨，密移暗度，賢者不免，明者不知。〔註131〕

從七子和公安二派的興衰過程當中，有識之士似乎深切地感受到文學演變互有偏勝的定則，只是演變之初，或發展當中，首創者與受影響者很難預料會有什麼結果，等到發現有所偏失時，往往又到了該改弦易轍的時候了。在一派文學主張中，影響它發展成敗的最大變數，往往在於它的附和者過於龐雜，所謂「勢有窮而必變，物有孤而爲奇」，鍾惺對於當時文壇步趨附和與門戶之爭，頗不以爲然，在得知自己也將成爲眾人摹擬的對象時，更是駭異、自省，因爲：

> 物之有跡者必敝，有名者必窮。昔北地、信陽、歷下、弇州，近之公安諸君子，所以不數傳而遺議生者，以其有北地、信陽、歷下、公安之目，而諸君子戀之不能捨也。〔註132〕

一旦竟陵成派，無疑地也將會步上七子、公安的後塵，成爲被批評的對象，鍾惺是無意成派成名的，所以力求「削此竟陵之名與跡」〔註133〕，然而「今之獨響，即後之同聲」，竟陵不但成派，而且末流弊端叢生，這恐怕也是鍾惺始料未及的。總之，鍾惺是懂得詩文應當求變之理的。

　　至於譚元春對「變」的觀念，也是承襲公安派論「變」的精神的。他肯定袁宏道勇於自信、自悔、自變的精神與才力〔註134〕。同時，也以能變，讚美潘之恆從學習七子到學習公安，詩文風格的屢變，所以能成其爲潘之恆。〔註135〕

〔註131〕〈與王稚恭兄弟〉（鍾集，往集，書牘一），頁 1138～1139。
〔註132〕〈潘稚恭詩序〉，〈鍾集，晟集，序又二〉，頁 830。
〔註133〕同前註，頁 833。
〔註134〕〈袁中郎先生續集序〉，《譚友夏合集》卷八（偉文圖書公司，1976 年），頁 345～347。
〔註135〕〈潘景升戊巳新集序〉（同前註，卷九），頁 391～393。

　　鍾惺和譚元春「變」的觀點，可以說是秉持著公安派的精神而來，同時和袁中道相似，只是他們在繼承當中，又有了不同的發展。同樣主變，同樣主張性靈，同樣面對公安末流之弊，但是鍾譚和袁中道的因應措施卻不盡相同，主要的原因，就在於他們對於「性靈」的體認有別，所以創作態度和對作品的要求，有著實質上的區別，從袁中道和鍾譚文學主張的異同中，很可以看出二派何以終究不是「同調」的原因。

　　袁中道晚期從復古派與公安派的興衰得失當中得出經驗，同時受到竟陵派主張的衝擊，如前所述，他在若干方面都有了異於袁宏道和自己早期的見解。如在創作態度方面，他主張兼顧法律與性情，對於詩文的情景要有所揀擇，作品以含蓄蘊藉為高。同時主張要學習漢魏三唐人的詩文，作品要能得其神，遺其貌。袁中道強調詩文的風格和人品一樣，要能流露自然的韻趣。不過袁中道的詩文見解和修正主張，都只是提出原則，至於具體的作法應當如何，則未曾論及，可以說是為中上人說法，而非為中下人指引方向。鍾譚可能因為有《詩歸》的傳世，所以可以較具體地看出他們的創作理念。

　　鍾譚在復古與公安兩派之後，也深切地感受到矯枉有矯枉之弊，因襲有因襲之弊，為了避免重蹈它們的覆轍，鍾譚折衷了這兩個極端的流派，取其長去其短，提出了他們的主張。

　　「靈」與「趣」是公安派主張的重要內涵，在詩文創作中佔有重要的地位，鍾譚也肯定「靈」與「趣」的價值，但是對於它的重要性則採較保留的態度。他說：

> 詩至於厚，而無餘事矣。然從古未有無靈心而能為詩者。厚出於靈，而靈者不即能厚。……厚之極，靈不足以言之也。然必保此靈心，方可讀書養氣，以求其厚。〔註136〕

又說：

> 夫文之於趣，無之而無之者也，譬之人：趣其所以生也，趣死則死。人之能知覺運動以生者，趣所為也；能知覺運動以生，而為聖賢為豪傑者，非盡趣所為也。〔註137〕

鍾惺認為靈趣之於詩文，是必要的基本條件，詩文如果缺乏靈趣，就像擬古派末流，只知尺尺寸寸地模擬，使得作品了無生氣一般，但是詩文的最高境

〔註136〕〈與高孩之觀察〉（鍾集，往集，書牘一），頁 1169～1170。
〔註137〕〈東坡文選序〉（鍾集，戾集，序一），頁 752。

界，不止是要有靈趣而已，更要達到「厚」的境界，這是矯正公安末流作品
失之於俚易的主張。詩文要「厚」，必須保有一顆靈心，同時加上讀書養氣，
鍾惺這個主張，牽涉到所謂「學」的問題，廣為後人討論的便是「竟陵」學
或不學？竟陵「學古」的方法為何？和復古派「學古」的主張有何區別？它
是針對復古派或是公安派而提出的？關於以上的問題，目前已有不少研究成
果，本文不再贅述，以下主要便是借重這些研究成果〔註138〕，作為討論袁中
道和鍾譚對於「學古」的主張有何異同的基礎。

　　鍾惺之所以提出「學古」的主張，是因為眼見七子師古，公安師心各有
偏差，皆非正途，他說：

> 常憤嘉隆間名人，自謂學古，徒取古人極膚極狹極套者，利其便於
> 手口，遂以為得古人之精神，且前無古人矣。而近時聰明者矯之曰：
> 何古之法？須自出眼光。不知其至處，又不過玉川玉蟾之唾餘耳。
> 此何以服人？〔註139〕

譚元春也說：

> 弇州諸先生力追乎古以為古，石公遊千古之外以追乎古，今二三有
> 志之士，以為無所為古內古外，而清明在躬，志氣如神，即古人之
> 用意下筆俱在。〔註140〕

鍾譚不滿七子等「學古」，學的只不過是古人的膚套法式，完全失卻古人的精
神，而公安派重視「獨抒性情」，忽略學的重要性，結果流於俚俗率易，所以
鍾譚不得不提出一付學古的新法與之相抗。所以，竟陵派倡言「學古」固然
旨在補公安學說之不足，但是它「學古」的內涵則是針對七子學古的不是而
痛加批判。〔註141〕

〔註138〕關於竟陵派的文學思想，以及明末以來對竟陵派的評價與研究等等相關問
　　　　題，目前仍以陳萬益先生的博士論文《晚明性靈文學思想研究》，第四章〈竟
　　　　陵派的文學思想〉，研究較為全面且深入。陳先生以為「學古」是竟陵文學理
　　　　論的中心，對於竟陵主張「學」，「學」的工夫，「學古」的方法等等有獨到的
　　　　見解，所以本節多半採用他的觀點。
〔註139〕〈再報蔡敬夫〉（鍾集，往集，書牘一），頁1157～1158。又在〈詩歸序〉中，
　　　　也有類似的說法，可以相參。（晁集，序一），頁736～741。
〔註140〕同註135，頁393～393。
〔註141〕參見陳萬益先生《晚明性靈文學思想研究》，頁173。陳先生同時指出，關於
　　　　竟陵之「學」係針對公安或是七子這個問題，邵紅在〈竟陵派文學理論的探
　　　　究〉一文中的說法是值得商榷的。邵紅說：「竟陵學派除靈心與厚境的闡論外，
　　　　所強調的『學』的工夫，主要的還是對公安『直寄』而說，或者我們說，竟

　　鍾譚認為「學古」，學的不應是古人的膚套法式，而是要學古人以精神所為的真詩，鍾惺的看法是：

> 詩文氣運，不能不代趨而下，而作詩者之意興，慮無不代求其高，高者取異於途徑耳。夫途徑者，不能不異者也，然其變有窮也；精神者，不能不同者也，然其變無窮也。操其有窮者以求變，而欲以其異與氣運爭，吾以為能為異，而終不能為高，其究途徑窮而異者與之俱窮，不亦愈勞而愈遠乎？此不求古人真詩之過也。〔註142〕

作詩者即使是在法（途徑）上求異，也只能為異而終究不能為高。只有在古今詩人不能不同的「精神」上去求無窮的變化，才是正確的方向，什麼是真詩？鍾惺更進一步說：

> 真詩者，精神所為也。察其幽情單緒，孤行靜寄於喧雜之中，而乃以其虛懷定力，獨往冥遊于寥廓之外。〔註143〕

又說：

> 夫詩以靜好柔厚為教者也，今以為氣不豪，語不俊，不可以為詩，予雖勉為豪為俊，而性不可化，以故詩終不能工。定如恬朴人也，於世所謂豪與俊之義皆不相近，而定如詩獨工。世固有不必豪不必俊而能工詩者，吾請以定如實之。非獨如此而已，豪則喧，俊則薄，喧不如靜，薄不如厚。定如之詩，所以合於靜與厚，正以其不俊也。〔註144〕

真詩既然是「精神」所為，一般人自然是不易求得，所以鍾譚評選《詩歸》，希望藉著「拈出古人精神」，作「聾瞽人燈燭輿杖」〔註145〕，一來指引學詩者一條創作的方向；二來修正擬古派膚熟格套和公安派險僻俚率的缺失。

　　「詩以靜好柔厚為教」，「靜」與「厚」是鍾譚論人論詩常用之語，可以說是鍾譚「人生觀與詩論的合一」〔註146〕。要如何求得真詩？作品如何達到「靜」與「厚」的境界？也就是「學古」的方法為何？實際的詩文創作應該

　　　陵之『學』是同時為了矯正七子與公安之弊，然必是對公安多，於七子少。」
　　（《國立臺灣大學文史哲學報》第二十四期，1975年，頁42）
〔註142〕〈詩歸序〉（鍾集，昃集，序一），頁737～738。
〔註143〕同前註，頁739～740。
〔註144〕〈陪郎草序〉（鍾集，昃集，序又二），頁858。
〔註145〕同註139，〈再報蔡敬夫〉，頁1159。
〔註146〕同註141，頁182。

為何？關於這些問題，鍾譚時常發表他們的見解。譚元春說：

> 夫真有性靈之言，常浮出紙上，決不與眾言伍。而自出眼光之人，
> 專其力，壹其思，以達于古人，覺古人亦有炯炯雙眸從紙上還矚人，
> 想亦非苟然而已。古人大矣，往印之輒合，遍散之各足。〔註147〕

又說：

> 傳世者之精神，其佳妙者，原不能定為何處，在後人各以心目合
> 之。〔註148〕

這種古人出自精神所為的真詩，讀者必須專心一志，以自己的性靈與之相合。身為一個選家，鍾惺認為選（采緝）比創作（自運）更難，因為必須兼顧古人精神和自己的真情。他說：

> 夫采緝之難於自運也久矣，未可為俗學讀書作文者道也；自運者，
> 局勢機格，吾得自之；若夫采緝古人之辭事，勒成一書，要使覽者
> 忘其事辭之出於古，若我所自著之書，而原文又無所刪潤，尋常口
> 耳，忽成異觀，此合述作為一心，聯古今為一人者也。今所謂采緝
> 者，餖飣而已，烏能成書乎？〔註149〕

又說：

> 世人讀茂卿書不識甘苦，漫然以博之一字題之。夫廣貯迂搜，橫陳
> 奇集，此博者事也；引義觸類，宣滯化腐，通彼我之懷，聯述作之
> 交，非博者事也，蓋有通識慧心焉。〔註150〕

「合述作為一心，聯古今為一人。」「通彼我之懷，聯述作之交」，鍾惺強調無論是讀者、作者或是選家，都應該把握這種融合古今人我為一的精神，去欣賞作品，創作詩文，或評選詩文。

　　本著「專其力，壹其思」的態度，鍾譚對於詩作主張要加以「精選」，使作品精神不會因瑕掩瑜，而不顯於世。鍾惺說：

> 觀古人全詩，或不過數十首，少或至數首，每喜其精，而疑其全者
> 或不止此，其中散沒不傳者不無或亦有人乎選之？不則自選存其所
> 必可傳者而已。故精於選者，作者之功臣也。向使全者盡傳於今，

〔註147〕〈詩歸序〉（譚友夏合集，卷八），頁 328。
〔註148〕〈答袁述之〉（譚友夏合集，卷七），頁 291。
〔註149〕〈二十一史撮奇序〉（鍾集，晟集，序一），頁 763～764。
〔註150〕〈詞林海錯序〉（鍾集，晟集，序一），頁 756～757。

安知讀者不反致崔信明之譏乎？〔註151〕

基於這種「精選」的態度，鍾惺刊行《隱秀軒集》，庚戌以前的作品，全未收錄，今《隱秀軒詩集》，率爲庚戌以後，「選而後作」者。〔註152〕

竟陵派的另一名大將蔡復一，也有相同的見解，他在請譚元春代他精選數十篇詩時說：

> 自愛其詩文者貴少，愛人之詩文者貴嚴。必嚴，而作者之精神始見；必少，而觀者之精神與作者始合。且吾輩終日獻酬人事，神明如珠，豈能從萬斛泉中湧出？滔滔莽莽，趁筆爲之，豈能盡滿作者之意，而何以接天下後世之眼？子他日爲我精選數十篇，令其可傳足矣。〔註153〕

竟陵派選詩講求精嚴，希望藉此去蕪存菁，使眞精神盡現，以接後人心目。鍾譚評選《詩歸》精嚴的態度，一來矯正公安派浮淺率易的創作態度。二來，也矯正了李攀龍《詩刪》之選，未能得古人精神的缺失。〔註154〕

總上所述，鍾譚強調求古人眞詩，作品以「靜」與「厚」爲高，選詩態度要精嚴，相同的觀點，表現在創作上，便是主張「審作」與「精裁」〔註155〕。鍾惺將作者的創作態度分爲三個等級：「選而後作者，上也；作而自選者，次也；作而待人選者，又次之」，他勉勵譚元春作詩：「莫若少作，作其所必可傳。選而後作，勿作而待選」。〔註156〕

鍾惺認爲古人終身作詩，所存只不過一帙數章，是因爲他們懂得「精裁」與「審作」，他說：

> 貴裁也，精於裁，必審於作，愼於示人，乃其高於自處，此予所謂選而後作，勿作而聽人選者也。〔註157〕

「審作」是就內容情意的考察，也就是排除不適合作詩的題材，如應酬和韻詩，出手便俗，寧可不作。至於「精裁」則是指作者在創作形式及文字詞句方面的省察，要求詩文鍛鍊精簡。譚元春說：

〔註151〕〈題魯文恪詩選後二則〉（鍾集，餘集，題跋），頁 1387～1388。
〔註152〕〈隱秀軒集自序〉（鍾集，晨集，序二），頁 801～805。
〔註153〕〈蔡清憲公全集序〉（譚集，卷八），頁 353。
〔註154〕參註 141，頁 201。
〔註155〕參註 141，頁 202～208。
〔註156〕以上二引文見〈題魯文恪詩選後二則第二則，第一則〉（鍾集，餘集，題跋一），頁 1389～1390。
〔註157〕見〈題茂之所書・劉脊虛詩冊〉（鍾集，地集，題跋一）。

　　古人數字便是一篇大文章，今人一篇大文章，不當數字。古人不全
說出，無所不有；今人說了又說，反覺索然。則以古人簡而深，今
人繁而淺。古人是有意思，偶然露之題目；今人是遇題目，然後來
尋意思，如何相及？〔註158〕

棄今人之繁淺而就古人之簡深，可以說是竟陵在七子和公安之後，另闢的途
徑。

　　講求「精裁」與「審作」這種嚴謹的「選而後作」的創作態度，以及對
精神所為的真詩的追求，不僅對時弊起了針砭的作用。同時，鍾譚本著這種
創作理念，也創造了竟陵派「幽深孤峭」的另一種風格〔註159〕。至於竟陵派
創作的實際表現和詩文風格，歷來褒貶不一〔註160〕。同樣的，竟陵繼公安而
出的意義，歷來給予的評價也有別〔註161〕，但此非本文所要討論的重點，所

〔註158〕《古詩歸》，卷一，周武王〈筆銘〉，譚評，頁12。
〔註159〕語出錢謙益《列朝詩集小傳》，丁集中，〈鍾提學惺〉。錢氏云：「擢第之後，
　　　　思別出手眼，另立深幽孤峭之宗，以驅駕古人之上。」（上海古籍出版社，
　　　　1983年），頁570。
　　　　明史文苑傳亦云：「自宏道矯王、李詩之弊，倡以清真，惺復矯其弊，變而為
　　　　幽深孤峭。」（《明史》，洪氏出版社，1975年11月），頁7399，後人便以「幽
　　　　深孤峭」言竟陵之創作風格。
〔註160〕一般認為竟陵派的理論主張，堪稱完善，但是它將創作導向特別重視「幽情
　　　　單緒」、「孤懷孤詣」、「奇理別趣」、「樸素幽真」等意境，使得作品常有冷僻
　　　　艱澀之感，這也是竟陵派遭受批評的原因之一。歷來對於竟陵派的研究，多
　　　　半著重在它的文學思想與理論主張的研究，很少就竟陵派如鍾譚等人的作品
　　　　表現，加以具體、全面的研究分析。對於竟陵派作品的評價，歷來也不高。
　　　　針對鍾譚「別出手眼」另創一格這一點而言，既是它遭受批評也是它獲得肯
　　　　定的所在。
〔註161〕明清以來對於公安和竟陵二派的看法，有的視兩派為同一派，「等而排之」（錢
　　　　謙益言——見列朝詩集小傳，丁集中，袁儀制中道，頁569）；有的如錢謙益
　　　　一樣，對公安稍為客氣，對竟陵則極力批評或認為公安的表現和主張，「未有
　　　　大害」，竟陵一出，「專以僻澀詭譎是尚，斯害有不可言者」。（田同之，《西圃
　　　　詩話》，見清詩話續編，木鐸出版社，1983年，頁763）客觀者認為兩派各有
　　　　長短得失。
　　　　近年來研究者更進一步對於竟陵出自公安的意義加以討論，但看法有別。今
　　　　舉邵紅和陳萬益先生等人的見解為例：
　　　　（一）邵紅認為竟陵繼公安而起的意義重大，竟陵兼融的力量乃是它對公安
　　　　　　　對有明一代乃至整個中國文學批評史上所作的最大貢獻。（同參註
　　　　　　　141，頁49～50）
　　　　（二）陳萬益先生則有不同的看法，他認為竟陵派的理論固然較公安派的理
　　　　　　　論為圓融，卻相對的喪失了公安派文學革命的精神。〈竟陵派的文學

以暫且不論。以下簡略地歸納幾點袁中道的修正主張和竟陵派的理論，兩者的異同，及其所代表的意義。

一個人的詩文風格和理論主張，往往和他所處的時代環境，性格，人生觀和身世際遇等有密切的關係。袁中道（1570～1626），鍾惺（1574～1625），蔡復一（1576～1625），譚元春（1586～1637），四人之中，除了譚元春較年輕外，前三人的時代約略相同，所面對的政治、社會、文學環境等應當相去不遠，而且袁中道和鍾、蔡有直接的交往關係，彼此的文學見解互有溝通接觸，甚至影響的機會。但是彼此的性格與際遇不同，對詩文的欣賞與創作手法等，也就有了不同的見解與表現。袁中道的性格，基本上說來，在謹慎周密之中，帶有狂者俠士的性格，同時不失詼諧。袁中道半生心血耗費在舉子業上，常有利刃切泥之歎，作品多半是山水遊記，欣賞自然流露出韻趣的作品，很少高文大冊，嚴肅刻板之作。至於鍾譚與蔡復一，可以說都是「嚴冷」、「深情」〔註162〕之人。鍾惺一生坎坷，仕途遭厄，在晚明士習澆薄，結社成派，追逐名利的風氣下，鍾惺為了保全自我，勤於讀書，講求讀書養氣以求其厚，希望成為一個「靜者」〔註163〕以「專力」與「不苟」〔註164〕的態度，從事創作與評選詩文。

思想〉，《大地文學》，頁 322。

（三）和陳萬益先生的見解類似，周質平對於竟陵派有更強烈的批評，他說：「公安派剛剛打開的一點開朗清明之氣，也就在鍾譚的「幽深孤峭」中，消弭殆盡了。從這一點看來，鍾譚不僅不是三袁的嫡傳，實在是公安之罪人。」（《公安派的文學批評及其發展》，台灣商務印書館，1986 年，頁 47）

（四）此外，大陸學者馬美信的見解，也可以作個比較，他認為公安派在創作和思想上的全然自由是值得肯定的，而竟陵派「在思想上強調義理：在藝術上提倡學古，求索於一字一句之間。他們的思想和文學主張表現了封制士大夫的意識情緒，體現了封建的正統觀念。在明末，竟陵派取代公安派，標志著晚明解放思潮的衰退和文學上復古主義的捲土重來。」〈論公安派與竟陵派的分歧〉，《中國古代、近代文學研究》（中國人民大學書報資料社，復印報刊資料，1985 年，頁 28）。

〔註162〕關於鍾譚、蔡復一等人的性情或際遇，可參邵紅（同註141）、陳萬益先生（同註 128）及張瑞華，《鍾惺及其文學批評研究》（東吳大學中國文學研究所碩士論文，民國72 年）的研究。

〔註163〕同註 138，頁 188。陳萬益先生認為與其用「嚴冷」不如用「靜厚」更能道盡鍾惺的性情，和整體表現說明他的詩作詩論風格，見頁 182。

〔註164〕同註 141，頁 26。

　　正因爲這許多主客觀的因素，造成袁中道和鍾譚同中有異的文學見解。

　　首先就「主變」而言。袁中道認爲「有末流，自宜有鼎革」，「學之者，害之者也；變之者，功之者也」，所以主變。而鍾惺也認定「有跡者必敝，有名者必窮」，所以求變，在「變」的觀點上，二者相同。但是袁中道變的目的主要是在修正「公安派」的缺失，鍾譚則是幡然改圖，欲於眾流之中，「孤行」其意，「獨響」其是，希望不陷溺於一時風會，而使其精神永傳於後。〔註165〕

　　其次就「性靈」而言，竟陵使用的「精神」一語，內涵和公安的「性靈」並無大差別，他們皆由此肯定眞詩的產生，以與擬古派對抗。但是，在運用的時候，公安（袁中道晚期也是一樣）的「性靈」偏於自我的強調；竟陵的「精神」雖然兼指自己和古人，但說「古人精神」處還是多些。再者，竟陵說到「精神」，常以「幽」、「孤」、「靜」、「冷」等字眼爲其特性〔註166〕，這和公安常以「靈」、「韻」、「慧」、「趣」等爲性靈的內涵有別。

　　此外，關於「學」的問題，袁中道雖然指導後輩熟讀漢魏三唐人詩，以求作詩能得唐人之神，但他本人並不排斥宋元之詩，而是「博取而兼收之」，作品「唐宋調雜」〔註167〕。至於鍾譚之學，以唐爲界，宋元不在他們所謂的「古學」範圍之內〔註168〕。前面提到鍾譚評選《詩歸》——標出妙語妙句及古人精神所在，指引了一條學習古人眞詩的門徑，要比袁中道的主張來得具體明確，有方向可循。

　　在實際創作態度方面，袁中道鑒於擬古末流囿於格套，剿襲雷同、囁囁嚅嚅的表現方式，使得作品千篇一律，了無生氣的弊端，以及公安派爲了矯正其弊，提倡「獨抒性靈，不拘格套」，「信腕直寄」，結果末流失之於俚率淺俗的現象，他在理論上作了若干的修正，主張性情與法律相濟，在創作的態度上要謹愼，對於不適合入詩文的題材（情、景）要加刪汰，同時在創作手法上要講求含蓄鍛鍊，最終目的，在使作品能夠「精光不磨」，流傳後世。

　　鍾譚「選而後作」的創作態度更是精嚴，他們主張「精裁」與「審作」，也就是強調作品在形式上要精鍊，在內容上要有作者的眞精神。鍾譚爲了避免作品流於格套，所以仍以靈趣爲基礎，主張取法古人眞詩。同時爲了不流於俚率，主張讀書養氣以求其厚。鍾惺認爲「深厚者易久，新奇者不易久

〔註165〕同註138，頁160。
〔註166〕同前註。
〔註167〕《珂集》，卷之二十五〈答夏濮山〉，頁1097。
〔註168〕同註138，頁171。

也。」〔註169〕

最後是關於「選」的問題。公安派和竟陵派對於「選」的觀點不盡相同,如鍾選《東坡文選》乃在矯正李贄以至公安派以「趣」選東坡小品,而不選序記論策奏議等大文章的缺失;譚選《東坡詩選》乃以袁宏道所選為底本,加以刪補,刪其應酬和韻而意俗之詩以及浮率淺易之作,另補上蘊藉沈深的詩作〔註170〕。袁中道對於選集的看法是各種文類,不管是「莊嚴整栗」的高文大冊,或者是「率爾無意」之作,如尺牘、遊記等都應兼備,他尤其更看重後者,他對東坡文的看法是「今東坡之可愛者,多其小文小說;其高文大冊,人固不深愛也。」〔註171〕他本身很少高文大冊之作,也不喜歡應酬之作。

至於對作品集刊刻是否要加以刪減的看法,袁中道在「詩不選不詩也,選不鍾予不選也」〔註172〕的時風下,或多或少受到竟陵派選詩之精嚴的影響。不過,袁中道在「賕而梓之」與「選」之間,時有矛盾的心態。一方面覺得詩文之作,都是出自心血,加上時常遷徙,散佚大半,刊刻尚且不及,遑論刪汰。而且對於文章的欣賞,「己憎人愛」「己愛人憎」,沒有一定的標準,不如全部加以刊刻,聽憑後人的取捨,同時「聊以結向者修詞之局,以存過雁之一唳」〔註173〕。另一方面對於未經刪選的作品又覺得過於冗濫,「不欲流通」,想要「取一生詩文之精警者,合為一集。」〔註174〕

鍾譚選詩的態度十分精嚴,他們認為透過選,能使作品去蕪存精,真精神畢現,選者對於作者與讀者皆有功勞〔註175〕,因為「凡選古人詩極嚴刻,皆是愛惜古人處。」〔註176〕鍾惺本人在刊刻《隱秀軒集》時,自云:

> 庚戌以後,乃始平氣精心,虛懷獨往,外不敢用先人之言,而內自廢
> 其中拒之私,務求古人精神所在。……乃盡刪庚戌以前詩,百不能
> 存一,而庚戌以後,以為與其輕而棄之也,寧勿輕而作之。〔註177〕

〔註169〕〈與譚友夏書〉(鍾集,往集,書牘一),頁1168。
〔註170〕同註138,頁201。
〔註171〕《珂集》,卷之二十四〈答蔡觀察元履〉,頁1045。
〔註172〕〈種雪園詩選序〉,文中引商孟和語。(鍾集,昃集,序二),頁793。
〔註173〕〈珂雪齋前集序〉,《珂集》,頁21。
〔註174〕《珂集》,卷之二十五〈答錢受之〉,頁1073。
〔註175〕同註138,頁200。
〔註176〕《古詩歸》,卷十一,顏延之,鍾惺總評,頁1。
〔註177〕同註125。

鍾惺將庚戌年（萬曆三十八年）前的作品，全部捨棄，可以看出他創作與選詩態度之嚴謹。可以作爲矯正擬古與公安之弊的一個方向。

第六節　小　結

在公安派取代擬古派而起，爲文壇注入生氣，風行一二十年之後，終因摹仿公安者漸多，而淺薄之士又未能得公安之眞精神，眞本領，只知熱衷於仿效袁宏道年輕時偶爾率易之語，於是又墮入效顰的惡道。這時，鍾譚本著公安派的革新精神，反對模擬剽襲，又提倡含蓄蘊藉，錘鍊剪裁以矯正公安派率易之病，遂變公安輕俊流麗之體而爲幽深孤峭之調。

從中國文學史看來，其中的演變似有一定的法則，而且一個文學流派的理想往往高過它的理論架構，而它的理論架構，往往又比實際的創作完美。筱園詩話中有一段文字，很能將明代由復古到公安、竟陵，其間興衰的定則概括出來，朱庭珍說：

> ……明人惟青丘雄視一代。前後七子，高語盛唐，但摹空調，有貌
> 無神，宜招「優孟衣冠」之誚也。蓋拘常而不達變，故習而成套也。
> 公安矯以淺率，竟陵矯以晦僻，其魔尤甚，詩運衰而國祚亦盡矣。
> 此古今詩升降之大略也。大約樸厚之衰，必爲平實，而矯以刻劃；
> 迨刻劃流於雕琢瑣碎，則又返而追樸厚。雄渾之弊，必入廓膚，而
> 矯以清眞；及清眞流於淺滑俚率，則又返而主雄渾。典麗之降，必
> 至餖飣，則矯以新靈；久之新靈流於空疏孤陋，則又返而趨典麗。
> 勢本相因，理無偏廢。其初作者，必各有學問才力，故能自成一家
> 之言，以傳於世。其後學者，囿於門戶積習，必有流弊，故能者又
> 返之以求勝。要之各派皆有所長，亦皆有所短。善爲詩者，上下千
> 古，取長棄短，吸神髓而遺皮毛，融貫眾妙，出以變化，別鑄眞我，
> 以求集詩之大成，無執成見爲愛憎，豈不偉哉！〔註178〕

這種論調，和袁中道認爲文學的演變發展是在「法律」與「性情」之間循迴的說法相似。各個文學流派常因針對前一個流派之失而立論，所以，往往有其偏勝之處，相對的也有其偏失。領導人物固然有鼎革之功，但常難逃被指

〔註178〕見郭紹虞編《清詩話續編》（台北：木鐸出版社，1983 年），頁 2330～2331。
　　　　但朱氏對公安、竟陵的見解不盡正確。

為罪魁禍首，必須為末流之弊負責。歷下諸君子如此，袁宏道，鍾譚也是如此。他們可以說都是膽識卓絕之人，尤其是性靈思想的袁宏道與鍾惺，更是勇於自信、自悔與自變者。

　　袁中道身為公安的要員之一，眼見公安由盛而衰，到竟陵隱然欲起，透過他的修正主張和為袁宏道的辯解，最足以看出從公安到竟陵這一個過渡時期文壇的現象，與文風的轉變。他的修正主張對公安派而言，有一定的貢獻。屬於復古派的李維楨肯定袁宏道矯正擬古派末流之弊的功勞。同時，對於袁中道修正公安末流之舉，也是肯定的，他說：

　　　無奈淺衰弱植之徒，取其游戲翰墨者，易入易就，愈趨愈下，至以
　　　贗鼎冒名，譁眾欺世。其弟小修為釐正剖析，使人以魯男子之不可，
　　　學柳下惠之可，有功詞林甚大。〔註179〕

袁中道認為仲兄袁宏道之所以遭時人批評，原因在於守舊派心存成見，未完全讀過袁宏道的作品，又受到市面上流行的贗書（如狂言）影響，所以他時常為袁宏道辯解，認為那些末流因不善於學，導致弊病叢生，這完全不是袁宏道的本旨。〔註180〕

　　就對公安末流的補偏救弊而言，袁中道的修正主張客觀平允，是有功於袁宏道，有功於公安派及當時文壇的。但就袁中道整體的文學主張和表現而言，基本上比袁宏道保守許多。袁宏道不失為公安派的靈魂人物，才學膽識過人，同時不計世俗之毀譽，作品內容風格多化，不拘格套。他肯定《擘破玉》、《打草竿》等民間歌謠為真詩〔註181〕，詩作中也留下不少仿民間歌謠的創作〔註182〕，其它如《瓶史》、《觴政》之作，不是傳統的高文大冊或正式文類，卻很能反映晚明的人情世態。而他在《觴政、掌故》中，推崇《金瓶梅》與《水滸傳》，稱之為「逸典」〔註183〕這種從文學欣賞的角度，肯定民歌，小

〔註179〕按中央圖書館善本室收藏的《珂雪齋集選》，有編號 M13022 及 13023 兩部，
　　　　皆是明天啓二年汪從教等刊本，偉文圖書出版社根據 M13022 影印。但此篇
　　　　〈珂雪齋集序〉只見收於編號 12023，不知原因為何。
〔註180〕《珂集》，卷之十一〈中郎先生全集序〉，頁 522～523。
〔註181〕《袁宏道集箋校》，卷四〈敘小修詩〉，頁 188。
〔註182〕如〈逋賦謠〉，見《袁宏道集箋校》，卷八，頁 334；〈徽謠戲柬陳正甫〉，卷
　　　　九，頁 383。
　　　　參王齊洲〈論袁宏道的通俗文學思想〉，《晚明文學革新派公安三袁研究》（華
　　　　中師範大學出版社，1987 年 5 月），頁 157。
〔註183〕《袁宏道箋校》，卷四十八，頁 1419。

說等俗文學特色的態度，更是異於傳統文人。〔註184〕

　　袁中道對於《水滸傳》、《金瓶梅》所持的態度是不必加以否定，也不必過於推崇，順其自然便是。他說：

> 大都此等書，是天地間一種閑花野草，即不可無，然過於尊榮，可以不必。〔註185〕

對於以往董其昌提及《金瓶梅》，認為「決當焚之」的主張，萬曆四十二年，袁中道的看法是：

> 以今思之，不必焚，不必崇，聽之而已。焚之亦自有存之者，非人之力所能消除。但水滸，崇之則誨盜，此書誨淫，有名教之思者，何必務為新奇，以驚愚而蠹俗乎？〔註186〕

這種視小說為天地間一種閑花野草，有其存在價值，不必加以排斥的態度，可以說是從李贄，袁宏道以來，強調各種文體，各種風格的作品都有其特色，不必一定要以古文或高文大冊為高的一貫主張，袁中道秉持著這種思想態度，肯定小文小說這些獨具風韻與趣味的作品，但是他對於民歌小說並未特別推崇，作品中也很少提及相關的概念，這種現象除了說明袁中道對俗文學的態度較保守之外，更大的原因，無寧說是他半生的心血和精力都花在科舉之上，無暇也無心作更進一步的接觸。不過，和袁宏道一樣，袁中道提及《金瓶梅》的記載，成為今日「金學家」研究《金瓶梅》作者及刊行年代、內容等，重要的參考線索。袁中道在《遊居柿錄》中提及：

> 往晤董太史思白，共說諸小說之佳者，思白曰：「近有一小說，名金瓶梅，極佳。」予私識之。後從中郎眞州，見此書之半，大約模寫兒女情態具備，乃從水滸傳潘金蓮演出一支。所云金者，即金蓮也；瓶者，李瓶兒也；梅者，春梅婢也。舊時京師，有一西門千戶，延一紹興老儒於家，老儒無事，逐日記其家淫蕩風月之事。以門慶影其主人，以餘影其諸姬，瑣碎中有無限煙波，亦非慧人不

〔註184〕周質平認為近代學者過份強調這一條資料，認為袁宏道把《金瓶梅》提高到了與六經、《論語》、《孟子》同等的地位，這是空前大膽的肯定小說的價值。周氏認為〈觴政〉乃袁宏道晚年遣興遊戲之作，將這樣一本小冊子中的一句話，據以為袁宏道提高小說地位的實證，這不免有些輕重失衡。見《公安派的文學批評及其發展》，第三章〈晚明文人對小說的態度〉（台北：商務印書館，1986年5月），頁51～67。

〔註185〕《珂集》，〈遊居柿錄〉，卷三九，第七十二則，頁1315。

〔註186〕同前註，頁1316。

能。〔註187〕

這也算是無心插柳的一種對小說研究的貢獻。在晚明民歌戲曲、小說創作、評點等漸受肯定的時代，可惜袁宗道與袁宏道皆英年早逝，而袁中道又困於舉子業，不然以三袁的才學素養，活潑的思想，又和戲曲大師湯顯祖有深厚的交情等等主客觀的條件，對於民歌、戲曲、小說的提倡與研究創作，應當會有更大的成績和影響。〔註188〕

此外，有一點必須加以說明的，那就是袁中道和鍾譚竟陵派的關係。是否袁中道早先引鍾爲同調，後來眼見竟陵有代公安而起之勢，所以如錢謙益所言，要聯合錢氏加以排擊。《列朝詩集小傳》中云：

> 小修又嘗告余：「杜之秋興，白之長恨歌，元之連昌宮詞，皆千古絕調，文章之元氣也。楚人何知，妄加評竄，吾與子當昌言擊排，點出手眼，無令後生墮彼雲霧。」〔註189〕

這段話常被人引用，作爲竟陵派非公安末流，非繼承公安的理論，是屬於兩個截然不同的流派的論證。但是，袁中道本人的作品中，除了某些觀點和鍾譚不同外，並沒有批評竟陵的文章字句，所以只能就可能的因素與意義加以分析。

《珂雪齋近集》中的〈花雪賦引〉，寫於萬曆四十一年〔註190〕，其中言及：

> 友人鍾伯鏡（敬）意與予合，……每推中郎，人多竊訾之，自伯鏡（敬）之好尚出，而推中郎者愈眾，湘中周伯孔意又與伯鏡（敬）及予合，伯孔與伯鏡（敬）爲同調，……予三人誓相與宗中郎之所長，而去其短。〔註191〕

由這一段引文可以證明鍾惺的確是出自公安，而又「別出手眼」，另創「深幽孤峭」〔註192〕一格，而異於公安一派的。萬曆四十一年，袁中道和鍾惺立場還是一致的。到了萬曆四十六年，袁中道在《珂雪齋前集》中，修改了這篇

〔註187〕同註185，頁1315～1316。
〔註188〕同註185，卷之十一，袁中道曾經提及袁宗道生前有「雜劇數齣，可惜無一字存於世者，可爲浩歎」，第八則，頁1358。
〔註189〕〈袁儀制中道〉（上海古籍出版社，1983年10月），頁569。
〔註190〕《珂集》，《遊居柿錄》卷之八，第九十二則，頁1294。
〔註191〕見（偉文圖書公司，1976年）卷之六，頁531。
〔註192〕錢謙益，《列朝詩集小傳》，丁集中，〈鍾提學惺〉，頁571。

序，刪掉了上述引文，這是否意味著兩人之間有了歧異的立場。至於錢謙益所提之「小修嘗語」云云者，具體時間很難考定，但據文中提及的「楚人不知」的批評，主要是在「杜之秋興，白之長恨歌，元之連昌宮詞」等的評選問題上，可以推斷此語是在《詩歸》刊行後所發的，至少是萬曆四十五年後之事。

對於這種現象的解釋，有人以為原因出於「門戶之見」，袁中道、錢謙益等人見竟陵派崛起詩壇，聲勢超過公安派，所以起而加以排擊〔註193〕。果真如此，袁中道未免不夠通懷樂善，既然有肯定各種文體風格等都有並存價值的觀點，何以又不免於排除異己的局限性！

有人認為問題全出在錢謙益身上，袁中道是否如此講過，以及其基本事實是否應作如此理解，應該加以考慮。可能袁中道受了錢氏的影響，也可能是錢氏誇大其詞，打著為公安派鳴不平的幌子，借袁中道之口而大肆攻擊竟陵派。而在明季士風澆薄，黨同伐異，追逐名利的認識下，一般人受到錢氏的誤導，而以「門戶之見」來解釋兩派的關係〔註194〕，或引作袁中道排擊竟陵的原因。其實不管答案為何，對於研究兩派文學理論的異同，並沒有多大的意義，不過，透過對於這個問題的思考，可以更深刻地體認到袁中道晚年身處竟陵派聲勢大起之際，他可能有的心態。

總前所述，袁中道之所以不能力持公安派的江山，原因除了竟陵派有它興起的主客觀條件外〔註195〕，袁中道嘗言：

> 予與中郎意見相同，而未免修飾以避世訾，豈獨才力不如，膽亦不
> 如也。〔註196〕

因為個性、際遇的關係，以及才力膽識不如袁宏道，所以袁中道只能對公安派的主張加以修定，替袁宏道辯解，終究無心也未能開創公安派的第二顛峰。

鍾譚評選《詩歸》異於傳統，「殊有膽識」〔註197〕就這點不計世俗毀譽

〔註193〕如吳宏一便有類似的主張，參《清代詩學初探》（台灣學生書局，1986 年元月），頁60。

〔註194〕如李興余，〈關於公安派與竟陵派關係之我見〉，《晚明文學革新派公安三袁研究》（華中師範大學出版社，1987 年 6 月），頁 130～137。

〔註195〕關於竟陵派代公安派而興起之因，可參陳萬益先生，《晚明性靈文學思想研究》第四章。

〔註196〕《珂雪齋近集》，卷三十六〈花雪賦引〉，頁 40。

〔註197〕參註178，賀貽孫，《詩筏》，頁 197。

的膽識，以及「別開手眼」的精神而言鍾譚自有他成為主導人物的氣象，是值得加以肯定的。至於後人對其「幽深孤峭」的創作風格，極力批評，也只能說是理論與作品的不一致，末流不善學，使它走向狹隘的範疇。

第五章　袁中道的作品

　　一個人作品的風格與內容，往往和他的性情、思想、人生觀、人生際遇等關係密切。同時，和他所處的時代思潮、文風等息息相關。也就是說一個人的作品，除了表現出自己的風格外，往往也是時代特色的反映。

　　歷來對於袁中道的研究，多半著重在他的修正主張，較少論及他的詩文表現，同時評價也不高。本章擬先就明清時代對中道詩文的評述著手，然後再就中道本身的創作觀點，和詩文的實際表現加以比較印證，以期看出中道作品本身及時代的特色。至於本章的第四部分，則擬就中道作品中，最具代表性的《遊居柿錄》加以個別討論，嘗試從他十年的日記當中，勾勒出晚明文人生活的一個具體面貌。

第一節　明清時代對中道詩文的評價

　　中道很早便嶄露創作的才華，十歲餘，便寫〈黃山〉、〈雪〉二賦，幾五千餘言。但對於這種「刻畫飣餖」之作，並無好感〔註1〕。中道喜讀老子、莊周、列禦寇諸家言，對於「西方之書」，「教外之語」也頗有研究。年輕時便以豪傑自命，遊歷南北「足跡所至，幾半天下，而詩文亦因之以日進」，宏道在〈敘小修詩〉中，對於中道早期的作品表現，有十分重要的描述，宏道指出中道的詩文：

> 大都獨抒性靈，不拘格套，非從自己胸臆流出，不肯下筆。有時情
> 與境會，頃刻千言，如水東注，令人奪魄。

〔註1〕關於袁中道早年的敘述，皆見《袁宏道集箋校》，卷四〈敘小修詩〉，頁 187
　　～188。以下相同者不另註出處。

宏道對於中道詩作的表現，看法是：

> 其間有佳處，亦有疵處，佳處自不必言，即疵處亦多本色獨造語。
> 然予則極喜其疵處；而所謂佳者，尚不能不以粉飾蹈襲爲恨，以爲
> 本能盡脫近代文人氣息故也。

〈敘小修詩〉寫於萬曆二十四年，所批評的是中道二十七歲前的作品。宏道欣賞中道「任性而發」的「本色獨造語」，而以其中「粉飾蹈襲」的佳詩爲恨。這是宏道提出公安派性靈說的重要主張。從前述引文中，可以看出中道早期的創作並存著公安派革新的手法與傳統文人模擬學習古人作品的痕跡。其實宏道本身早期的作品，也存在這種現象。

但是，模擬只是一個學習的過程，創新求變才是最終的目的。中道和宏道一樣，隨著年歲的增長，閱歷的豐富，學識的累積等，作品的表現也有轉變的過程。

對於中道萬曆三十五年結集的漁陽諸刻，曾可前的評語是：

> 予敘其漁陽諸刻，才情高曠，意氣橫逸，詩文出之以典切清悠，無
> 復離合者也。〔註2〕

中道的作品，漸漸能取融前代詩作，「出之以典切清悠」走出自己的風格。

至於中道晚年的知交錢謙益，則認爲中道的詩文，「有才多之患」，錢氏建議中道：

> 若遊覽諸記，放筆荄薙，去其強半，便可追配古人。〔註3〕

此外，李維楨的見解是：

> 小修自諸生時與兄齊名，而所論譔同而異，異而同，若塤箎各有韻
> 調鄂不、各具生趣。嘗誦其珂雪齋集，盱衡擊節，賞歎不置。蓋深
> 心巧思，博物洽聞，而粹然一歸於正，有中郎難爲兄者。……王右

〔註2〕轉錄自《袁宏道集箋校》，附錄三序跋〈三袁先生集序〉，頁1710。

按日本內閣文庫藏有《三袁先生集》，見山根幸夫，《增訂日本現存明人文集目錄》，汲古書院，1978年3月，頁65。

此外，普林斯敦大學葛思德東方圖書館也藏有曾可前編的《三袁先生集》（屈萬里撰，《中文善本書志》，台灣藝文印書館，1975年1月），頁550。

但是序中提及「小修先生登丙辰（萬曆四十四年）進士，仕儀部郎。」，而曾可前卒於萬曆四十年（見《珂集》，《遊居柿錄》卷之七，第三十則，頁1253）。曾可前既然卒在小修中進士之前，何以知此事，令人疑惑。

〔註3〕見《列朝詩集小傳》，丁集中，〈袁儀制中道〉（上海古籍出版社，1983年10月），頁569。

> 丞、蘇端明二公深於禪而不爲禪縛，其詩文無不精工，傳遠不朽。
>
> 小修深於禪與二公同，而詩文儷之，當今之世，其以此事推袁，豈
> 余鄉里通家阿私所好哉！〔註4〕

李維楨爲末五子之一，爲折衷復古派與公安派主張者，但仍屬復古派，所以
他肯定中道作品，是從「粹然一歸於正」的角度而言。一如他肯定中道「釐
正剖析」公安末流，有功於詞林，著重在中道改變的部分。

以上是中道生前，時人評論的大略。中道辭世後，選家和詩話家仍給予
相當的關注與評論。

首先是明崇禎壬甲（五年）陸雲龍的評語：

> 故不獨中郎振玉磻之墜緒，小修亦嗣中郎之微音，居平角勝于火攻，
> 矜才于絮起，揮塵運毫，輒欲後來居上。然其間爽塏之氣，飄逸之
> 韻，新穎之思，尖利之舌，固猶然兄弟也。既選中郎小品，復選小
> 修珂雪齋集選之璐聯璧綴，賁有奇光，瓊貫瑤繩，瑩生異色，惠連
> 春草之夢，直與靈運癙寐通矣。〔註5〕

陸雲龍欣賞宏道的詩文：率眞，出自性靈，富有諧趣，「韻遠」、「致逸」，「意
研」、「語不沓拖」〔註6〕。同時，也肯定中道詩文的表現，和仲兄有異曲同工
之妙。

朱彝尊《靜志居詩話》中，則認爲「小修才遜中郎而過於伯修」〔註7〕。
王夫之《明詩評選》對中道的詩作，評價頗高，他認爲袁宏道詩作的缺點，
病在「不能謀篇」，但是，在詩句的創新方面，卻十分有才情〔註8〕。至於袁
中道，王氏以爲他在詩作的佈局與鍛鍊上，勝過仲兄，一般人不察，便以爲
中道才氣不如宏道。他說：

> 小修之于中郎，猶敬美之于元美，正以有約束意居勝，淺者或謂其
> 才不逮。〔註9〕

〔註4〕見《珂雪齋集選》，前所附李維楨的〈珂雪齋集序〉（中央圖書館藏，明天啓
　　　二年汪從教等刊本）。

〔註5〕見《翠娛閣評選十六名家小品》，〈袁小修先生小品弁詞〉（中央圖書館藏，明
　　　崇禎間錢塘陸氏原刊本）。

〔註6〕同上，〈敍袁中郎先生小品〉。

〔註7〕見《明詩綜》，卷六十一（台灣：世界書局，1962年影印本），頁8。

〔註8〕見《明詩評選》，卷六，頁28。（《船山遺書全集》第二十一冊，自由出版社，
　　　1972年11月）

〔註9〕同前註，頁30。評〈繡林阻風遠望〉一詩，見《珂集》，卷之一，頁14。萬

《明詩評選》中，王氏共選了中道九首詩，其中有六首是萬曆三十年之前的
作品，也就是中道早期的作品，王氏評這些作品，有的「尖新之習，荄除已
竟，但用本色勝人。」〔註10〕有的「通首高岑」〔註11〕、「纖累之氣俱盡」
〔註12〕，從這些評語，可看出王氏較一般反對、攻擊公安派詩作為俚俗率
易、為「纖詭」〔註13〕者，更能從正面肯定袁中道的詩作。

不過值得注意的是，一般所肯定的中道作品，卻正是袁宏道引以為恨的
粉飾蹈襲之作。如陳田便認為中道深受宗道、宏道之論，先入為主的影響，
不脫「輕佻習氣」，因此他所選錄的詩作，都是以中道集子中「近雅者」為主
〔註14〕。這種觀點歧異的現象，一來意味著袁宏道主張「獨抒性靈，不拘格
套」寧今寧俗，極力反對模擬的見解，異於傳統的看法，但是，在另一方面，
引人深思的是：詩歌是一種特定的體製，即使不主字句上的模擬，也以得唐
人之神為高，因為不管是風格或體式，詩在唐朝已經發展到了極致，後人即
使是匠心獨運，還是很難超越它的藩籬。因此，若不論作者的文學主張，僅
就作品論作品，袁中道的詩作，在平淺自然與鍛鍊刻畫之中，還是以後者的
成就較高。

葉矯然在《龍性堂詩話續集》中，便極力贊賞中道的七言詩，清音古調，
高出袁宏道的表現。他說：

> 袁小修七言今體，清音古調，高出中郎之上，讀其佳句，無一凡
> 筆。如漢陽感舊云：「芳草偏憐衡處士，桃花不夢息夫人。」遊黃
> 鶴：「峰連建業何曾斷？浪接瀟湘總未平。」渡黃河：「草經青女全
> 無色，雁過黃河別有聲。」懷中郎云：「青山到處悲王粲，明月曾經
> 照謝莊。」不第歸云：「相逢誰勝黃江夏，不死差強褫正平。」別傅
> 叔睿云：「張緒通身如弱柳，謝郎五字似芙蓉。」不一而足。余尤愛
> 其長安道上醉歸一律云：「天街十里霧濛濛，醉後依稀似夢中，栖樹

曆二十二年作。

〔註10〕同註9，評〈阻風登晴川閣〉，見《珂集》，卷之一，頁15。萬曆二十二年作。

〔註11〕《明詩評選》，卷五，頁41。評〈別顧太史開離時冊封周藩取道回吳〉，見《珂
集》，卷之三，頁115～116。萬曆二十七年之作。

〔註12〕《明詩評選》，卷七，頁8。評〈舟中雜詠〉，見《珂集》，卷之六，萬曆四十
年之作。

〔註13〕見四庫全書總目提要，卷一百九十，明詩綜條（台灣：藝文印書館，1979年
12月）。

〔註14〕《明詩紀事》，庚籤，卷五（台北：鼎文影印本，1971年），頁329。

寒鴉一背月，戀槽歸馬四蹄風。棕櫚暗暗藏禪寺，鈴柝沉沉護漢宮。訊罷驛人無一事，流星如火耀晴空。」誦之宛然如東華馬上酩酊夜歸時也。〔註15〕

誠如葉氏的看法，中道詩作當中，以七言詩的表現較佳，其中不乏造句與意境皆佳之作，像上述引文中，「栖樹寒鴉一背月，戀槽歸馬四蹄風」，意象十分鮮明，的確令人贊賞。但是，詩固然是好詩，卻不離唐人的蹊徑，這種詩歌創作的局限性，應該是公安派以詩論興起，主要成就卻在於散文的原因。

至於沈德潛在《說詩晬語》中，則認為公安三袁的詩風「詼諧」。沈氏云：

> 王李既興，輔翼之者，病在沿襲雷同；攻擊之者，又病在翻新吊詭。
> 一變為袁中郎兄弟之詼諧，再變為鍾伯鏡、譚友夏之僻澀。……。
> 〔註16〕

沈氏可以說掌握了公安派早期的文學主張和詩作特色。袁宏道才高膽大，不計世俗之毀譽，嬉笑怒罵皆成文章，其間不乏讀來酣暢淋漓之作，但偶爾失之俚易，甚至流於苛謔〔註17〕。袁中道年少時「好調弄人」〔註18〕，個性也有諧謔的傾向，不過，就現今所見中道集中的詩作，有不少戲作，但異於宏道與江盈科不忌苛謔、鄙俚之語的風格。以下略舉數首，以看出中道詼諧的特色。

〈短歌戲贈沈飛霞山人，山人年七十新買妾〉

> ……昔見尊字想君貌，道是如花一年少。豈意崎嶇絕可笑，酷似怪石點奇竅，又如老樹雪幹霜藤露孤峭。此等俱以古質勝，置之丘壑真為妙。……〔註19〕

〈戲贈善印章程生從軍〉

> 程生入門微啟齒，洞石金刀響袖裏。往往開石如開泥，有時飲酒如飲水。修幹大耳面如盤，初逢不信是寒士。飛雪入眼風割皮，謖謖忙忙走城市。……〔註20〕

〔註15〕見郭紹虞編，《清詩話續編》（台北：木鐸出版社，1983年12月），頁1023。
〔註16〕見丁福保編，《清詩話》，第二十九則，頁548。
〔註17〕詳第三章第四節。
〔註18〕見《珂集》，卷之二十一〈書唐醫冊〉，頁882。
〔註19〕《珂集》，卷之二，頁82。中道在《集選》中刪了此詩，可見他晚年文學主張有所改變。
〔註20〕同前註，頁78。

前一首詩，以怪石和老樹比喻七十歲還買妾的沈飛霞山人，戲稱以他的老與怪，應該擺到山裏去，與樹和石比美，這種戲謔不失意味。而第二首，寫程生身軀修長，大耳朵，臉圓如盤，在風雪中急急忙忙走著的形象，十分有趣，但並不俚俗。這類詼諧之作，並不是中道的主要詩風，不過，這種諧謔的傾向，很能反映出袁氏兄弟活潑的思想與人格特質。

最後是四庫全書總目提要的評論，紀氏認為三袁的詩文：

> 變板重為輕巧，變粉飾為本色，致天下耳目一新，又復靡然而從
> 之。然七子猶根於學問，三袁則惟恃聰明。學七子者，不過贋古，
> 學三袁者，乃至矜其小慧，破律而壞度，名為救七子之弊，而弊又
> 甚焉。〔註21〕

一改傳統高文大冊的嚴肅刻板為清新流麗的詩文，這正是公安派詩文表現，異於傳統與擬古派的最大特色。「矜其小慧」，正可以看出袁中道獨具巧思、創意的詩文佳句所從出，四庫反面的評論，可說正突顯了三袁創作的精神。

綜合以上各家對中道詩文的評價，可知除了一般將三袁視為一個整體，批評三袁俚俗率易者外，一般肯定中道詩文者，多著眼在中道作品「典切清悠」、「清音古調」和鍛鍊約束之作，可以說和袁宏道獨獨欣賞的「本色獨造語」有別。綜觀中道詩文的風格，一如他的文學主張，整體上比袁宏道來得平穩，合於矩度。

第二節　袁中道的詩

本節擬就中道詩文的整體表現，作更進一步的介紹，同時，配合中道的自述、自評、以期看出中道詩作的大致風貌。

首先，就中道的詩作而言。中道的詩，包括古風〔註22〕，五、七言的絕句、律詩等共約一千四百首。內容多半是記遊、記事、抒情、感懷，和友人

〔註21〕同註13，卷一百七十九，袁中郎條，頁3714。

〔註22〕此處「古風」指古體制作，包括五言、七言之作，無古詩或樂府之名。林美秀在其碩士論文《江進之詩學理論與實踐》中提到：「進之古風合古詩、樂府為一類，係承唐開元以後『新樂府』的精神，一反唐以前沿襲古題、重複唱和的舊蹊，即事名篇，無復倚傍，雖不必叶於律呂，卻顧得指論時事之旨。」（見國立高雄師範學院國文研究所碩士論文，民國77年），頁91。其中雖是就江進之的古風而言，但是中道的作品，也可以作如此解。除了指論時事外，中道多半用以發抒感慨，寄託懷抱。

唱和、悼亡、祝賀之作，題材十分豐富。

中道早年的詩風，因科舉功名之心急切，但卻一再受挫，所以常懷利刃切泥之歎，加上年少輕狂，「沈湎嬉戲」，時常有貧病窮愁之感，將這些感歎發之於詩，情感十分真切激昂〔註23〕。這類失意之作，集子中頗多，如：

〈病中〉

何意春初病，糾纏直到今。痛來霜割骨，鬱極火焚心。攬鏡龍鍾貌，支床劍戟林。終宵眠不得，人亦厭呻吟。〔註24〕

〈下第詠懷〉

人生能幾何，愁思鬱肺肝。行年二十五，慘無一日歡。生長愛豪華，長劍與名冠。寶馬黃金勒，賓從佩珊珊。時分竟寂寞，小弟空無官。竄伏蓬蒿內，妻子嘲饑寒。〔註25〕

〈江上示長孺〉

萬里滄江一葉舟，歷盡楚尾與吳頭。八分山下八分院，九疊峰前九疊樓。水上煙鬟鏡裡眉，因餐秀色愛舟遲。青山乍喜逢尤物，男子猶欣遇大兒。大兒生計何其拙，苦吟只對寒江雪。愛作煙雲顧虎頭，山經水牒搜遺缺。世事悠悠無假真，為語丘遲休苦辛。君看古來布衣士，生前得名有幾人。往往衣食無所託，饑寒轗壈終其身。羅友陶潛豈不奇，嚮日倚門作乞兒。數百年間骨已朽，新詩始落詞人口。身後虛名有何益，不如生前一盃酒。文章得失出寸心，天下後世幾知音。獨餘匠心得意處，自歌自舞淚沾襟。丘郎于今極貧賤，縱有新詩人不見。詩成只合付名山，百年應得布人間。〔註26〕

〈紀夢〉

歲云暮矣，我心憂苦。長年作客，田園荒蕪。百口伊何，不飽饘粥。顧頷滿室，生死莫卜。日月何道，悲哉淹留。愁來不絕，如絲之抽。歸不可得，病不可瘳。拔劍砍柱，泣泗橫流。〔註27〕

〔註23〕見《袁宏道集箋校》，卷四〈敘小修詩〉，頁188。
〔註24〕《珂集》，卷之一，頁39。
〔註25〕同前註，頁43。
〔註26〕同註24，頁30。
〔註27〕同註24，頁38。

上引四首詩，一是五言律詩，一是五言古詩，一是七言長詩，一是四言詩，各有不同的體式，但皆在表達自己功名不成，貧病交加，抑鬱激切的情懷。袁宏道說這類詩，寫來「若哭若罵」、「不勝其哀生失路之感」〔註 28〕，令人讀了同感傷悲。就情感而言，中道是真人發真聲，袁宏道認為這些詩作堪稱「情至之語」，是所謂的「真詩」〔註 29〕即使情感過於刻露，也正是楚人的特色。就修辭結構而言，這些詩作，十分通達順暢，但並不率易俚俗，在風格上，有古詩、唐人樂府的味道。這種現象說明了學習仿作是創作必經的一個過程。中道曾在詩中表露了他早期創作的心態：

〈長孺齋中有述〉

丘生為家何落魄，丘生為詩好氣骨。建安以上今再見，開元而下不曾讀。五七言律多精巧，絕句長歌古來少。……磊塊頗露烈士腸，步驟真得古人氣。我于此道久用力，妙處只合唐人跡。不能超乘復漢魏。……〔註 30〕

這種古詩學漢魏，近體學盛唐的見解，顯然是復古派的主張。和宏道一樣，中道早年的詩作，保留許多剪裁古人詩句入詩，模擬的痕跡，如「鬱鬱春江柳，青青上客衣」〔註 31〕，「十里一踟躕，五里一徘徊」〔註 32〕、「時光難再得，惜費亦何愚」〔註 33〕等，便是明顯的例證。但是模擬只是學習的過程，它的終極目標不在勦襲雷同，而貴在創新。

除了情至、模擬和前述鍛鍊或諧謔之作外，中道早期的作品也有不少造句和意境較為淺近之作。如：

〈晚過黑牛渡〉

涼風吹細浪，返照射平原。何處來笑語，垂楊渡口喧。〔註 34〕

至於如〈花樓曲〉、〈愁〉〔註 35〕一類較俚俗的作品，中道集子中並不多見，可能後來遺佚或加以刪汰，也可能是中道的作品，只是率易，但不俚俗。正如中道自言「衝口信筆，不復刪汰」之作，若是出自「雅士」之口，「即俗亦

〔註 28〕同註 23。
〔註 29〕同註 23。
〔註 30〕同註 24，頁 19。
〔註 31〕見《珂集》，卷三十二〈謝時又有虎丘之約〉，頁 70。
〔註 32〕同前註，〈南陽道中〉，頁 46。
〔註 33〕《珂集》，卷之一〈鄂中丘長孺宴客有述〉，頁 40。
〔註 34〕同註 24，頁 2。
〔註 35〕〈花樓曲〉，見《珂集》，卷之一，頁 12～13。〈愁〉，見頁 105。

雅也」，反之，出自「俗士」之口，「即雅亦俗」也〔註36〕。中道這等慧業文人，對於自己的創作，是頗為自負的。

　　中年之後，中道的詩風漸漸脫離模擬的痕跡，更多出自性靈，獨創而富有新意的佳句出現。同時，也有不少公安派明白暢達之作。如：「水禽無俗夢，巖石抱幽姿」〔註37〕、「風來傳靜院，雨過沸新枝」〔註38〕、「萬竅习习怒，一鉤冷澹斜」〔註39〕、「三杯薄醉拂桃笙，一枕風窗夢也清」〔註40〕、「三千煙柳搖湖月，十萬風篁遶屋雷」〔註41〕，這類饒富意韻的詩句，中道集子中俯拾即是。其他如「得江還大叫，選石忽狂歌」〔註42〕、「醒來不作攢眉事，夢裡依然是笑聲」〔註43〕這類情感真切自然的詩句也不少。

　　中道晚年，回顧歷來的詩作，常發不夠含蓄蘊藉之感慨。中道常言己作：

　　　　大都輸寫之致有餘，鍛鍊之功不足，都無言外之意，而姑吐其意中
　　　　之所欲言。〔註44〕

同時，中道晚年對詩作也有更進一步的體認：

　　　　少年勉作詞賦，至于作詩，頗厭世人套語，然其病多傷率易，全無
　　　　含蓄。蓋天下事，未有不貴蘊藉者，詞意一時俱盡，雖工不貴也。
　　　　近日始細讀盛唐人詩稍悟古人鹽味膠青之妙。然求一二語合者，終
　　　　無有也。此亦氣運才力所限。〔註45〕

「詞意一時俱盡，雖工不貴也」，這樣的見解和中道本身文學的修正主張是相互配合的。在刊去世人套語，排除不宜入詩的情景之後，中道的詩不患不夠工鍊，只患不夠含蓄蘊藉。從早年由古詩、唐詩入手學習模擬，然後從擬古之中跳脫出來，追求自我性靈的呈現，強調詩作的獨創與新穎，到了晚年，中道可以說又回歸到唐詩之中，只是經過二、三十年的演變發展，中道追求

〔註36〕見《珂集》，卷之二十五〈答蔡觀察元履〉，頁1063。
〔註37〕見《珂集》，卷之五〈澧陽晚泊〉，頁237。
〔註38〕《珂集》，卷之四〈暑中聞禪〉其二，頁183。
〔註39〕《珂集》，卷之四〈賦得風林纖月落〉，頁168。
〔註40〕《珂集》，卷之四〈筭簹谷暑中即事十絕〉其一，頁165。
〔註41〕《珂集》，卷之四〈陶孝若、謝于楚偕來賦贈，于楚自蜀至，而孝若游吳〉，頁154。
〔註42〕《珂集》，卷之五〈入德山同龍君超〉，頁238。
〔註43〕《珂集》，卷之三〈初至村中〉其七，頁131。
〔註44〕《珂集》，卷之二十五〈答蔡觀察元履〉，頁1063。
〔註45〕《珂集》，卷之二十四〈寄曹大參尊生〉，頁1029。

的不再是唐人的形跡或形式上的格律，而是著重在詩作的內涵與意蘊。

今觀中道後期的作品，有不少閑淡自然之作。如：

〈雨泊采石〉其二

盤旋小舟中，閒話雨聲裡。舒襆即成床，卷襆即成几。〔註46〕

〈度門得響水潭，將結菴作鄰，志喜〉六之五

閒來尋石坐，偶爾破雲行。雪色同溪色，松聲戰水聲。掃苔安硯几，
就乳寔茶鐺。不復精禪講，聽泉過此生。〔註47〕

這一類詩作中表現出舟居、靜坐、聽泉的閒適心情，正是中道晚年山居參禪
的心境與生活之反映。

總上所述，中道的詩以七言詩成就較高，其抒情寫景的能力，不愧為公
安派的大將之一，以下再舉一詩為例：

〈同臧顧渚、謝在杭、秦京避暑天寧寺樹下〉

槐陰竹影亂禪床，彈指飆風滿院涼。亂石生雲迷海岸，疾雷驅雨過
江鄉。奇峰忽散天如拭，晚日重來樹有光。乘興共移池上酌，藕花
泣露散幽香。〔註48〕

寫槐樹、竹枝的影子交疊映在禪床上用「亂」字，用疾雷「驅」雨，表示雨
勢的迅速擴大，可說在詩眼上十分用心，而風過庭院清涼的意境與雨過天青，
夕陽迴照在綠樹上呈現光輝的景象，如在目前。情景交融，意象鮮明生動，
中道在這方面的成就是值得肯定的。

就整體詩作的風格而言，清新流暢之中，時常可見作者獨創新意的佳
句，流露出特殊的韻趣〔註49〕。此外，中道的悼亡與感懷〔註50〕之作，情感
真切，令人動容。這些抒情寫景之作，是中道詩歌較有成就的部分。

〔註46〕《珂集》，卷之八，頁397。
〔註47〕《珂集》，卷之六，頁264。
〔註48〕《珂集》，卷之二，頁930。
〔註49〕日人鈴木虎雄認為明詩一入萬曆時代，「公安有袁宏道兄弟，標清新清俊，任
性情而不拘法度……實則陷于詼諧之流，品格卑靡，決不能說是雅音。」(《中
國詩論史》，台灣商務印書館，1979年，洪順隆譯本，頁141)
按鈴本虎雄這樣的說法，過分強調公安的詼諧，不見三袁刻劃用心的一面。
〔註50〕中道萬曆三十五年作有〈感懷詩〉五十八首，《珂集》，卷之五，頁189～209，
吉川幸次郎認為這一系列「詠懷」之作，「也許最能代表他的詩風」。(參《元
明詩概說》，國立編譯館主編，幼獅文化事業公司印行，鄭清茂譯，1986年6
月，頁250)

至於中道詩作的內容，雖然感傷失意之作或個人記事記遊之作佔了大部分。但並非全然不及時事，消極退藏。他的集子中，也有不少言及時事者，如：

〈裕州道中〉

千古中原路，蕭條似大荒。朝廷急賦稅，刺史歎流亡。原兔藏煙突，春禽乳畫梁。從來嘯聚地，招撫有遺崗。〔註51〕

詩中反應出了晚明賦稅繁苛，官吏難為的亂象。而中道「白首登朝逢禍亂，黑頭失意過清平」〔註52〕中進士，步入宦途之後，對於國事更有休戚相關之感。表現在詩作上，如：

〈舟次宿遷，聞遼左信，送眷屬南歸，示兒子祈年〉其二

牽衣念汝拜頻頻，骨肉分飛淚滿巾。家值萍飄須長子，時當板蕩要忠臣。駛波欲逗南歸客，寒雁猶憐北去人。不似大蘇遷謫日，斜川尚得侍昏晨。〔註53〕

又如：

〈南赴禮曹任，步須日華韻〉

烽火三月恨未休，東風先洗哭時憂。浮家汎宅真吾事，調馬書眉不解愁。道侶舊推蓮社長，老來新拜醉鄉侯。也知仕隱非忘世，盛際陶唐有許由。〔註54〕

中道雖然「吏隱」於山水之中，但是「也知仕隱非忘世」，對於時艱憂心忡忡。這種現象，一來說明了的作品的內容與風格受作者際遇的影響，二來，便是作品也反映了時代局勢。如袁中道半生舉業功名難就，過著清平的日子，所作多半是模寫山容水態者，一旦登朝為官，自然會較常言及時事。至於這些憂心時事之作，正反映了晚明政局的岌岌可危。

第三節 袁中道的散文

近代學者多半認為，公安派的散文成就高過詩作的表現，畢竟詩到了唐代已經發揮到了極致，後人很難超越唐人的成就。公安派即使強調「獨抒性

〔註51〕《珂集》，卷之四，頁174。
〔註52〕《珂集》，卷之八，頁415。
〔註53〕同註52。
〔註54〕同註48，頁417。

靈，不拘格套」，反模擬、貴獨創，但是在體製和風格上終究不出古人的範疇。但是晚明的散文，即一般所謂的「晚明小品」，則有它異於傳統高文大冊的特殊風味。

袁中道的散文成就勝于詩，除了具備「晚明小品」共同的特色外，當然也有他獨特的風格。以下分就遊記、傳記、尺牘、題跋等類別，略加討論（日記部分留待下節專論）。

首先，就「遊記」（此處包括亭園記）而言。山水遊記是晚明小品的主要成就所在，同樣的，袁中道散文的主要成就也在山水遊記之上。文人和山水的關係歷來便十分密切，中道酷愛山水，嘗說「人皆有一癖，我癖在冶遊」〔註55〕，「生平有山水癖，夢魂常在吳越間」〔註56〕。中道早年「泛舟西陵，走馬塞上，窮覽燕、趙、齊、魯、吳、越之地，足跡所至，幾半天下」〔註57〕，目的在增廣見聞，培養寫作詩文的氣勢。中年之後，為了逃避家居時「家累逼迫」、「俗客溷擾」，所以常離家遠遊。一來借著山水「滌浣俗腸」，二來藉著旅遊結交良朋勝友，「上之以學問相印證，次之以晤言消永日」〔註58〕同時，藉以排除屢遭失意，胸中磊塊不平之氣〔註59〕。萬曆三十八年宏道辭世，接著二、三年內，昔日好友如雷何思、曾可前、黃輝等及老父相繼而亡，中道憂傷之餘，血疾大作，於是逃之於青溪、紫蓋之間，結菴修行，借著聽泉看山，閱藏習靜來治療沈痾。自認「進山一步，即是活路；出山一步，即是死路」〔註60〕，有終老玉泉山中的打算。中道在給兒子祈年的信中，深刻地表露了自認宜於居山的緣由。他說：

> 吾賦性坦直，不便忍默，與世人久處，必招愆尤。不若寂居山中，友麋鹿而侶梅鶴，此其宜居山者一也。又復操心不定，朱紫隨染，近繁華則易入繁華，邇清淨即易歸清淨。今繁華之習漸消，清淨之樂方新，而青山在目，緣與心會，此其宜居山者二也。兄弟俱闡無生大法，而為世緣迫逼，不得究竟。今居山中，一意理會一大事因緣，必令微細流注，蕩然不存，此其宜居山者三也。骨肉受命慳薄，

〔註55〕《珂集》，卷之四〈寓郢述懷〉，頁162。
〔註56〕《珂集》，卷之十五〈遊青溪記〉，頁639。
〔註57〕《袁宏道集箋校》，卷四〈敘小修詩〉，頁187。
〔註58〕《珂集》，卷之十三〈東遊記〉一，頁563～564。
〔註59〕《珂集》，卷之十〈般生當歌集小序〉，頁472。
〔註60〕《珂集》，卷之二十四〈寄五弟〉，頁1018。

惟盡捐嗜慾，可望延年。業緣在前，未能盡卻，必居山中，乃能掃
除，此其宜居山者四也。生平愛讀書，但讀書之趣，須成一片。俗
客熱友，數來觸擾，則入之不深，得趣不固。深山閉門，可遂此樂，
此其宜居山者五也。〔註61〕

中道建菴玉泉山中的原因，並非如晚明某些山人之輩，意在沽名釣譽，自標
清高〔註62〕，而是因賦性坦直，「操心不定」；為了修習佛法，掃除業緣，同
時借山居以得讀書深趣的緣故。中道強調：

蓋我之住山，乃從千思萬想中得來，誓捐軀命以守此志。且鳳凰不
與凡鳥同群，麒麟不代凡駒伏櫪。大丈夫既不能為名世碩人，洗蕩
乾坤，即當居高山之頂，目視雲漢，手捫星辰。必不隨群逐隊，自
取羞辱也。〔註63〕

言下頗有既不能得意於世緣，便當尋世外清淨之樂，以有別於世間俗人的「馳
求不息」〔註64〕。但是，中道終究不能忘情於科舉功名，萬曆四十四年終於
名題金榜，從此解脫科舉的夢魘。中道晚年，雖然不是以布衣終老於深愛的
玉泉山中，卻也是吏隱於紅塵之中，與山水常相左右。中道曾經自言歷來的
創作情形：

少忝聞道，有志出世，至於操觚，輒懷利刃切泥之嘆。嘗欲息機韜
穎，遁跡煙雲。故未仕前，大半居山，所作多偶爾寄興，模寫山容
水態之語。而高文大冊，寂然無有。〔註65〕

中道未仕前，作品多為描寫煙雲，抒己胸臆之作，即使是後來進入仕途，有
部分高文大冊出現〔註66〕，但是山水遊記與詩，仍是他作品的主要內容。

〔註61〕同註60，〈寄祈年〉，頁1017。

〔註62〕有關山人問題，可參陳萬益先生，〈晚明小品與明季文人生活〉，收錄在《晚
明小品與明季文人生活》（台北：大安出版社，1988年5月），頁37～84。以
及周質平，〈袁宏道的山水癖及其遊記〉，《公安派的文學批評及其發展》第五
章（台灣商務印書館，1986年5月），頁80～94。

〔註63〕同註61，頁1017～1018。

〔註64〕《珂集》，卷之二十四〈答錢受之〉，頁1024～1027。

〔註65〕〈珂雪齋前集自序〉，見《珂集》，頁20。此外，卷之二十五，〈答畢直指東郊〉
中也提及：「中道少時有志著作，後聞華梵合一之學，始孜孜從中參求，欲擲
卻管城公矣。習氣不除，時有拈弄，興之所至，穎與之俱。故模寫山容水態
者，十居其九。」頁1092。

〔註66〕中道進入仕途後，任新安教職時，基於職務有〈應天武舉鄉試錄序〉、〈應天
武舉鄉試錄後序〉等較莊嚴整栗之作。

　　中道的遊記有一百零四篇，亭園記有十六篇，計共一百二十篇。其中遊記依寫作年代的先後，約可分為四期。早期以萬曆二十七年在京師所寫的〈西山十記〉為代表。第二個時期，以萬曆三十七年左右，遍遊吳越一帶所寫的〈東遊記〉三十一篇為主。第三個時期，便是萬曆三十八年末宏道病世後，中道隱居玉泉，遊覽附近一帶名山勝水時的作品，其中以〈玉泉閒遊記〉、〈遊鳴鳳山記〉、〈爽籟亭記〉等為代表。第四個時期，便是萬曆四十四年，中道中進士之後，再遊西山，以及赴新安任職途中，遊山東泰山（岱宗）、趵突泉、大明湖時之作。

　　中道早期的遊記，山水風格有些近乎謝靈運一派，「情必極貌以寫物，辭必窮力而追新」〔註67〕的手法。對於山水刻劃得極其細微真實，但是因為常自性靈中流出，所以也能感受到山水的性靈與情趣。以下舉〈西山十記〉記二為例，以見一斑。

> 功德寺循河而行，至玉泉山麓。臨水有亭，山根中時出清泉，激噴巉石中，悄然如語。至裂泉，泉水仰射，沸冰結雪，匯於池中。見石子鱗鱗，朱碧磊珂，如金沙布地，七寶妝施，蕩漾不停，閃爍晃耀，注於河。河水深碧泓渟，澄澈迅疾，潛鱗了然，荇髮可數。兩岸垂柳，帶拂清波。石梁如雪，雁齒相次。間以獨木為橋，跨之濯足，沁涼入骨。折而南，為華嚴寺，有洞可容千人，有石床可坐。又有大士洞，石理詰曲，冥府兀奮怒，較華嚴洞更覺險怪。後有竇，深不可測。其上為望湖亭，見西湖明如半月，又如積雪未消。柳堤一帶，不知里樹，嫋嫋濯濯，封天蔽日。而溪塍間民方田作，大田浩浩，小田晶晶。鳥聲百囀，雜華在樹，宛若江南三月時矣。循溪行，至山將窮處有庵，高柳覆門，流水清激。跨水有亭，修飭而無俗氣。山餘出巉石，肌理深碧。不數步見水源，即御河發處也，水從此隱矣。〔註68〕

陸雲龍評選中道的小品，認為「小修記多以致勝，每一批輒意遠而神徂」，而此篇寫來如「雲林後身，何模寫淡且遠也」〔註69〕。中道的〈西山十記〉，抒

〔註67〕見《文心雕龍》，〈明詩〉第六（梁・劉勰著，民國・王更生注譯，台灣文史哲出版社，1985年3月），上篇，頁85。
〔註68〕《珂集》，卷之十二，頁536。
〔註69〕見陸雲龍《翠娛閣評選十六名家小品》，〈袁小修先生小品〉，〈西山十記〉記二後的總評。

情寫景，各有不同的風貌，時見作者「飄逸之韻」、「新穎之思」、「爽塏之氣」
〔註70〕，如寫老樹：

> 鐵幹鏐枝，碧葉虯結；紆義迴月，屯風宿霧；霜皮突兀，千癭萬螺；
> 怒根出土，磊塊詰曲。叩之，丁丁作石聲。〔註71〕

這類頗具匠心，文筆精鍊的作品，絕非信筆塗抹可成。

萬曆三十七年左右，中道出遊的時間頗長，經常是駕著他的「泛鳧舟」
〔註72〕，載著糗糧書畫，舟行於山水之間，有時長達數月之久。其間所作的
遊記，除了刻劃山川的靈秀、雄偉奇突外，每到一處，常詳敘其山川地理的
位置，得名由來，古今沿革，甚至加以考訂。同時，對於各地的傳說舊聞，
寺廟古跡等，多所言及，並非全然是抒情寫景之作，以下略舉數例，以見中
道遊記的另一種風貌。

〈東遊記〉七

> 黃鶴樓舊者已燼，今新創者，其壯麗稍不如舊，然樓外風濤萬狀，
> 捲雪激石猶故也。考水牒大略近鸚鵡洲，尾為船官浦，一名黃軍浦，
> 吳將黃蓋屯軍處，往來商舟之會。今金沙洲正是黃軍浦，東即黃鵠
> 山，其下為黃鵠岸，岸下舊名鵠灣，正今黃鵠磯也，或曰山磯皆為
> 黃鵠，而樓何獨以黃鶴名？予曰：「鵠與鶴，一也。鵠即鶴音之轉。」
> 漢昭時，黃鵠下建章宮太液池，而歌乃名黃鶴。今京口有黃鶴山。
> 而宋史載若思傳內則云京口之黃鵠山。可知鶴鵠二字，古人通用。
> 獨酈道元注江水，謂：「鄂之官船浦，東即黃鵠山，村澗甚美，譙郡
> 戴仲若野服居之。」則甚謬。按戴顒，世居會稽剡縣，後以病，就
> 醫吳下。時宋衡陽王義季鎮京口，長史張邵與顒姻好，迎來止黃鵠
> 山。山北有竹林精舍，林澗甚美，顒憩于此。今京口鶴林寺古竹院，
> 即其遺蹟，與江夏之黃鵠山，了不相涉。道元因黃鵠二字偶同，遂
> 妄引其事。甚矣，著作之難也。

> 此處舊有南樓，宋朝最盛，所謂「鄂州南樓天下無」也。下瞰南湖，
> 芰荷彌望。中為橋，曰廣平，翼以水閣，觀山谷「十里芰荷」之句，

〔註70〕同前註，〈袁小修先生小品弁詞〉。
〔註71〕同註68，記五，頁538。
〔註72〕中道的「泛鳧舟」，用楚辭「泛泛若水中之鳧，與波上下，偷以全吾軀」語也。
　　　　見《珂集》，卷之十三〈東遊記一〉，頁564。

則秀媚可知。爾時黃鶴樓僅存遺址，近日黃鶴樓稱盛，而覓南樓之
蹟，不可得矣。惟城中有湖，猶種蓮花，四圍穢濁，寧堪遊覽。一
盛一衰，各自有時也。下樓出城，過黃鵠磯，入水月亭，四面用垣
牆封之，豈惡見波光浩淼耶？〔註73〕

這類引證史籍、詩詞以考證地理遺跡，間發議論的遊記，在中道的作品中，
占相當大的比例。其他如：

〈東遊記〉二十九

甘露寺，乃唐寶曆中李衛公建，以資穆宗冥福。時甘露降茲山，故
名。〔註74〕

〈南歸日記〉

閏三月初一丙午，過光武故里，憩于范蠡鄉，即宛之三尸地。是時
文種爲宛令，范蠡佯狂，故曰：「范蠡吠于狗竇，文種見而拜之。」……
庚戌，作隆中遊。過檀溪寺，即玄德躍馬處，寺已散，惟有二柏，
纓絡鬖鬖。此地舊有鴨湖，上承沔水，與檀溪相通，灌於習池。是
襄陽城西往皆浩然巨浸，今爲平陸矣。……〔註75〕

錢謙益曾經建議中道應該加以大力刪汰的遊記〔註76〕，大概便是指這一類以
詳敘地理、史跡，間發議論爲主的遊記而言。

中道第三期、第四期的遊記，也就是萬曆三十八年之後的作品，刻意彫
琢與記事的成分減少，筆下的景物，很自然地映射著作者的情趣，寄托著作
者的理想，常常交織構成一幅清逸恬淡，情景交融的山水意境。今舉其〈爽
籟亭記〉爲例：

玉泉初如濺珠，注爲修渠，至此忽有大石橫峙，去地丈餘，郵泉而
下，忽落地作大聲，聞數里。予來山中，常愛聽之。泉畔有石，可
敷蒲，至則趺坐終日。其初至也，氣浮意囂，耳與泉不深入，風柯
谷鳥，猶得而亂之。及瞑而息焉，收吾視，返吾聽，萬緣俱卻，嗒
焉喪偶，而後泉之變態百出。初如哀松碎玉，已如鵾弦鐵撥，已如
疾雷震庭，搖蕩川嶽。故予神愈靜，則泉愈喧也。泉之喧者，入吾

〔註73〕同註72，〈東遊記七〉，頁569～570。
〔註74〕同前註，〈東遊記二十九〉，頁592。
〔註75〕《珂集》，卷之十四，頁618～619。
〔註76〕見《列朝詩集小傳》，丁集中，〈袁儀制中道〉，頁569。

耳而注吾心，蕭然冷然，浣濯肺腑，疏瀹塵垢。灑灑乎忘身世而一
死生。故泉愈喧，則吾神愈靜也。……〔註77〕

此段文字，主要在描寫聆賞泉聲的經歷。初至泉畔，由於心神未定，常受風
過樹梢及鳥鳴聲的擾亂，無法深得易水聲之妙。一段靜坐之後，漸漸地心凝
形釋，身心俱忘，進而領略到千變萬化的泉聲之美。泉聲愈是豐富熱鬧，愈
能疏瀹心靈的塵垢，神明愈是澄靜。透過前後的對比與譬喻，中道的筆下展
現出一種和諧靜謐，物我合一的境界，而這種境界，也可說是中道山居、修
道參禪心靈的自然呈現。

　　綜觀中道的遊記，主要成就在於那些抒情寫意，情景交融的作品。中道
因為精於書畫鑒賞，藝術造詣頗高，所以他的遊記，常有畫家設色佈局的技
巧，或是層層峰巒潑墨渲染，或是小橋流水清新幾筆，怪石、怒雲各有特色。
同時，也有不少想像力豐富，生動傳神的筆法。如〈遊石首繡林山記〉中寫
江水順流而下，遇石阻隔的情景：

　　　大江自三峽來，所遇無非石者，勢常約結不舒。至西陵以下，北岸
　　多泥沙，當之輒靡，水始得其剽悍之性。如此者凡數百里，皆不敢
　　與之爭。而至此忽與石遇，水洶湧直下，注射泉石。石崿崿力抵其
　　鋒，而水與石始若相持而戰。以水戰石，則汗汗田田，瀧瀧湃湃，
　　劈之為林，蝕之為竅，銳之為劍戟，轉之為虎兕，石若不能無少讓
　　者。而以石戰水，壁立雄峙，怒獰健鷙，隨其洗磨；簸蕩之來，而
　　浪返濤迴，觸而徐邁，如負如北。……〔註78〕

中道以擬人的手法，寫剽悍的江水，洶湧直下，衝激著江石，而江石如猛鷙
般雄立對峙著。文筆精鍊，加上多種譬喻，這一段水石相戰，寫來聲勢澎湃、
氣象萬千。又如〈遊青溪記〉中，極力描寫青溪水色之奇：

　　　今見此水，乃悟世間真有碧色，如秋天，如晚嵐。比之含煙新柳，
　　則較濃；比之脫籜初篁，則較淡。溫于玉，滑于紈，至寒至腴，可
　　挹其飧。至其沉鬱深厚之處，蠖伏蛟盤，窅不可測。〔註79〕

其中，以秋天和晚嵐形容碧色的青溪水，自有一種「只可意會，不可言傳」、
抽象的美感，這種比喻十分新穎，足見中道的慧心與巧思。

〔註77〕　《珂集》，卷之十五，頁655。
〔註78〕　《珂集》，卷之十四，頁597。
〔註79〕　《珂集》，卷之十五，頁640。

至於中道的亭園記，也有不少佳作。如〈清蔭臺記〉寫來「境界清絕」。
〔註80〕

> 長安里居左有園，多老松，門內互以清溪，修竹叢生水涯。過橋，
> 槐一株，上參天，樹枝皆可爲他山喬木。……雖無奇峰大壑，而遠
> 岡近阜，鬱鬱然攢濃松而布綠竹，舉凡風之自遠來者，皆宛轉穿於
> 萬松之中，其烈焰盡而後至此；而又和合於池上芰荷之氣，故雖細
> 而清冷芬馥。……〔註81〕

其他如〈篔簹谷記〉，「描寫位置，令人神往」、「一片綠蔭更弈弈有清氣。」
〔註82〕

　　整體而言，中道和宏道的遊記風格相近，但是較重佈局與修辭的鍛鍊，
和宏道的信筆揮灑，自然成一片韻趣的寫法，略有不同。

　　中道的散文，除了遊記之外，他的傳記作品，也時常爲人所稱頌。在十
四篇傳記當中，〈龔春所公傳〉、〈石浦先生傳〉、〈梅大中丞傳〉、〈李溫陵傳〉
〔註83〕、〈江進之傳〉等是研究三袁先世和公安派人物的重要參考資料。

　　晚明文人因受到陽明心學與李贄的影響，強調「寧爲狂狷不爲鄉愿」，講
求爲眞人，重視人的眞性情。三袁筆下的人物形象也常帶有清晰的時代特
徵。在他們所寫的傳記當中，反映出很多異於傳統品評人物的觀點，所立傳
的人物，有些並沒有建立什麼卓越的功績，也缺乏令人佩服的才華與品行，
作者只是描寫他們的性格、志趣與際遇等，但往往寫來卻是傳神生動，眞情
感人。中道的〈回君傳〉是其中的代表作之一。回君者，王回也，是三袁的
表兄弟，性嗜酒，喜狎妓，又賭博，一生浪蕩顛狂，窮途潦倒，甚至被視爲
「無賴人」，中道卻喜歡與之共飲，還爲他立傳。他眼中的回君，異於常人的
矯情自苦，是眞能得飲酒之樂者。中道寫回君的豪飲，筆力萬鈞，靈活生動，
回君其人呼之欲出：

> 夫人生無事不苦，獨把杯一刻差爲可樂，猶不放懷，其鄙如何！古
> 人飲酒，惟恐不舒，尚借絲竹歌舞，以瀉其懷，況有愁人在前乎！
> 回則不然，方其飲酒之時，而酒忽至，如病得藥，如猿得果；如久
> 餓之馬，望水涯之芳草，踏足驕嘶，奔騰而往也。耳目一，心志專，

〔註80〕同註69，陸之眉批。
〔註81〕《珂集》，卷之十二，頁525。
〔註82〕同註69，陸評。
〔註83〕〈李溫陵傳〉，詳第二章第三節。

自酒以外，更無所知。于于焉，嬉嬉焉，語言重復，形容顛倒，笑口不收。四肢百骸皆有喜氣。與之飲，大能助人歡暢。予是以日願與之飲也。〔註84〕

在中道筆下，「蕩子」「無賴人」王回無異是最「眞」之人。同篇之中，中道寫自己與一干酒人，昔日結社夜飲，喧嘩歡笑，擾人清夢之事，傳神之至：

予幾年前性剛命蹇，其牢騷不平之氣，盡寄之酒；偕回及豪少年二十餘人，結爲酒社。大會時，各置一巨甌，校其飲最多者，推以爲長。予飲較多，已大酣，恍惚中見二十餘人，皆羅拜堂下。時月色正明，相攜步斗湖堤上，見大江自天際來，晶瑩耀朗，波濤激岸，洶湧滂湃。相與大叫，笑聲如雷。是夜，城中居民皆不得眠。

〔註85〕

正如繪畫一樣，中道雖不善畫，但「于傳神極有會」〔註86〕，往往簡單幾筆便能傳神地勾勒出一個人物來，令人會心一笑。運用這種手法，中道常常藉一、二個事件突顯出所寫人物的個性與聲音笑貌。如中道寫他的外祖父：

公能詩，與諸子諸孫唱和，推爲南平社長。一日，孝廉、御史，偕子兄及諸甥遊石洲，以公老，難於往來，弗約。已至洲，方共飲酒，拾石子；俄見雪浪中，有小舠迅疾而下，中有一老翁，踞胡床，指麾江山，旁若無人。互相猜疑，逼視之，則公也。舟已近，公於舟中大呼曰：「何爲遽棄老子耶！」登舟，即於洲上舞拳數道，以示勇。諸人皆大笑極歡。至夜深，乃歸。各分韻紀游，公歸詩已成，即於燈下作蠅頭細字書之。明日黎明，遣使持詩，遍示諸人，俱以游倦晏起，不得一字，皆大笑。年八十三，以無疾而終。〔註87〕

一個豁達，不失赤子之心的老人，透過中道的筆端，如在目前。

中道的尺牘頗多，共有二百多函。其中大部分是和親友談論個人修道和創作的心得，或抒發一己的感懷。因爲一生科舉不順，加上萬曆三十八年，宏道辭世，接著至親好友一一凋零，所以筆下常流露出深沉的人生感慨，讀來和宏道尺牘中所展現幽默風趣，犀利灑脫的風格有很大的差別，但其間眞誠坦率的特點是一致的。以下略舉數例，藉以看出中道尺牘的風格。

〔註84〕《珂集》，卷之十七，頁706。
〔註85〕同前註，頁707。
〔註86〕《珂集》，卷之二十一〈傳神說〉，頁902～903。
〔註87〕《珂集》，卷之十六〈龔春所公傳〉，頁698。

〈報伯修兄〉

弟今年二十七歲矣,功名抑塞不酬,下帷徒勞,頗有一發不中則息
機之意。聊借尊罍,以耗壯心,而遣盛年,豈能同古人之韜精沈飲
者哉![註88]

〈寄中郎〉

日在齋中,猢猻子奔騰之甚,一日忽然斬斷,快不可言。偶閱陽明、
龍、近二溪諸說話,一一如從自己肺腑流出,方知一向見不親切,
所以時起時倒。頓悟本體一切情念,自然如蓮花不著水,馳求不歇
而自歇,真慶幸而不可言也。[註89]

〈答蘇雲浦〉

傷哉,傷哉,中郎於九月初六日長逝矣!……弟所以處困窮而不戚
戚者,止以知己之兄在耳。今復化去,弟復有何心在世中?腸誰與
吐,疑義誰與析,風月誰與共歡,山川誰與共吐?錦繡乾坤,化作
淒涼世界,已矣,已矣!恐弟亦不久於世矣。[註90]

〈寄吳觀我太史〉

先伯修中郎,具正知見,而汰鍊之功未到,無生之力尚柔。天假以
壽,方駸駸其未有涯。如先生者屏居山中,一意此事,知既入微,
道能勝習。人不可以無年,信哉,信哉![註91]

所謂「文如其人」,除了日記之外,中道的尺牘,直接而真實地展現出他的思
想與情感。不論是抒發科舉不順的悲憤,或寫喪兄的哀痛,或述修道的心得,
平實、自然的文風,令閱讀者有如捧讀老友來函般的親切。

最後提到中道的題跋,這一類的作品,篇幅或長或短,風格多樣,最能
展現公安派「獨抒性靈,不拘格套」的特色,同時也較能看出中道性情中,
戲謔調笑的另一面。如:

〈書雪照冊〉

……次早,雪照伸紙覓書,予因銓所夢付之。予謂雪照不獨參悟處
似了元,即慧心滑稽處亦相似也。所不似者,不肯買燒豬肉食吾輩

〔註88〕《珂集》,卷之二十三,頁97。
〔註89〕同前註,頁988。
〔註90〕同註88,頁999。
〔註91〕《珂集》,卷之二十五,頁1075。

耳。若肯典袈裟成此一事，則全似矣。諸公皆絕倒。〔註92〕

〈潘生覓贊爲題〉

癯其貌，腴其神。昔也走馬擊劍，今也五車紛綸。漱曹、劉之潤，
問班、馬之津。遊俠處士，慧業文人。噫！吾嚮貌其似，吾今乃識
其眞。〔註93〕

〈題米元章畫竹卷後〉

今日晨起，君超見訪箌簹谷中，坐淨綠軒前。時天雨，新筍滿林。
籜破處，嫩綠欲滴。遂燒筍共飯，復出此卷相示。頓覺萬竿神情，
盡落毫素間。信知竹于花卉中，爲世外之品。非世外之人，若仙之
五指，顚之牙頰，不能肖也。展玩不忍釋者久之，因笑曰：「今日六
根五臟，皆化爲竹矣。」〔註94〕

中道的散文，除了在遊記、傳記、尺牘、題跋方面有其特色外，他的一些壽
序和祭文等也寫得極爲眞摯感人。如他的〈壽孟溪叔五十序〉、〈壽南華居士
序〉、〈壽大姊五十序〉、〈靜亭龔公墓誌銘〉、〈祭亡妾周氏文〉等，寫來如敘
家常，自然本色，一反傳統應酬文的格套，頗具感染力。四庫題要云三袁的
詩文「變板重爲輕巧，變粉飾爲本色」，是頗有道理的。

　　至於中道散文創作的局限性，如作品中常摻雜濃厚的因果報應思想、鬼
神觀念〔註95〕等，這種現象關係到他的宗教信仰，時代風氣等，我們實在不
必把它視爲是消極落後的思想，而加以否定。

第四節　袁中道的日記——《遊居柿錄》

　　中道的《遊居柿錄》〔註96〕是晚明日記體代表作之一，它的成就與價值
可以概分爲兩個方面。一者是它文字本身的成就，二者是十年日記內容的價
值。陳萬益先生曾經介紹《遊居柿錄》並指出其重要性云：

　　此書雖不取日記之名，但是作意和形式都是日記體，是作者從明神

〔註92〕《珂集》，卷之二十一，頁881。
〔註93〕同前註，頁868。
〔註94〕同註92，頁889～890。
〔註95〕如〈萬瑩傳〉，《珂集》，卷之十六，頁699～701。〈袁氏三生傳〉，卷十七，頁
　　　　734～736。
〔註96〕關於《遊居柿錄》的名稱問題，請參第二章第二節〈袁中道的著作〉。

宗萬曆三十六年到四十六年（1608～1618）的日記，大都分不記月
日，也沒有逐日記載，但是依照時間順序編次，部分標明日期，可
以說是比較自由的寫作。其中記載作者遊山玩水，與朋友飲宴，或
閒居獨處，讀書觀畫的所思所感，是具體了解晚明文人生活的一部
好書。尤其因為作者是公安派三袁之末，他所敘述的袁氏兄弟與朋
友往來論學的情形，便成為研究明代文學不可或缺的史料。〔註97〕
中道是晚明文人的代表人物之一，十年的生活實錄，黃明理認為在資料上有
它的真實性與代表性，所以取《遊居柿錄》作為他研究「晚明文人」生活的
核心資料之一。〔註98〕

　　基於《遊居柿錄》的文學表現與史料價值，本節擬依循這兩個方向，對
《遊居柿錄》做較全面的介紹與探討，以期展現它的特色與價值。同時，也
有助於對中道其人的了解。

　　首先，就文學表現而言。因為日記是一種極自由的文體，它沒有嚴格的
體裁，也沒有固定的範圍，是個人日常生活中，所思所見所感的記錄，因此
最足以表現作者的真性情與思想風貌。《遊居柿錄》共計十三卷，一千五百七
十二則，每一則長短不一，有時只有幾個字，簡單記載陰晴寒暑，有時長達
千字，敘述一件事情的始末。因為情感真摯，不假修辭，所以讀來很是親切
有味。其間不乏意境深遠，文詞雋永者。其中最為人稱賞者，便是下面這則
日記：

> 夜雪大作，時欲登舟至沙市，竟為雨雪阻。然萬竹中雪子敲戛，錚
> 錚有聲。暗窗紅火，任意看數卷書，亦復有少趣。自歎每有欲往，
> 輒復不遂，然流行坎止，任之而已。魯直所謂「無處不可寄一夢」
> 也。〔註99〕

〔註97〕見《性靈之聲》，日記篇的說明（台北：時報文化出版公司，1987年元月），
頁156。此外，沈啓无也曾指出，「欲知公安一派作家的生活背景，這一部珂
雪齋外集遊居柿錄，殆不可以不讀一過了」。見〈珂雪齋外集遊居柿錄〉，《人
間世》第三十一期（1935年7月5日），頁23。

〔註98〕見《「晚明文人」型態之研究》（國立師範大學碩士論文，民國78年）。
黃明理以屠隆的《考槃餘事》，陸紹珩的《醉古堂劍掃》，加上中道的《遊居
柿錄》三書為核心資料，旁蒐其他文人之著作，藉以尋求「晚明文人」之共
相。

〔註99〕見《遊居柿錄》卷之一，第三十二則，頁1111。按本節引文均引自錢伯城《珂
雪齋集》，以下不另注明。

寥寥數語,似順手拈來,略加點染,便構成一個聲、色、情並茂的藝術境界。
飛舞的雪粒,跳動的燈火與作者靜坐觀書的形象,宛如一幅風雪夜讀圖,烘
托著作者複雜微妙的心緒。文章雖短,卻頗具變化之妙,起伏回轉,一波三
折,讀來有無窮韻味。三袁這一類的文章,和題跋、隨筆之作一樣,主要繼
承了蘇軾、黃庭堅等人的傳統,其中雖然沒有什麼經世治國的大道理,卻也
涉筆成趣,斐然可觀〔註100〕。其他,尚有不少佳篇,如:

> 體中已平,晨出,見木樨花已落蕊,芭蕉漸折,紫薇花猶有一二枝
> 開者,復入靜坐。〔註101〕

> 雪齋日出,隱几聽屋下融雪聲,甚快。〔註102〕

> 金粟園臘梅盛開,花香一院,招客痛飲。至夜半,聞雷聲而散。
> 〔註103〕

> 大人壽日,宴于息心堂。散木舅酒間善謔,作貓聲逼真,令人笑
> 絕。〔註104〕

> 發舟歸公安,宿于郝穴。舟中無事,讀書改詩,焚香烹茶,書扇,
> 便過一日。〔註105〕

> 與龔舅散木及靜亭、方平弟登舟,移至江北沙上,席地坐,畫字為
> 樂,稍悟古人印泥畫沙之妙。風少勁,移近岸,聽其瀲灧。煮魚溫
> 酒,倚醉豪歌。見夕陽作殷紅色,點綴洲渚。〔註106〕

中道的文筆簡潔明淨,或寫景或述情或記遊,淡淡幾筆寫來,文字中透露出
一股閒適之情,與自然的韻趣,很能感染讀者。日記中,記遊寫景的文字最
多,很多後來經過整理改寫成為遊記。但是日記和遊記讀來感覺不同,大抵
上,日記中的紀遊寫景,常是順著時間先後,將當下所見所感,自然呈現出
來,而遊記則多了一層文字鍛鍊與佈局的功夫,較具藝術性,但是部分遊記
往往於篇來加上議論,少了一分含蓄蘊藉。今舉萬曆三十七年遊德山之記的

〔註100〕參尚學鋒,〈論公安三袁的散文〉,《晚明文學革新派公安三袁研究》(湖北:
　　　　華中師範大學出版社,1987年5月),頁229~230。
〔註101〕《遊居柿錄》卷之八,第一○八則,頁1296。
〔註102〕《遊居柿錄》卷之七,第十四則,頁1250。
〔註103〕同註102,第七則,頁1249。
〔註104〕《遊居柿錄》卷之一,第三十四則,頁1112。
〔註105〕同註104,第二十九則,頁1111。
〔註106〕同前註,第三十則。

部分文字爲例。中道《遊居柿錄》中的記載是：

> 枕上聞滿山黃鸝聲，入耳圓滑，因憶老杜「丸藥流鶯轉」之句。晨
> 起，濃雲已散，宿霧未收，初日耀如金鉦，掛松枝上。飯後，尋孤
> 峰路，遍嶺皆修竹，間以古樹，人從竹中行。嶺上楠樹甚古，根可
> 坐，週圍正得二十五尺餘。竹中得少平地，有老桂三樹，可菴也。……
> 夜飲，煎鮮筍湯薦酒，風味甚佳。大都此山之勝，在臨水，在道途
> 迂曲。老樹、壽藤、新篁極夥，微乏泉石耳。（原文後附註：此與記
> 互有同異，並存之）〔註107〕

而〈遊德山記〉則作：

> 曉，枕上聞黃鸝聲，入耳圓滑。起視，初日出松中，一山皆霧露。
> 出殿右掖，遍嶺仍多修竹，間以古樹。下嶺得少平地，有老桂三
> 株，可菴。復登嶺覓孤峰路，稍倦，則倚竹息。時有流泉出竹中，
> 與風篁相和。……大都山以樹而妍，以石而蒼，以水而活。予之施
> 施山間也，遇老樹則少立；遇石骨峻嶒則少坐；遇嶂樹披樹斷，遠
> 見江色，如鬢鬟之對明鏡，湛然發其妖蒨，則爲之終日徘徊而不忍
> 去。……遊侶問予曰：「善卷之讓天下也，于佛法何居？」予曰：
> 「昔調御之丈夫，莫不塵三輪而芥七寶。後來學之者亦往往高謝世
> 榮，棲神巖壑。良以骨超名利五欲之外，籠不住而呼不回者，始可
> 以擔荷此事。若垂涎薌鱣，柔同繞指，愫春蟄，嚇腐鼠，而可以修
> 出世之業，我未之聞也。如善卷輩眞可與共學矣。」是夜，遂別山
> 靈歸舟。〔註108〕

除去遊記篇末的議論是否有損全篇的意境不談，兩段記遊寫景的文字各有特
色，日記流利自然，遊記則見作者的巧思。所以中道並存之，讓後人自行品
評。

就日記和遊記文字稍異其趣的意義而言，後人過分強調公安派創作態度
輕率的批評，一來忽略了公安派講求抒發眞性情的精神，二來則是無視於公
安派匠心獨創的作品。中道以這兩點爲宏道辯護〔註109〕，的確是宏道的知音，
後人讀公安派，讀中道的作品，也應作如是觀。

〔註107〕《遊居柿錄》卷之二，第十八則，頁1122。
〔註108〕《珂集》，卷之十三，頁558～559。
〔註109〕參《珂集》，卷之十一〈中郎先生全集序〉，頁522～523。

　　《遊居柿錄》中，寫情最平凡，同時也是最撼人心弦的地方，便是記載宏道病逝前後時期的文字。中道和宏道兄弟之間的情誼，堪稱蘇軾、蘇轍兄弟再世〔註110〕。中道與仲兄兩人：

> 年相若，少即同學。長雖宦遊，南北相依，曾無經年之別。一日不相見，則彼此懷想；纔得聚守，歡喜無窮；忽爾分袂，神色黯黯。至於今年尤甚，形影不離。暫別去，即令人呼喚，不到不休。〔註111〕

長兄宗道於萬曆三十八年辭世後，中道和宏道兩人相依於人間，情感深厚，中道連年功名不就，之所以能「處困窮而不戚戚者，止以知己之兄在耳。」〔註112〕宏道一旦溘然長逝，中道情何以堪。

　　《柿錄》從萬曆三十八年八月二十二日，「中郎火病漸加」，到九月初六日，除了九月二、三兩日未記外，是逐日記載宏道的病情。以下略舉數則，以見中道對仲兄病情的憂心與對宏道死去的哀痛。

> 二十六日，陳醫至，切脈曰無病。獨予私憂之，而人頗有笑予張皇者。

> 二十七日，中郎服醫藥不效，予一刻不能離左右。夜半忽呼予入房，已驚曰：「弟何由入此？」蓋夢中呼予也。予復出，覺神明漸亂，私自涕泣云。

> 二十九日，中郎病不見瘥，飲食漸少，且食時不欲見人。大小便皆血。予臥不交睫。

> 九月初一日，中郎病稍可。予與寶方禱于大士塔下。

> 初六日，忽中郎室中老嫗呼予入內云：「夜中便三四次皆血，幾昏去，得不便則可望活。」予私自哭泣，安慰之，急呼李醫至，切脈曰：「脈脫矣！」予頓足仆地。醫曰：「勿驚，且試人參湯。」已進參，頃之氣喘，自云三分生，七分死矣。已復起便，自云：「我略睡睡。」此外絕無一語，遂坐脫去，予呼之不醒矣！痛哉，痛哉！一朝遂失仁兄，天地崩裂，以同死爲樂，不願在人世也。予亦自絕

〔註110〕三袁皆喜愛蘇軾。中道曾經夜夢一龐眉老僧，告之曰：「中郎前身即蘇公子瞻，公即子由也。」見《珂集》，卷之二十一〈書雪照冊〉，頁88。

〔註111〕見《珂集》，卷之二十三〈寄蘇雲浦〉，頁999。

〔註112〕同前註。

於地，久之始甦，強起料理棺木。囊中僅得五十金，稍乞貸當物市棺。吏部郎之清如此，即予亦不知也。哀痛中急還公安，安慰者父。

重九日，侍老父榻前，竊窺老父于無人處哭，見兒至即收淚，蓋恐重兒之哭，并有性命之憂也。旦促予至沙市料理逝者事。予自思中秋時，中郎云：「我至重九，體中大康矣，當於硯北樓上作一佳會。」今相去幾日，乃有如許事，人命如此，可爲駭嘆！〔註113〕

《柿錄》中詳細記載一個名作家袁宏道病死前後的情形，「這是中國文學史上少有的文獻」〔註114〕。宏道以四十三歲英年辭世，不僅令摯愛他的親友傷痛，同時也令後人惋惜。今睹中道集子中，對亡兄無時無刻的懷想，魂牽夢縈，深期再會於西方淨土的深情，正如東坡獄中寄子由詩「與君今世爲兄弟，更結來生未了因」〔註115〕般，令人低迴不已。宏道如果不死，「天假以年，不知爲後人拓多少心胸，豁多少眼目」〔註116〕，宏道的死，是公安派的損失，也是後人的遺憾。

綜合以上幾點論述，我們可以說，中道的《遊居柿錄》，正是公安派提出「獨抒性靈，不拘格套」文學主張的具體展現，《遊居柿錄》文字的清新流暢，情感的真摯動人，正是公安派文學表現的特色。以下，接著討論《遊居柿錄》其他的記載中，所反映出來中道或晚明文人生活的內涵。

首先，就日記中所呈現的家居生活而言。中道生平有山水癖，萬曆三十六年以後，更是「率常在舟」〔註117〕，即使不能遠遊，也能藉舟居享受清寂與閒適之樂，基於對山水的癖好，與追求閒適之情，讀書之樂，中道對居住環境的營造整理極爲用心，常展現出個人對山水、花木等自然景物賞鑒的態度。中道的園居有公安的「篔簹谷」、沙市的「金粟園」等，篔簹谷中修竹萬竿，甚有幽致，中道於園中「添亭臺數處，頗懷棲隱之志。」〔註118〕

〔註113〕以上所引皆見《遊居柿錄》卷之五，第二十七至四十則，頁1209～1211。
〔註114〕同註97，頁158。
〔註115〕中道不滿意蘇軾本傳中所載，「皆其立朝大節」失其精神，所以曾經將散見的東坡事跡加以整理，寫成〈次蘇子瞻先後事〉，以見東坡瀟灑之趣。其中亦引此詩。見《珂集》，卷之二十一，頁922。
〔註116〕同註109，頁522。
〔註117〕見《珂集》，卷之十六〈後汎鳧記〉，頁666。
〔註118〕《遊居柿錄》卷之一，第一則，頁1105。另外可參《珂集》，卷之十二〈篔簹谷記〉，中道於記中對於「篔簹谷」的排當有詳細的描述。

「金粟園」是中道爲了與宏道聚守江陵沙市所購之園居，經過中道的整治，儼然成爲一個佳園。

> 金粟園木樨花盛開，金粟滿樹，一院生香。籬落俱成，頗似隱者之居。坐楮亭少時，命童子操小舟，過對岸看蓮花。其花爲西番蓮，皆重臺而不結實。〔註119〕

> 中郎同散木至園，來看木樨，小飲徘徊而去。〔註120〕

> 金粟園後湖荷花盛開，作一竹亭臺上。〔註121〕

> 坐木樨樹下，候月出，清香滿院，至子夜不成寐。〔註122〕

> 清坐金粟園中，閱四家語錄有省。晚間百念俱清，頗享寂靜無念之樂。〔註123〕

中國古典園林起源於帝王的離宮苑圃，可上溯到商、周。秦漢時已摹仿自然山水堆山造園。魏、晉、南北朝時寄情山水的私家園林始盛。唐、宋時，詩情畫意貫穿於園林的佈局與造景中，形成中國園林設計獨特的主導思想。明清時古典園林發展則到了鼎盛階段〔註124〕。因此晚明文人重視家園的布局，可以說正是時代風尙的反映。中道對於此道是頗有心得的，每到一處，必留意其園林布局。如：

> 七夕，與宛陵吳師每同赴米友石海淀園。京師爲園，所艱者水耳，此處獨饒水。樓閣皆凌水，一如畫舫。蓮花最盛，芳艷消魂，有樓可望西山秀色。〔註125〕

> 宛陵吳師每招飲于徐公園，園後瞰平湖，有臺可登眺。望湖中千頃荷花，香風襲人。臺周遭皆喬木，蟬聲鼎沸。時秋漸深，微有寒色。予以他冗先歸，覺戀戀不能捨也。〔註126〕

> 送客至李戚畹園，頗多奇花美石，惜佈置太整，分行作隊，少自然

〔註119〕《遊居柿錄》卷之五，第十二則，頁1206。
〔註120〕同前註，第十四則。
〔註121〕《遊居柿錄》卷之六，第九十一則，頁1240。
〔註122〕同前註，第一一三則，頁1244。
〔註123〕《遊居柿錄》卷之七，第二十則，頁1251。
〔註124〕參見《美學辭典》（台北：木鐸出版社，1987年12月），頁602，「中國古典園林」條。
〔註125〕《遊居柿錄》卷之十一，第六十六則，頁1368。
〔註126〕同前註，第六十五則。

之趣耳。有小池種白蓮，後有高槐置亭其上。〔註 127〕

園林之美，在於能得自然的韻趣，而不貴於過分雕琢。基於自然與財力的考量，中道的園居，多半是順著原有的景觀，略加整治，新置一二亭臺，便於讀書、賞花、觀月，與親友閒談共飲。中道這一類文人，是頗懂得生活的藝術。當然，他們的生活也離不開書畫古物的賞鑑。除了交換欣賞個人的收藏品外，寺廟古跡的佛像、碑文、題畫詩等，往往也是他們品評的對象。《柿錄》中這類的記載很多，如：

過江陵王維南太學，見卷有梅花道人竹十餘幅，其中倣與可者數幅，瀟灑閒適。每幅綴小詩，極清遠，而作字亦甚有法。杜檉居韓熙載家宴圖，人物亦佳。畫有馬遠及黃鶴山樵山水，沈周鵝及山水，皆佳。〔註 128〕

承天寺觀音殿內大士像，原在北門外七里臺觀音院。後廢。……今飾以金，失清古，又添一龍女，可不必也。〔註 129〕

同新安小友郝公琰過江，沙上閒行。尋古寺觀，皆荒落。道旁時見古樹叢竹。小憩後，君御遣人來約，過九芝堂看書畫。……堂上畫一軸，乃僧傳古畫龍，上有班恕齋題長歌。畫法甚古，歌亦妍妙，與予所藏大字二幅同一體勢，印章亦同。班諱惟志，字彥恭，詩文書法，皆臻其妙，而予等不熟其名，皆由讀書不多，且爲近日文士勸人莫讀宋、元書所誣耳。今觀其率然題畫詩，即國朝二李決不能勝之明矣。大率自宋以後，風流韻人，亦自不少，而篇章散佚，又無人以表章之，所以易至泯沒，此本朝人之責也。案上百乳罏一、豆一、古哥窯爐一。古瑟一，遍體牛毛斷，間以梅花園，拊不留手，微作殷紅色，腹內隱隱有「貞觀二年蜀僧某」數字，字甚工。夜徹燈視之，光彩奪目。……〔註 130〕

或欣賞畫境的「瀟灑閒適」，題畫詩的「清遠」，或閒行尋訪古寺，摩挲古物，這種對藝術賞鑒的態度和公安派詩文的創作或所謂晚明小品，追求靈趣、情韻、質樸等的情調是互爲表裡的。其中較引人深思的問題是：中道指出當時

〔註 127〕同註 125，第六十八則。

〔註 128〕《遊居柿錄》卷之六，第九十二則，頁 1240。

〔註 129〕《遊居柿錄》卷之十，第二十四則，頁 1329。

〔註 130〕《遊居柿錄》卷之二，第十五則，頁 1120。

文士排斥宋、元書，造成宋以後許多風流韻士的詩文書法，不受重視，容易泯沒，「此本朝人之責也」，中道這種對藝術品賞鑒與肯定的態度，決非時下附庸風雅，隨俗之輩所能與之相提並論的。

　　晚明文人的生活內容，除了山水攬勝，園林閒居與書畫器物的賞玩外，粉黛與聲歌也是重要的一部分。宴席與湖山之間，少不得粉黛與聲歌的粧點。如：

> 長石諸公，相約遊東山，王中翰攜歌兒一部以往。……日暮，移尊至水邊亂石上，人各踞一奇石而飲。絲竹交作，水石戰聲瑟瑟，漁舠上下若飛。〔註131〕

> 赴王太學維南名坫席，出歌兒演金釵。因嘆李、杜詩，琵琶、金釵記，皆可泣鬼神。古人立言，不到泣鬼神處不休。今人水上棒，隔靴癢也。〔註132〕

> 坐楮亭看蓮花，中郎以字至云：「貸圍桂開如黃錦幄，有新到吳兒善歌，可急來。」……〔註133〕

此最足以看出晚明文人生活眞實、入世的一面，雖然追求山水清韻，閑適之樂，但是人們煙火味還是很濃的。中道晚年爲了養生計，色慾等「百事減盡，惟不能忘情於聲歌，留此以娛餘生，或秀媚精進中所不礙耳」。〔註134〕

　　中道這種修道自娛兩不相妨的觀點，可以說正是從陽明心學、李贄以來反虛僞道學，主張「絕假存眞」一貫的思想形態。

　　師友親朋之間，除了可以共遊山水，共賞書畫，詩文唱答之外，更可以交換讀書修道的心得。中道壯年出遊便是想藉良朋勝友，印證所學所思。如萬曆三十七年東遊至金陵時，向焦竑請益，論及李卓吾、達觀和尚等人，以及宋、元文集存世的問題：

> 赴焦先生之招，因論學次，予問先生曰：「若李卓吾者，先生能信其了此大事否？」先生曰：「是非所知也。然其見地亦甚高，乃世之學者比之于魔焉，則過矣。……」問達觀畢竟如何。先生曰：「……」

〔註131〕《遊居柿錄》卷之一，第二十二則，頁1110。
〔註132〕《遊居柿錄》卷之十，第二十九則，頁1330。
〔註133〕《遊居柿錄》卷之五，第十五則，頁1206。
〔註134〕見《珂集》，卷之二十五〈寄石洋〉又，頁1083。另外，〈與四弟五弟〉中亦云：「歌兒尚不可輟教，湖山之間，亦不可無此粧點也。」見頁1069。

語次，予曰：「宋、元諸名家集，亦多有不存者。」先生曰：「宋、
元之書，散見于世，不可以不見便謂不存。」余退語人曰：「末句有
疑，是達公眞實語，此處不可以分勝劣也。」〔註135〕

焦竑是一代大師，他對李卓吾和達觀以及宋、元書的肯定，對於公安派的
文學主張也有若干的影響。公安派雖然深受李卓吾的影響，但是中年以後，
宏道及中道對於陽明心學的體悟，漸有自己的心得，中道在和友人往返的
書信當中，最常論及一己修道的心得，日記中也時見這類時參時悟的文字
記載。

……過中郎宅閒話。中郎言及養生事，云：「四十以後，甘澹泊，屏
聲色，便是長生消息。四十以後，謀置粉黛，求繁華，便是天促消
息。我親見前輩早天人，個個以粉骷髏送死。此後工匠事畢，灑掃
樓上，每日坐三柱香，略做胎息工夫。」予曰：「禪學悟後，保存護
持，養生之理，即在其中。」中郎曰：「近日禪學悟得些些理路，多
至放恣。現行無明，種種具在，道力不勝業力，只是口頭三昧，臨
終寧得力處？四十以後，決宜料理養生事，起居飲食，皆有節度，
乃爲攝生之道。」予曰：「耳根常聽此言，亦自收斂。」〔註136〕

「生死事大，四十年以前作今生事，四十年以後作來生事可也」〔註137〕，宏
道晚年對人事採取退離的態度，致力於禪學與養生之道，但終究還是「早天」。
中道有感於人生苦多，逃至玉泉山中：

除夕，度門來玉泉同守歲，攜所作青溪詩五首來。夜間予得二絕，
傷逝者之捐棄，腸痛不可喻。予謂度門曰：「今年受生人之苦，骨肉
見背，受別離苦，一也。功名失意，求不得苦，二也。自歸家來，
耳根正不清淨，怨憎會苦，三也。秋後一病，幾至不救，病苦，四
也。生人之趣盡矣！」度門曰：「不如是，居士肯發此勇猛精進心
耶？」〔註138〕

參禪、齋戒、禮佛、讀經、靜坐，是仲兄死後，中道生活的主要功課。

赴三聖閣華嚴會，同以明食齋。〔註139〕

〔註135〕《遊居柿錄》卷之三，第四十二則，頁1151～1152。
〔註136〕《遊居柿錄》卷之五，第二十一則，頁1208。
〔註137〕同前註，第十七則，記宏道所言。
〔註138〕同註136，第八十則，頁1222。
〔註139〕《遊居柿錄》卷之九，第十二則，頁1306。

還公安，居二聖靜室看經。〔註140〕

坐乳窟石牆下，看一峰直上，如灑墨潑霞，水泪泪囓其足。蒲團坐水邊終日。〔註141〕

中道晚年雖然傾向學佛，但是思想中仍然會合了陽明心性之學：

與雲浦論學，大約頓悟必須漸修，陽明所云：「吾人雖漸悟自心，若不隨時用漸修工夫，濁骨凡胎，無由脫化。」是真實語。卓吾諸公一筆抹殺，此等即是大病痛處。蓋此道有所入者，只愁歇了置之無事甲裡，日久月深，熟處愈熟，生處愈生。黃魯直云「不捨鼻繩，牢看水牯。」此即是易簡直捷工夫，相與努力而已。〔註142〕

儒釋道三教會合的思想，可以說是晚明文人思想的一個表徵〔註143〕。中道的思想在三教會合之中，仍以儒為本，無法忘懷科舉功名，甚至把舉業視為是修道過程中一個必須面對克服的考驗。所謂：

先儒云舉業是一生一厄，過了此關，正好理會性命。弟之卑卑一第，誠不足喜，喜過此關，可以專精此一事耳。〔註144〕

望五之年，終獲一第，從此「書債已了，世局可結」〔註145〕可以專心修道，理會性命。正因為要過舉業這一關，多少文士耗費了半生的心血，鬱結難解，倍受煎熬。《柿錄》中，保留了很多中道參加科考，等待發榜與落第時糾結的情懷。

……晚至涿州，得全錄，相知得雋者頗多，而荊州一郡皆落，意頗不快，久之始定。輿中寒甚，懷抱甚惡，自念已四十餘矣，常奔走場屋，勞苦不堪，捨之又不能，真是前生業緣。〔註146〕

風大作，輿中見枝影滿地如月夜，拭淚讀書，亦甚快。過石橋，流水清碧。午抵保定府清苑縣。〔註147〕

〔註140〕《遊居柿錄》卷之六，第五十四則，頁1237。
〔註141〕《遊居柿錄》卷之七，第五十七則，頁1256。
〔註142〕《遊居柿錄》卷之八，第一三六則，頁1302。
〔註143〕關於三袁三教合一的思想，可參曹淑娟，《晚明性靈小品研究》，第三章第三節丙〈三教思想的會合〉（台北：文津出版社，1988年7月），頁127～135。
〔註144〕《珂集》，卷之二十五〈答陶不退〉，頁1070。
〔註145〕同前註，〈寄度門〉，頁1071。
〔註146〕《遊居柿錄》卷之四，第二十三則，頁1184～1185。
〔註147〕同前註，第二十五則，頁1185。

「懷抱甚惡」、「拭淚讀書」，連年被落失意的複雜情緒，足使壯志消磨，文士老去。以下錄中道最後一次參加科舉的情形，藉以看出當時科舉的實況。

上元日寓舉場。

往禮部投試卷。

自二月初一日為始，身中頗有煩火，自忖不知可入場否。端坐以俟之。

初七日，雪里弟同來寓所，俟入場。

初八日，雨大作。往年場中點名時，爭門而入，多有推排倒地，踐踏死者。遂以是日午後，前至點所候之。坐一廡下，雜廝役中，頭稍前則雨滴其鼻。至二漏，點入。

初九日，場中。至初十日雞鳴時始出，門外接者擁塞，不得行。久之，推排眾中，或空行數步幾仆，始得出。復不見從者，徒步泥濘中，萬苦乃達寓。

十二日，天霽，二場。

十五日，三場畢，倦極。

從楊都尉宅中，移過西玄帝廟西廊，與友人李素心鄰。三場已畢，一身憊極，第與不第不可知，思了此一局，或仕或隱，當別有計也。

自此日為始，赴席匆匆，不暇書。

二月二十七日放榜，候報久不至。日已升，得中式捷音。予奔波場屋多年，今歲不堪其苦，至是始脫經生之債，亦甚快。但念老父及兩兄皆不及見，不覺為之淚下。午至鴻臚寺報名習禮，始知出書四房兵部郎歸安茅先生之門。同年中舊相知者，皆來聚談。

二十八日黎明，謝恩，往本房座主處投帖。午，至禮部迎大座師赴宴。雨大至，歸寓。

二十九日早，投大座師帖，投本房師帖。

十二日投廷試卷。

十五日廷試，當事者以贗元之弊，防閑甚嚴。暴烈日中，飢渴并至，立窘則跪，跪久復立。墨既易燥，又防其甚，日西始竣。平日作書，多作行書、草書、大書，至于窗下作課，皆令人代筆謄錄。是日作楷書，甚窘。

廷試後，身體憊極而病。同年中病者甚多。

　　十八日，傳臚謝恩，名次在三甲後。

　　十九日，赴禮部恩榮宴，衣冠雜沓，殊不成禮也。〔註148〕

整個考試的過程，從「往禮部投試卷」，等待入場，點名入考場，然後經過七天三場考試，方才結束，考完身心俱疲。接著等待放榜，被落者，黯然神傷地離去。中式者再參加廷試，考場「暴烈日中，飢渴並至，立窮則跪，跪久復立」，十分辛苦，常年精力灌注在舉業文字之上，加上考場的煎熬，科考之於文士，的確是「人生一厄」，較之於今日之聯考制度，有過之而無不及。

　　總上所述，中道《遊居柿錄》，十年的日記，保留了很多晚明文人讀書談藝，玩物遊賞的生活內容與思想風貌，反映了時代的風尚與思潮。《柿錄》有它創作上的特色與史料上的價值，可以說是中道對中國文學史的貢獻之一。

　　此外，附帶要談的是《柿錄》中，一則關於西方傳教士利瑪竇的記載，所呈現出來的意義：

　　　看報，得西洋陪臣利瑪竇之訃。瑪竇從本國航海來，凡四五年始至。初住閩，住吳越，漸通華言及文字。後入都，進所攜天主像及自鳴鐘于朝，朝廷館穀之。蓋彼國事天，不知佛。行友善，重交道，童真身甚多。瑪竇善談論，工著述，所入甚薄，而常以金贈人。置居第僮僕甚都，人疑其有丹方若王陽也。然實實多秘術，惜未究。其言天體若雞子，天為青，地為黃，四方上下皆有世界。如上界與下界人足正相鄰，蓋下界者，如蠅蟲倒行屋梁上也。語甚奇，正與雜華經所云「仰世界，俯世界，側世界」語相合。實與縉紳往來中郎衙舍，數見之。壽僅六十，聞其人童真身也。〔註149〕

明末，耶穌會傳教士利瑪竇、艾儒略、湯若望等人，帶來了西方的自然與人文科學。李卓吾，袁宏道與中道等人和利瑪竇都有過往來，雖然利氏的言行，令時人覺得新奇，但是並不排斥，明末文人這種接納新思想的精神，和他們對人、對物、向來抱持包容與賞鑑的態度是一致的。就這一點而來，明末文人開放的心靈，無疑地，較清廷的閉關自守來得正確，值得後人重視。〔註150〕

〔註148〕以上引文，見《遊居柿錄》卷之十一，第六則至第三十則，頁1357～1361。

〔註149〕《遊居柿錄》卷之四，第一○二則，頁1200～1201。

〔註150〕關於利瑪竇的這一則記載，陳萬益先生曾經就它的意義略加論述，可參。見

第五節　小　結

　　一般說來，袁中道的才學與膽識不及仲兄袁宏道，在文學史上的地位也不如宏道。至於中道本身的作品表現，散文的評價高過詩，但皆不如他的文學修正主張來得受重視。中道曾經以嚴肅的觀點自評己作不如古人的原因有五點：

> 少志進取，專攻帖括。中年尚遭擯斥，竭一生精力，以營箋疏。避鞤迎笑，至於夢腸嘔血。四十以後，始得卑卑一第。博古修詞，偷晷爲之。本不仗習，何由工巧；浮涉淺嘗，安能入微。此其不及古人者一也。古人詩文，皆本之六經，以溯其源；參之子史百家，以衍其派。流溢發滿，中弘外肆。吾輩於本業外，惟取涉獵，一經不治，何論餘書。或如牖中窺日，或如隙處視月。此其不如古人者二也。古人研京十年，練都一紀，盡絕外緣，爲深湛之思。今者雖有制作，率爾成章，如兔起鶻落，決河放溜，發揮有餘，淘鍊無功。此其不如古人者三也。古人慶弔餞送之文，實情眞境，不尚浮夸。作者不以爲嫌，受者不以爲過。近時獻諛進熟，不啻口出，少不稱揚，便同譏刺。自惟骨體靡弱，未能免俗，雖抒性靈，間雜應酬。此其不如古人者四也。少忝聞道，有志出世，至於操觚，輒懷利刃切泥之嘆。嘗欲息機韜穎，遁跡煙雲。故未仕前，大半居山，所作多率爾寄興，模寫山容水態之語。而高文大冊，寂然無有。此其不如古人者五也。〔註151〕

中道自言一生精力耗費在科考之上，只能以餘力創作詩文，是以作品不及古人的弘博練達，這是實情。作品「間雜酬應」，歷來文人沒有幾人能免。至於中道「白首登朝逢禍亂，黑頭失意過清平」〔註152〕，所以詩文主要以山水寄懷，酬酢應答，感時傷懷爲內容，較少關懷反映「現實社會」各階層的民生疾苦，也缺乏精極入世、淑世的精神，思想平泛，藝術上也創新不多，這是他作品的局限性，也是後人評價不高的原因所在。而上引文字固然是中道自述，但因爲相當誠實，因此很有代表性，也正可用以解釋晚明「小品」的寫

《明清小品》，頁157～158。

〔註151〕見《珂集》，〈珂雪齋前集序〉，頁19～20。

〔註152〕見《珂集》，卷之八〈舟次宿遷，聞遼左信，送眷屬南歸，示兒子祈年二首〉其二，頁415。

作背景、特色，以及它的局限性。

但是我們若從另一個角度來看中道的作品，正好印證了李卓吾「病處即是你好處」〔註153〕的評語。中道自然發揮，不假修飾的詩文創作，雖然不及古文的博大精深，但卻時常流露出他的慧心與穎思。而缺乏高文大冊之作的原因，正是因為公安派認爲尺牘、遊記、題跋等，這一類「率爾無意」之作，更能展現作者的風韻。這種創作的表現，與當時戲曲、小說領域中出現的那些抒寫眞情，呼喚個性自由的作品，在精神上是一致的，可以說正體現了晚明性靈文學思想求眞、求變的精神。中道誠然不是文學大家，但是綜觀他的詩文表現，的確有他獨抒性靈，「精光」不可磨滅之處。

此外，中道其人偏向自我主義，缺乏積極的人世關懷，在功名與退隱，酒色與養生之間不斷地掙扎，儘管贊許李卓吾的膽識，在各方面卻保守許多；儘管嚮往陶淵明淡泊、聞道眞隱的境界，卻只能以「寄」爲隱，「借怡於物」〔註154〕，寄情於山水、花木、書畫……之中，在行爲與思想上有很大的局限性。但是，在作品當中，中道很自然地將自己生活與思想眞實的一面呈現出來，這些作品多半是中道個人所思所感的記載，內容「狹隘」，但是，這些作品卻具體地反映了公安派或晚明文人生活的內容，對人、對物賞鑒的特殊觀點〔註155〕，以及思想的型態。中道的作品，提供作爲研究公安派，研究晚明文人，晚明小品的參考價值，比它本身的文學成就，來得意義重大。

〔註153〕見《珂集》，附錄二〈柞林紀譚〉，頁1488。
〔註154〕中道以「寄」爲隱的說法，見《珂集》，卷之九〈贈東粵李封公序〉，頁423。其實，不僅是中道不能眞隱，「晚明文人罕有如淵明聞道者，倒是普遍如小修所說：『借怡於物』：山水、花木、禽魚、書畫、器具、蔬果、香茗、以至風土、民情等等，他們耽溺其中，獨標趣韻。」（見陳萬益先生，《晚明小品與明季文人生活》，頁78）
〔註155〕關於晚明文人的生活，晚明文人於病處見美，於疵處觀韻，品人的新觀點，以及晚明小品的相關問題，陳萬益先生《晚明小品與明季文人生活》中，有較全面而深入的論述，可參。

第六章　結　論

本論文以袁中道爲研究對象，把袁中道其人與作品，放在晚明特定的時空背景下，加以考察；同時，把他的文學主張放在從公安到竟陵，這一個過渡時期來考量。綜合前文的論述，可以歸納出幾個結論：

一、袁中道是一個典型的晚明文人。他舟居旅遊，賞畫讀書，與友人談禪論學，學佛修道等，生活內容與思想風貌，具有晚明濃厚的時代色彩。

二、袁中道的詩文創作，除了具有公安派獨抒性靈，追求韻趣，求眞求變的共同特色外，比仲兄宏道的作品，來得注重字句鍛鍊與謀篇佈局，一來顯示他的個性較爲內斂，二來可能是長期致力於舉業文字，無形中受到傳統文論的影響。因此，一般認爲公安派難免流於俚率淺俗的見解，並不適用於批評袁中道的作品。

三、在本身的創作成就之外，袁中道的作品，如《遊居柿錄》（十年的生活日記）、尺牘、題跋、遊記等，具體地保留了晚明文人、生活、思想的風貌，與對山水、人物等特殊的賞鑒態度等，提供後人研究相關範疇時，論述的依據。

四、袁中道的文學主張，深受兄弟師友的影響啓發，但在繼承之中，又有發展，同時，歷經公安派代復古派而興，竟陵派代公安派而起的關鍵時刻，因此，對於文學演變發展的定律，體會十分深刻，見解十分通達。如認爲文學是在「法律」與「性情」兩極之間循迴；文學主張有了末流弊端，便應當加以變革，勇於承認公安派文學主張的缺失，並加以修正。同時，肯定七子變宋元文壇弊端，有功於詞林，這種不以首功者爲罪魁的見解，異於晚明囿於門戶之見，黨同伐異者，惡意攻擊的行徑。

五、袁中道的修正主張，有功於袁宏道矯枉過正，造成負面影響的文壇，同時，釐清了公安派的眞精神。但是，平允的主張，往往缺乏開創文壇新氣象的動力，是以公安派到了袁中道時，只能轉守爲攻，無法超越袁宏道當初拓展出來的領域。

六、對於作品集刊刻傳世，是要求全，還是求精，歷來看法不一，見仁見智。袁中道本身時有矛盾的見解，一來深感作品以含蓄蘊藉爲高，一來深受病處即佳處論調的影響，對文章抱持著包容的態度，所以刊刻時，不忍過於割捨，異於竟陵派鍾、譚求精的見解。不論袁中道是否因受到竟陵派理論的衝擊，而有矛盾的說辭，在袁中道與竟陵派主張的異同中，顯示了當時文壇思變的現象，更預示了竟陵派的興起。

附錄一：袁中道年譜簡表

凡　例

1. 本表旨在勾勒袁中道的生活與交遊情形，藉以突顯他文學主張形成的背景與作品所呈現出來的晚明文人風貌。

2. 關於三袁兄弟生平事蹟之出處，可參閱本文第二章〈袁中道的生平〉部分及中道的相關作品，如傳記、日記等，因以上資料查考容易，不另附註說明，以清眉目。後列參考資料，以為查考的依據。

西　元	年齡	重要事跡	兄弟師友紀要	時事文壇紀要
穆宗四年 庚午 1570	1	1.五月七日，生于湖北公安長安里，桂花臺荷葉山房。	1.宗道十一歲。 2.宏道三歲。	1.李攀龍卒。
隆慶五年 辛未 1571	2	1.在公安。	1.宗道十二歲。 2.宏道四歲。	1.歸有光卒。
隆慶六年 壬申 1572	3	1.在公安。	1.宗道十三歲。 2.宏道五歲。	1.倭寇、土蠻犯掠。 2.穆宗崩，子翊鈞嗣，為神宗。
神　宗 萬曆元年 癸酉 1573	4	1.在公安。	1.宗道十四歲。 2.宏道六歲。	1.朵顏犯邊為戚繼光所破。 2.建州女真犯邊。
萬曆二年 甲戌 1574	5	1.入喻家莊蒙學。 2.母龔安人去世。	1.宗道十五歲。 2.宏道七歲。 3.鍾惺生。 4.曹學佺生。	1.馮夢龍生。 2.建州女真犯遼東，倭寇犯浙江。
萬曆三年 乙亥 1575	6	1.與宏道同在喻家莊讀書。	1.宗道十六歲，考中秀才，與曹氏結婚。 2.宏道八歲。	1.謝榛卒。 2.土蠻犯邊。

萬曆四年 丙子 1576	7	1.與宏道同入杜家莊讀書，塾師王以明。	1.宗道十七歲，長子袁曾生。 2.宏道九歲，在杜家莊讀書。 3.蔡復一生。	1.王思任生。 2.土蠻犯邊。 3.遣太監督蘇杭織造。
萬曆五年 丁丑 1577	8	1.在杜家莊讀書。	1.宗道十八歲。 2.宏道十歲，同中道在杜家莊讀書。 3.李贄進士及第。	1.屠隆生。
萬曆六年 戊寅 1578	9	1.隨長兄宗道入縣城讀書，手足四人皆由庶祖母撫育。	1.宗道十九歲，帶妻子及弟妹進縣城斗湖堤居住讀書。 2.宏道十一歲。	1.沈德符生。 2.土蠻犯遼東。
萬曆七年 己卯 1579	10	1.在縣城讀書。	1.宗道二十歲，考中湖廣鄉試舉人。 2.宏道十二歲，同中道在縣城讀書。	1.何心隱死於獄。 2.土蠻犯遼東。
萬曆八年 庚辰 1580	11	1.作〈黃山〉、〈雪〉二賦，共五千多字，時稱奇才。	1.宗道二十一歲，抱奇病，幾死。 2.舅龔仲慶應禮部會試，考中進士。 3.宏道十三歲，與弟中道居縣城讀書。	1.廣西十寨僮人為患，事敗。
萬曆九年 辛巳 1581	12	1.在公安。	1.宗道二十二歲，因病，遍閱養生家言。 2.宏道十四歲，在公安。	
萬曆十年 壬午 1582	13	1.在公安。	1.宗道二十三歲在公安養病。 2.宏道十五歲。 3.錢謙益生。	1.王畿卒。 2.張居正卒。 3.杭州兵變、民變。
萬曆十一年 癸未 1583	14	1.加入宏道之文學社。	1.宗道二十四歲，赴京會試，遇黃河大水阻隔，中途返回公安。妻曹氏去世。 2.宏道十六歲，在縣城組織文學社，自任社長。 3.潘士藻、梅國楨、湯顯祖進士及第。	1.艾南英生。 2.緬甸犯雲南。 3.廣東民變。
萬曆十二年 甲申 1584	15	1.在公安。	1.宗道二十五歲，在公安。 2.宏道十七歲，考中秀才。	

萬曆十三年 乙酉 1585	16	1.考中秀才。	1.宗道二十六歲在公安。 2.宏道十八歲。	1.四川兵變。 2.神宗集宦官授甲操，群臣力諫，始罷。
萬曆十四年 丙戌 1586	17	1.在公安。	1.宗道二十七歲，舉會試第一，官翰林院。 2.宏道十九歲，在公安。	1.譚元春生。 2.努爾哈赤攻併尼堪外蘭，得明人之助，遂與明和。
萬曆十五年 丁亥 1587	18	1.在公安。	1.宗道二十八歲，官翰林院。 2.宏道二十歲，在公安。	1.戚繼光卒。 2.阮大鋮生。
萬曆十六年 戊子 1588	19	1.赴京，居長兄宗道寓所。	1.宗道二十九歲，任翰林院編修。 2.宏道二十一歲，考中舉人。	1.羅汝芳死。 2.山西等五省大饑、大疫。 3.甘肅兵變，蘄州民變。
萬曆十七年 己丑 1589	20	1.隨宗道從京城回公安，遍遊楚中名勝。	1.宗道三十歲，問學於焦竑、瞿汝稷、僧深有，此後，不再談道家長生之事，而鑽研於心性之說。是年，以使事返里。 2.宏道二十二歲，會試落第。 3.焦竑、陶望齡、黃輝、董其昌、顧天峻等進士及第。	1.華淑生。 2.葉紹袁生。 3.土蠻入犯。
萬曆十八年 庚寅 1590	21	1.兄弟三人初訪李贄於公安柞林，中道作〈柞林紀譚〉。	1.宗道三十一歲，初見李贄。 2.宏道二十三歲，初見李贄。 3.李贄《焚書》於湖北麻城刊刻行世。	1.王世貞卒。
萬曆十九年 辛卯 1591	22	1.在公安。	1.宗道三十二歲，入都。 2.宏道二十四歲，再訪李贄於麻城龍湖，一住三月。	
萬曆二十年 壬辰 1592	23	1.五、六月間，訪李贄，抱病僵臥武昌城。 2.與外祖父龔大器，舅父仲敏、仲慶及長兄、仲兄等，結南平文學社，切磋詩文，探討性靈之學。	1.宗道三十三歲，五月，從京城返鄉。 2.宏道二十五歲，應禮部會試，進士及第後，即告假還鄉。 3.顧天峻、吳用先、江盈科、謝肇淛進士及第。	1.日、豐臣秀吉犯朝鮮，東南告急，李如松出援。

萬曆二十一年癸巳 1593	24	1. 三月，同宗道、宏道及龔寄菴、王以明東遊。四月，再訪李贄於武昌城。 2. 是年，邑中水勢甚惡，移家居長安里之杜園。 3. 長子袁祈年生。	1. 宗道三十四歲，兄弟三人東遊並訪李贄。 2. 宏道二十六歲，東遊並訪李贄。	1. 徐渭卒。 2. 李如松敗日凱歸。 3. 河南、浙江水旱災。 4. 河南兵變。
萬曆二十二年甲午 1594	25	1. 八月，赴鄉試考舉人，又落選。不久，隨宏道入京。	1. 宗道三十五歲，冬，赴京城。 2. 宏道二十七歲，十月赴京城吏部候選，十二月授吳縣縣令。	1. 武昌民變。 2. 東林書院成立。
萬曆二十三年乙未 1595	26	1. 始識湯顯祖。 2. 四月，應中丞梅國楨之邀，至山西大同梅的幕府作客，漫遊塞上，作〈塞遊記〉。 3. 八月回京城，旋由水道去吳縣，遍遊吳越名勝。	1. 宗道三十六歲，任春坊庶子。時湯顯祖、王一鳴寓其家，兄弟友朋以談論詩文為樂。 2. 宏道二十八歲，三月至吳任縣令。 3. 蔡復一進士及第，座師為黃輝。	1. 始徵礦稅。
萬曆二十四年丙申 1596	27	1. 由吳縣回公安。 2. 外祖父龔大器去世，中道後有〈龔春所公傳〉。	1. 宗道三十七歲，任翰林院編修。 2. 宏道二十九歲，三月起，上書請辭吳令，牘凡七上。替中道刊刻詩集，並作〈敘小修詩〉。	1. 豐臣秀吉侵略朝鮮。 2. 稅使、礦使四出，民益不堪。
萬曆二十五年丁酉 1597	28	1. 應湖廣鄉試落第，由武昌去眞州。 2. 為宏道作〈解脫集序〉。	1. 宗道三十八歲，任東宮講官，給太子常洛講學。 2. 宏道三十歲，辭去吳令，與陶望齡等人作東南之遊，歷時三月，作品成《解脫集》。從東南歸來後，轉寓眞州，作《廣陵集》。	1. 張岱生。
萬曆二十六年戊戌 1598	29	1. 居眞州照料宏道眷屬。在眞州期間，同謝肇淛、秦京、侯師之等頗有往來。 2. 七月入京，後入國子監肄業。兄弟三人聚首，同京師友人共組「蒲桃社」。	1. 宗道三十九歲與弟宏道、中道及京師友人共組「蒲桃社」談禪論學。 2. 宏道三十一歲。春，接宗道信後入都。四月，授順天府教授。冬，作〈廣莊〉七篇。	1. 土蠻犯遼東。 2. 豐臣秀吉卒，朝鮮事平定。

		3.多，著〈導莊〉七篇。	3.李贄隨焦竑至南京，會見利瑪竇。 4.蘇惟霖進士及第。	
萬曆 二十七年 巳亥 1599	30	1.在京師，入太學。與兄弟及蒲桃社諸友，時相往來。 2.七月，隨宏道等遊盤山、眞定。	1.宗道四十歲任東宮講學。 2.宏道三十二歲。三月，升任國子監助教。十月，開始編著《西方合論》，十二月書成。 3.李贄《藏書》刻於南京。	1.太監四出徵稅，民怨沸騰，馬堂、陳奉招致民變。
萬曆 二十八年 庚子 1600	31	1.應順天府鄉試，落選。 2.八月，隨宏道回公安。 3.十月，兒子海逝。 4.十月，祖母余氏歿。 5.十一月得宗道訃音，十二月初三往迎靈柩，後作〈行路難〉。	1.宗道四十一歲，任東宮詹事府詹事。九月病逝於任所。 2.宏道三十三歲。三月，升任禮部儀制清吏司主事。八月，告假還鄉。 3.潘士藻卒。	1.各省告災，又苦礦稅，兵民多不聊生，官吏以忤稅使，相繼入罪。 2.楊應龍敗死。
萬曆 二十九年 辛丑 1601	32	1.四月，扶宗道櫬從潞河發舟回公安。停枢潞河期間，李卓吾來弔。	1.宏道三十四歲。經營柳浪湖，展開爲期約六年的隱居生活。 2.曾可前、雷思霈進士及第。	1.武昌、蘇州反稅使，民變又起。 2.利瑪竇至北京。 3.茅坤卒。
萬曆三十年 壬寅 1602	33	1.仲冬六日歸宗道之櫬于塴，至友黃輝專程來參加葬禮。事畢，中道送黃輝至西陵。後同劉元定等遊「三遊洞」。 2.龔仲敏（夾山舅）卒。 3.十月，庶祖母詹氏歿。	1.宏道三十五歲，在柳浪。 2.十月，宏道往玉泉迎黃輝參加宗道葬禮。 3.三月，李贄自刎於獄中。 4.黃輝因沈一貫的政治傾軋，乞假南歸。	1.雲南、廣東、廣西、緬甸等以稅使肆虐變亂。
萬曆 三十一年 癸卯 1603	34	1.應順天府鄉試，考中舉人。 2.龔仲慶（壽亭舅）卒。	1.宏道三十六歲居柳浪館。	1.十一月，妖書事起。十二月，紫柏大師因受妖書事件之牽連被捕，死於獄中。
萬曆 三十二年 甲辰 1604	35	1.夏，同宏道及雪照、冷雲、寒灰諸衲，避暑荷葉山房，凡二月餘。入秋，宏道走德山。中道則攜一酒人走黃山。初冬兄弟復聚柳浪。	1.宏道三十七歲，在荷葉山房銷夏。八月，走德山桃源。後輯成《德山暑談》、《花源詠》各一卷。	1.九月，武昌楚府宗人以輔臣沈一貫受賄庇護楚王華奎，巡撫趙可懷措置失當，群起毆殺之。

萬　曆 三十三年 乙己 1605	36	1.居公安簀篔谷，和曾可前、蘇雲浦、龍君超兄弟、陶不退等相往來。	1.宏道三十八歲，在柳浪。 2.江進之卒。 3.梅國楨卒。	1.屠隆卒。 2.十二月，詔罷天下礦稅。
萬　曆 三十四年 丙午 1606	37	1.秋，同宏道入都。	1.宏道三十九歲，居柳浪第六載，輯此階段詩文爲《瀟碧堂集》，秋，偕中道入都，補儀制司主事。	1.雲南民變。
萬　曆 三十五年 丁未 1607	38	1.三月，應禮部會試落選，前往河北漁陽，在蹇理庵太保幕府作客。 2.居河北署中時，陸續完成了幾篇重要傳記，如〈梅大中丞傳〉、〈李溫陵傳〉、〈江進之傳〉等。	1.宏道四十歲。秋，李安人卒。八月，以存問蒲圻謝中丞松屏之便返里。翌年正月始抵公安。	1.六月湖廣、黃州等府水災。 2.七月，京師大水。 3.十月，山東旱饑。
萬　曆 三十六年 戊申 1608	39	1.暮春，自漁陽歸公安。 2.仲冬，與曾可前、王天根等遊石首繡林山，作〈遊石首繡林山記〉。 3.日記《遊居柿錄》始記於今年十月。	1.宏道四十一歲。正月回公安，四月入都，補驗封司主事。 2.管志道卒。	1.正月，戶部請振南畿、山東災，不報。 2.十二月，朵顏犯薊州。
萬　曆 三十七年 己酉 1609	40	1.正月起，便開始出遊。先遊湖南鼎州，復與龍君超、王吉人、郝公琰等人遊桃源。 2.三月十八日，和金山人一甫等開始作東南之遊。作〈東遊記〉三十一篇。四月盡抵金陵。首次會見鍾惺，同遊天界。在金陵期間，並會晤了凌濛初，同時與焦竑時有往來。此外，與錢謙益、李仲達、賀涵伯、韓求仲等結社秣陵。 3.九月二十日，由漕入都，居宏道寓所。後遷至極樂寺與錢謙益等人共同讀書。	1.宏道四十二歲。秋，主試秦中，遊華山、嵩山，作《華嵩遊草》一卷。 2.陶望齡卒。 3.方子公卒。	1.五月福建大水，六月，甘肅地震。
萬　曆 三十八年 庚戌 1610	41	1.春，應禮部會試，又落選。 2.二月二十四日隨宏道返鄉，順遊百泉及襄中諸勝，閏三月十五日抵公	1.宏道四十三歲。告假回鄉，偕中道南歸。適公安水患，遷江北沙市，築硯北樓、捲雪樓。中道有〈硯北	1.十一月，李之藻等參用利瑪竇等所傳西洋曆法以修曆，西法入中國至此始。

		安，凡五十餘日，作〈南歸日記〉。 3.買金粟園，與宏道共同卜居沙市。 4.八月，宏道病發，至沙市照顧。九月六日，宏道病逝。 5.冬，往當陽玉泉寺養病。 6.歲末，同禪友無跡、寶方等往遊青溪。	樓記〉、〈捲雪樓記〉。 2.八月，宏道微有火疾，九月初六病逝沙市。 3.鍾惺、錢謙益進士及第。	
萬曆 三十九年 辛亥 1611	42	1.春，在當陽玉泉養病，築堆藍亭等，並遊龍泉寺、九子、遠安諸山，作〈遊鳴鳳山記〉等。 2.暮春，王章甫至公安弔宏道，返漢陽時，中道送至岳陽，同遊君山、岳陽樓後才分別，作〈遊君山記〉等。 3.八月，移宏道柩入長安村。 4.冬，父親袁士瑜病體欠安，中道留在公安照料。	1.雷思霈卒。	1.各地官缺甚多，朝廷不補。 2.東林黨人遭劾。
萬曆四十年 壬子 1612	43	1.三月初八，父親袁士瑜病逝。中道傷痛之餘，舊病復作，至當陽玉泉養病、守制。 2.秋，再遊武昌漢陽。 3.十二月二日，安葬宏道及二嫂李安人與刀環村法華寺之原。	1.曾可前卒。 2.黃輝卒。	1.顧憲成死。
萬曆 四十一年 癸丑 1613	44	1.正月，同崔晦之、楊文弱等遊澧州，並會晤了蔡復一。二月，至德山、桃源。 2.三月，同王章甫、徐茂才等往遊太和，作〈遊太和記〉。 3.中秋、病瘧。		1.倭寇犯閩浙。
萬曆 四十二年 甲寅 1614	45	1.清明，火病舉發，四月血疾復作，八、九月病篤，十月初方好轉。 2.七月二十三日，龔仲安（靜亭舅）下世。	1.鍾惺、譚元春合輯《古詩歸》十五卷、《唐詩歸》三十六卷。	1.福建民變。

		3.以宏道未刻諸書付袁無涯，並囑其訂正書坊中所見贋書，如〈狂言〉等。 4.開始刻《珂雪齋近集》。		
萬　曆 四十三年 乙卯 1615	46	1.往來於公安（蒼莒谷），沙市，當陽玉泉之間。 2.閏八月，赴京應考。	1.劉玄度卒。	1.京畿旱饑，山東旱，湖廣水、旱饑。
萬　曆 四十四年 丙辰 1616	47	1.二月，進士及第，留京候選。 2.九月，返鄉，在公安守歲。	1.禪友寶方示寂。	1.山東、河南等饑荒、民變。 2.努爾哈赤稱尊號，國號金。
萬　曆 四十五年 丁巳 1617	48	1.取道江南，收宜都亡友劉玄度之文集，料理其後事後，至玉泉晤無跡。 2.四月六日，起程進京候選。 3.十月十日，赴新安校。	1.湯顯祖卒。 2.鍾惺於是歲初見焦竑，八月與陳繼儒訂交。	1.各地災變。
萬　曆 四十六年 戊午 1618	49	1.任徽州府教授。 2.六月二十三日，送諸生至勾容考校。 3.秋，程如晦邀遊霞山。 4.十月初一，往遊黃山，作〈遊黃山記〉。 5.十月十八日住武闈，十九、二十日閱卷，二十三日作〈鄉試錄〉前後序文。 6.十一月，受休寧印。 7.《珂雪齋前集》已刻成，凡二十四卷。 8.《遊居柿錄》記至是年年底結束（萬曆三十六年十月一日至四十六年十一月二十八日）。	1.郝公琰卒。 2.鍾惺告假寓南都。	1.貴州苗人起事，炒花犯遼東。
萬　曆 四十七年 巳未 1619	50	1.遷南京太學博士		1.遼陽邊報甚急，京師戒嚴。
萬　曆 四十八年 庚申 1620 （泰昌元年）	51	1.任南京禮部主事。	1.焦竑卒。 2.鍾惺官南禮部儀司主事。作《史懷》十七卷。	1.神宗死，皇太子常洛以遺詔罷礦稅、権稅等。 2.八月，常洛即位，是為光宗，在位僅一月即死。

熹　宗 天啓元年 辛酉 1621	52	1.在南京禮部任職。	1.鍾惺官於南都。冬，遷閩督學，暫歸。	1.六月，復命熊廷弼經略遼東。
天啓二年 壬戌 1622	53	1.繼續在南京禮部任職。 2.《珂雪齋集選》汪從教等刊行。	1.黃道周進士及第。	1.金兵入廣寧又陷義州。
天啓三年 癸亥 1623	54	1.任南京吏部郎中。		1.命魏忠賢總督東廠。
天啓四年 甲子 1624	55	1.任南京吏部郎中。 2.八月，長子祈年與姪彭年同時考中舉人。	1.謝肇淛卒。	1.各地兵變、民變時起。
天啓五年 乙丑 1625	56	1.辭南京吏部郎中，寓居南京。	1.鍾惺卒。	1.毀天下東林講學書院。
天啓六年 丙寅 1626	57	1.八月三十日午時，病逝於南京芝麻營。次年春，長子祈年運靈柩回公安。清明節，安葬於故里荷葉山，與長兄宗道同冢。		1.各地多天災、民變。 2.金帝努爾哈赤死，皇太極即位。

參考資料：

(1) 三袁詩文集。
(2) 《明史》，張廷玉撰，洪氏出版社，1975 年 11 月。
(3) 《公安縣志》，清周承弼等修、王慰等纂，成文出版社，1970 年 4 月。
(4) 《三袁文選》，唐昌泰選注，巴蜀書社，1988 年 2 月。
　　　附錄一〈三袁年表〉，王宗道、袁子謙編。
　　　附錄二〈袁中道生卒年小考〉，唐昌泰撰。
　　《公安派的文學批評及其發展》，周質平者，台灣商務印書館，1986 年 5 月。
　　　附錄二〈袁宏道年表〉
　　《袁中郎研究》，任訪秋著，上海古籍出版社，1983 年 9 月。
　　　下編〈年譜〉
(5) 《江進之詩學理論與實踐》，林美秀撰，高師國文研究所碩士論文，民國 77 年。
　　　附錄一〈江進之年譜簡表〉
　　《鍾惺及其文學批評研究》，張瑞華撰，東吳大學中國文學研究所碩士論文，民國 72 年。
　　　第二章〈簡譜〉
　　《李卓吾事蹟繫年》，林其賢著，文津出版社，1988 年 3 月。
(6) 《中國歷史大事年表》，華世出版社編，1986 年 3 月。
　　《明清江蘇文人年表》，張慧劍編著，上海古籍出版社，1986 年 12 月。
　　《明清歷科進士題名碑錄》，華文書局，1969 年 12 月。
　　《晚明性靈小品研究》，曹淑娟著，文津出版社，1988 年 7 月。
　　　附錄一〈晚明重要文人生卒及撰作刊行年表〉

附錄二：袁中道佚文輯

說明：

此佚文之輯，是指錢伯城《珂雪齋集》未收之文，共計四篇：

1. 〈舌華錄序〉，錄自《舌華錄》，明曹臣（蓋之）撰，袁中道評點，明萬曆末年原刊本。（中央圖書館藏）

2. 〈秦京文集序〉，錄自《新安集》，明刊本。（日本內閣文庫藏）

3. 〈吳母汪碩人行狀〉，錄自《新安集》。

4. 〈慈竹汪公行狀〉，錄自《新安集》。

　　至於《珂雪齋外集》十五卷，日本江戶寫本（日本內閣文庫藏），卷十二至十五部分，錢本未見，但限於數量過大，所以本論文無法輯爲附錄。而李維楨的〈珂雪齋集序〉，只見於中央圖書館藏的《珂雪齋集選》，明天啓二年汪惟修等刊本，編號 13023。另一部相同的板本（編號 13022），央圖拍成微卷，但其中未收此文，基於重要性與不易見，因此，雖然不是袁中道本人的作品，亦附上作爲參考。

一、〈舌華錄序〉

　　今春一病柳浪館上，百事俱廢，強起一小窗，常見眾華開發，紅白紛出柳浪中，若浮若沒，若稀若密，對此前境，雖不能霍然自起，倦目視之不無少醒開合。復以病中狂識，展轉參別眾芳畢相天地一華耳。隱士取其幽，佳人取其艷，文客取清，膏兒取富，華本一也。而異之者有十由，異者自天耶！自人耶！病夫著疑四大增重矣。由此復閉小窗，轉樂枯坐，忽聞敲門聲，童子持友人郝公琰書，進介伊友人曹蓋之所著之書，郝書云：蓋之以聰耳健筆，

傳他人涕唾之香，纂前人之已有，錄今人之未聞，名曰舌華錄，望君評校焉。予復自喚草木一華尙增疑病，今加舌華病夫死矣！奈郵者取回甚急，不得已強一披閱琳琅，若墮涕唾海中，無非俊語，語復類分曰慧、曰名、曰諧、曰謔、曰澆、曰悽之類，類各爲引，無引不別，予一讀至此，手足忻然，不覺自起。蓋語本一，舌出之者爲華，分之者成色，如大風之觸灌木小枝，音回一怒，慧眼者類觀耳，予先以病起慧，復以慧起癒，今讀舌華錄，非復以慧開慧乎！不揣謬妄加穢舌源，不識能合作者意不？乃書數語傳書歸去。公安袁中道撰。

二、秦京文集序

予至新安，客以竿牘至者踵相接，多以病謝，獨秦子京至，予倒屣迎之，館之首蓿齋中，晤言窮日夜不厭。客曰：「諸客至者，公雖不慢之，然亦未常親之，而獨加意京者，何也？」予曰：「此吾故人也。當萬曆庚子，予遊長安，晤京于黃平倩太史邸中，其後屢見之於岳石梁米仲詔席上，已結人外之契，及平倩乞假歸，同京遊中州諸山，將挾之訪予兄弟，而會以他事去。今年見于新安，相別近二十年矣！取平倩所贈遺詩卷讀之，彼此不覺淚下。夫平倩之友即予友也，況京與予素相契合者，予安得不重之。」客曰：「如以故言則客之爲故者亦多矣，而獨重一京何也？」予曰：「爲其才也。」往平倩語予曰：「後輩如秦京詩學杜極有法。」予取讀之果然。前同年李元鎮出京牘數紙，字法奕奕神令罞出箋上，詩數章絕去模擬之習，甚靈甚活，較前作又大變矣。夫詩文之變前輩也，實海內之才人相與通其窮而共變之者也，非一人之力也。即七子中如元美先生，其後已不能持而變矣，其續集非乎顧前之當變者，以其板執而浮也。後之人變其浮而得俚易，變其浮而得纖巧，變其浮而得枯寂，皆非善變者也。近日遍讀京詩，眞所謂本之以性靈，裁之以法律，眞可謂善變者，才士也。夫才者天地之寶藏而一朝之眉目也，敢不重乎？客曰：「如以才言，即不必皆勝京之才而不可□非才也，而獨重京又何也？」曰：「予爲其行也。今有士于此，才者吾重之，不才者吾亦重之，則才者去而不才者爭至矣。有才于此，才有行者吾重之，才而無行者吾亦重之，則才而有行者去，而才而無行者爭至矣。夫使予與不才者處，不過益予之固陋耳，而與無行者處，且將日遠賢士，親匪人損德污名而不自覺，可不謹哉！」予向者見京有遊俠少年之習，今亦掃地盡矣，靜者隱之體也，清者隱之骨也，儉者隱之城

也，慎者隱之衛也，京志祈向于此，而心力足以副之，家居村野絕跡城市，有田百畝，有園百笏，栽花藥葉，教養子孫，他年以隱德享隱福者，非京而誰，此才士之有行者也。夫才之有行，如花卉之有根實也，如波瀾之源委也，敢不重乎！客唯唯稱善而退，會京持其生平詩文示予曰：「我兩人皆二毛矣！誰相知訂吾文者，其為我一言以弁」，予曰：「以君之才固他年文苑傳中人也，以君之行又他年隱逸傳中人也，此自能不朽者而何藉予言，獨予于此梓中郎先生集翟已俚語皆京苦心點定，予雖不文義不容辭也。」遂取其與客語者書之以為序云。

三、吳母汪碩人行狀

　　新安士人吳君允中，一日博顙向予言曰：「吾母逝矣！逝吾母而吾何以酬顧復之恩？幾欲相從於地下，奈堂上大人何無！已則吾母隱德密行庶幾得仁人君子摹之，使跡芬珩珮，名列彤管。母雖逝矣，猶起白骨而翬褕之也，惟先生哀而狀之。」予雖不文，而碩人之遺事，可為壺中繩尺表而出之，亦屬俗之微權也！曷敢辭。碩人姓汪氏，實為潛川巨族，父汪公，諱潤，母燕氏。碩人其中女也。汪，歙人而治生于吳門，故碩人少長，且自其少時靜嘿自持，不事鉛華，已蕭蕭有林下風氣，父母愛之，尤頗難其耦，已聞吳長公穎秀，而願遂許字焉。年十八長公就婚於吳，禮成歸，公姑見其巾幗而前，端莊弢斂，曰：「新婦也靜。其移閨範為闈儀耶！」已而見其親匕箸，躬縰縌蘋藻絏緅，一切倚辦，瘁則取先，適則取後。復嘆曰：「新婦也才。吾二老人固藉手以佚餘生耶！」已又見其待中外以禮，飲女儕以和，性好施予取者若寄行其德如耳鳴焉，疾言怒色不及臧獲，叱咤之聲絕於犬馬，沖和平粹恂恂然為綠窗中儒者，公姑又曰：「吾宗其興乎！凡世之亢其宗者，必有女德婦行，以深培而厚植之，今吾婦若是必恢其家無疑也。」後姑抱沉疴困劇，碩人屏息床第間，或竟夕沉吟則竟夕淚涔涔下，延醫調理，萬端禱祠，相望於道，卒助長公襄大事，姑既圽，舅煢煢孑居也，長公奉父命多旅遊，不及於溫清，惟兩青衣是恃，寒燠饑飽，頤氣奉適，舅忘其老，覘之則碩人密遣之，且密教之也。嗟乎！婦之於舅，非若子於父也。窮於躬之不可親，而以躬之可親者代，人勞其形以周旋，而我瘁其神以指使，此其真心動念，視無形而聽無聲，非純孝不能。先是長公客廣陵，父母憐其瘁，欲遣碩人助之，碩人曰：「代夫子以事二人，婦之職也，不有行者，誰昌家政；不有足者，誰奉甘

毳，且樛木小星之道久知之矣！貳以佐夫子何為不可！」蓋是時，碩人業有子允中、美中矣！而長公真側室，生德中，碩人聞之慰甚，其後待之不啻已出。碩人父母先後卒於吳門，聞訃曰：「吾婦於吳而不能復女於汪，勢也，第以生身者而存不一養，沒不一視，至痛驚骨豈能已己！遂屏暈血不御，至抱脾疾劇，終不入口焉。嗟乎！世之婦人女子，或有希福田而稟疊戒者，故畢命守之不復更，今碩人內觸於情之莫已，符驪虞之至性，絕鸞刀而不啓，事關倫常，豈同佞佛者哉！且世之從事浮屠者，初奉木人，惟謹及二豎偶纏德瓶頓毀。其視碩人之恆操又何如也。碩人性尙素樸，搔頭跳脫之類，一切不御，如近日婦人高髻廣袖，飛絲刻繡皆目為服妖至耳。不聽絲肉之音，慕不踐伽藍之草，村之游女皆化之，教子以嚴，大布廣帛不以綺紈，蔬薇蘊藻不以梁肉，常云：若等與文人修士往來，吾自不絕華腴，若遊閒蕩佚者輒逐之，母汙吾限以故諸子皆成令器，中外有窶人，子多，待之舉火，嚴冬為木綿褲襖以施寒者，人人扣求無厭色，貧病者為料理藥物，資病且斃不能具黃腸者，常脫簪珥市之，里有孀婺，貧幾不能自立，碩人賑之，時其困乏十餘年竟不二，其天，孤子皆成立，婺每言及碩人，則感次骨，言與泣俱，碩人病且革，夢介胄士拜曰：「迎手人治秋浦。」且云：「了了見之非囈語也。」遂長逝。噫！真耶！幻耶！以碩人之行，格天地、感鬼神者極多，宜其去有所歸，然讀真誥，見人間淑媛，皆入易遷修學後乃與南岳，夫人萼綠華等同遊紫府，語若不經，然至行所留，精誠不泯者有之，觀碩人之兆，居然地下主者象也，此豈可與拘攣者道哉！碩人抱痾，二子以奉父命留滯遠道，聞之重繭以歸，形蕊神荼，日夜持匕箸，終不能痊，幾欲從之夜臺，而奉家督之言，虞滅性之譏乃稍稍有起色，此非生平積習教誨能若是乎！非賢母安能有此令子也？此可以風世矣！碩人生於嘉靖甲寅年，六月初四日丑時。卒於萬曆丁巳年，九月十八日寅時，享年六十有四云云。以今戊午四月初七日，暫厝缸山之原，謹狀。

四、〈慈竹汪公行狀〉

文士徵華，修士徵實，今士鶩於文，實則藐焉。昔馬少遊鄉里，善人之言伏波笑之。夫鄉里善人豈易言也哉！世有功名，垂鍾鼎竹帛。而內之無以自慊于隱衷，外之無以共對於天下者，庸德庸言，闇然穆然，而格天地感鬼神者寓焉。故曰：道安諸庸，予於歛汪正叔有感焉！正叔名待政，慈竹其別

號，云其尊人賓竹公，舉丈夫子二人，公其仲子也。舞象即有異慧，應奉疆記安世，默識無以過之，且有隱德焉。蹈繩履墨不以才氣廢尺矱，尤爲先輩所嘆。入試輒不利，有司遂棄去。入城均以成，均爲天下士藪，庶幾得海內譽，髦而友之，即槐市諸人。其豪奢者，鮮衣怒焉，爲游閒公子之容，而公獨恂恂如寒士，日益下帷不輟。初娶程氏，邑名家子也，入室即相勉以善事尊章，故中外皆以孝聞。尊人曰：生兒娶婦若此，吾兩人足老矣。未幾賓竹公即世，公痛幾滅性，三年內，一遵禮爲式，絕滋味，戒鸞刀，至小祥猶不一粲。程孺人卒，公念子上德幼無可託者，再娶黃孺人，舉四子。公念前室待上德更篤，不忍以存亡異視，嘗語長公曰：胡越猶可一家，況于同生？爾兄弟宜深惟鶺鴒在原之義，互相親睦，夫兄愛弟敬，家之肥也。母以小忿自成家門之瘠，兄雲竹公有心計，爲賈俠，常遊青齊吳會，挾公與俱。顧公善病，不宜旅食。雲竹公曰：不有游者，誰昌家政？不有居者，誰奉甘毳？弟其歸丘園，代吾問視。公遂歸，而奉母蕌韭晚菘，晨鳧夜鯉，目曙之而手薦之，怡怡于于，爲弄雛舞衣之適者數十年。公雖無志競榮，好讀書，孝養之暇，手一編，伊吾不輟。嘗云：讀書者，不反覆收拾，入身心中，等之玩物。以故，于駢枝無益之語，一無所好，六經外，諸家之詮理者多岐路；正史外，稗官之詮事者多粉辭，不入目也。惟身心性命之經，及忠臣孝子之事，手錄成帙，鐵撾折，而韋編絕者，有之。嘗靜居，焚香晏坐，枯株寒灰，其息深深，自云：學以靜入，心以靜調。吾非學養生家言也。或步行山澤之間，仰觀雲而俯聽泉，松逕竹蹊，信籐而往，竟日忘歸。性不喜俗人，云：悠悠者塵務，經心一入耳，皆受其柵壘。意與此輩割鴻溝，若高人致士，刺在閒杖，屨已在堂矣。公隱棲之餘，時有揮灑，不作應酬語，昔黃魯直云：老夫之書，本無法也。但觀世間萬緣如蚊蚋聚散，未常一事橫于胸中，譬如木人舞中節拍，人稱其工，舞罷又蕭然矣。公蓋深得此意者，故其爲詩近於陶韋，得澹中之致。中年嗜內典，曰：霹靂火中安可一日無此清冷雲也。嗟乎！世之隱者，必有所挾以隱，自內行修飾以外，挾讀書，挾養生。挾讀書者，朝經暮史可以送日，挾養生者採藥種木可以延年。惟挾學問者有大焉，彼紛紛者，無非有也。有之爲物也，悲喜萬狀，能使人靜息，中外寂內搖如貓捕鼠，而一灌之，以幻化清涼之水，故能如夢中之乍覺，而世機一切皆息，可榮可辱，可富可貧，而我無心焉。死生無變于已，而況世之候得而候失者乎。公蓋深于此道者。公後病，時兩脅汗下至足，呼諸子曰：

吾汗下至足，此去徵也，見於內典矣！吾逝後，勿用華侈漢文天子也。尚欲以布衾瓦棺，況齊民乎，為楊王孫之裸葬，則大過。庶幾者其張思光乎！謹守吾言。夫生死之際，人所難言，安閒若此，固足微公之道力矣。然則鄉里善人，亦烏足以盡公也哉！

※〈珂雪齋集序〉

嘉隆間二三作者文自兩京，詩自唐初盛而上，足以平揖古賢，而後人沿襲剽竊為大雅病，吾楚袁中郎起而振之，出之以深心巧思，運之以博物洽聞。蓋其理則易之潔淨精微，其事則書之疏通知遠，其詞則詩之溫柔敦厚，皆可以砭箴俗耳，鼓吹詩腸，而無奈淺衷弱植之徒，取其遊戲翰墨者，易入易就愈趣愈下，至以贗鼎冒名譁眾欺世。其弟小脩為釐正剖析，使人以魯男子之不可學柳下惠之可，有功詞林甚大。小脩自諸生時與兄齊名，而所論譔同而異、異而同，若壎篪各有韻調鄂不各具生趣。嘗誦其珂雪齋集，盱衡擊節賞歎不置，蓋深心巧思、博物洽聞而粹然一歸於正，有中郎難為兄。昔桓溫美袁宏賦曰：當今不得不以此事推袁伯彥。遺文不多見，當時且有齒舌間得利，以狡儈著書貽笑者。中郎沒而文章司命是在小脩，余取古人所品題文士語，弘麗研贍、英銳飄逸則陸士衡。障隄末流、刊落陳言、栗密窈眇、章妥句適則韓昌黎。雄深雅健似司馬子長，崔蔡不足多則柳子厚。凌轢波濤穿穴險固，囚鎖怪異破碎陳敵卒造平澹則陸魯望。牢籠太虛戞掞玄造擺元氣而詞鋒首出，軋無間而理窟肌分則張志和。紆徐委備往復百折條達疏暢容與簡易，無艱難勞苦之態則歐陽永叔。雄渾環瑋衍裕雅重則曾南豐。氣完力厚老以益勁則梅聖俞。是是非非務盡其道不苟止而妄隨則尹師魯。其尤不可及者，佞佛之人藉口戒綺語信腕漫筆，以白香山之才令老嫗可解為得意。獨王右丞蘇端明兩公深於禪而不為禪縛，其詩文無不精工傳遠不朽。小脩深於禪與二公同而詩文儷之，當今之世其以此事推袁，豈余鄉里通家阿私所好哉；友人胡仲脩以集序見屬，余深幸蠅附驥日千里，而深愧其沿襲剽竊，不足當小脩如意帖醬瓿覆也。大泌山人李維楨本寧父撰。

參考書目

一、袁中道的作品

1. 《珂雪齋近集》，明袁中道著，明末書林唐國達刊本，偉文圖書公司，1976 年。

2. 《珂雪齋近集》，明袁中道著，上海書店，1982 年 11 月。

3. 《珂雪齋前集》，明袁中道著，明萬曆四十六年新安刊本，偉文圖書公司，1976 年。

4. 《珂雪齋集選》，明袁中道著，明天啓二年汪從教等刊本，中央圖書館藏。

5. 《珂雪齋外集》，明袁中道著，日本江戶寫本，日本內閣文庫藏。

6. 《珂雪齋集》，明袁中道著，錢伯城點校，上海古籍出版社，1989 年 1 月。

7. 《遊居柿錄》，明袁中道著，台北書局，1956 年 4 月。

8. 《遊居柿錄》，明袁中道著，筆記小說大觀，第七編第二冊，新興書局，1976 年。

9. 《新安集》，明袁中道著，明刊本，日本內閣文庫藏。

10. 《翠娛閣評選袁小修先生小品》，明袁中道撰，陸雲龍評，明崇禎五年錢塘陸氏刊本。

二、詩文集

1. 《大泌山房集》，明李維楨著，明萬曆年間刊本，中央圖書館藏。

2. 《山水幽情》，張敬校訂，李小萱選註，時報文化公司，1985 年 11 月。

3. 《三袁文選》，唐昌泰選注，巴蜀書社，1988 年 2 月。

4. 《石語齋集》，明鄒迪光著，明萬曆刊本，中央圖書館藏。

5. 《白蘇齋類集》，明袁宗道著，明寫刊本，偉文圖書公司，1976 年。

6. 《白蘇齋類集》，明袁宗道著，上海古籍出版社，1989 年 6 月。

7. 《古今抒情文選》（近代散文鈔），坊間刊本。

8. 《列朝詩集》，清錢謙益編，清初虞山毛氏汲古閣刊本，中央圖書館藏。

9. 《舌華錄》，明曹臣（蓋之）編撰，袁中道評點，明萬曆末年原刊本，中央圖書館藏。

10. 《狂言》，明盛延彥著，啓禎間刊本，中央圖書館藏。

11. 《狂言別集》，明末刊本，中央圖書館藏。

12. 《李贄研究參考資料》，廈門大學歷史系編，福建人民出版社，1976 年 5 月。

13. 《李溫陵傳》，明李贄撰，文史哲出版社，1971 年 8 月。

14. 《初潭集》，明李贄撰，漢京文化公司，1982 年 12 月。

15. 《明詩紀事》，清陳田輯，鼎文書局，1971 年。

16. 《明詩評選》，王夫之著，船山遺集全書第二十一冊，自由出版社，1972 年 11 月。

17. 《明詩綜》，清朱彝尊輯，世界書局，1962 年。

18. 《明人小品集》，周作人著，金楓出版公司，1987 年 1 月。

19. 《牧齋初學集》，錢謙益著，四部叢刊初編集部，台灣商務印書館，1975 年 6 月。

20. 《性靈之聲——明清小品》，陳萬益先生編撰，時報文化公司，1987 年元月。

21. 《幽夢影評註》，林政華著，慧炬出版社，1983 年 4 月。

22. 《袁中郎全集》，明袁宏道著，明刊本，偉文圖書公司，1976 年。

23. 《袁宏道集箋校》，明袁宏道著，上海古籍出版社，1981 年 7 月。

24. 《閒情逸趣》，吳宏一校訂，邱琇環、陳幸蕙選註，時報文化公司，1985 年 3 月。

25. 《清閟閣全集》，明倪瓚著，《四庫全書》第一二二○冊，台灣商務印書館，1986 年 3 月。

26. 《雪濤小書》，明天都外史冰華生輯，廣文書局，1970 年 9 月。

27. 《雪濤閣集》，明江盈科著，明萬曆二十八年西楚江氏北京刊本，中央圖書館藏。

28. 《晚明二十家小品》，施蟄存編，廣文書局，1990 年 10 月。

29. 《焦氏澹園集》，明焦竑撰，偉文圖書公司，1977 年。

30. 《晚明小品選注》，朱劍心選注，台灣商務印書館，1987 年 3 月。

31. 《焚書／續焚書》，明李贄撰，漢京文化公司，1974 年 5 月。

32. 《歇庵集》，明陶望齡著，明萬曆三十八年山陰王應遴刊本，偉文圖書公司，1976 年。

33. 《詩歸》，明鍾惺、譚元春同編，明萬曆四十五年刊本，中央圖書館藏。

34. 《醉古堂劍掃》，明陸紹珩編著，金楓出版社，1986 年 12 月。

35. 《隱秀軒詩集》，明鍾惺撰，明天啓二年虞山沈春澤刊本，偉文圖書公司，1976 年。

36. 《譚友夏合集》，明譚元春撰，明崇禎六年古吳張澤刊本，偉文圖書公司，1976 年。

37. 《藏書》，明李贄撰，台灣學生書局，1986 年 6 月。

三、論　著

1. 《人間淨土的追尋》，江燦騰著，稻鄉出版社，1989 年 11 月。

2. 《公安派的文學批評及其發展》，周質平著，台灣商務印書館，1986 年 5 月。

3. 《王思任之文論及其年譜》，陳飛龍著，文史哲出版社，1980 年 10 月。

4. 《中國文學評論史編寫問題論析》，楊松年著，文史哲出版社，1988 年 5 月。

5. 《晚明小品與明季文人生活》，陳萬益先生著，大安出版社，1988 年 5 月。

6. 《晚明小品論析》，陳少棠著，香港波文書局，1981 年 2 月。

7. 《晚明文學革新派公安三袁研究》，華中師範大學出版社，1987 年 5 月。

8. 《晚明思潮與社會變動》，淡大中文系，弘化文化公司，1987 年 12 月。

9. 《晚明性靈小品研究》，曹淑娟著，文津出版社，1988 年 7 月。

10. 《李卓吾事蹟繫年》，林其賢著，文津出版社，1988 年 3 月。

11. 《李卓吾評傳》，容肇祖著，台灣商務印書館，1973 年 12 月。

12. 《李攀龍文學研究》，許建崑著，文史哲出版社，1987 年 2 月。

13. 《袁中郎文學研究》，田素蘭著，文史哲出版社，1982 年 3 月。

14. 《袁中郎研究》，袁乃玲著，學海出版社，1981 年 5 月。

15. 《袁中郎研究》，任訪秋著，上海古籍出版社，1983 年 9 月。

16. 《清代詩學初探》，吳宏一著，台灣學生書局，1986 年元月。

17. 《張岱生平及其文學》，黃桂蘭著，文史哲出版社，1977 年 2 月。

18. 《竟陵派與晚明文學革新思潮》，竟陵派文學研究會編，武漢大學出版社，1987 年 5 月。

19. 《詩情與幽境》，侯迺慧著，東大圖書公司，1991 年 6 月。

20. 《萬曆十五年》，黃仁宇著，食貨出版社，1990 年 11 月。

四、博碩士論文

1. 《公安派及其著述考》，吳武雄撰，東海大學中文研究所碩士論文，民國 70 年。

2. 《公安派文學思想及其背景研究》，朴鍾學撰，台灣大學中文研究所碩士論文，民國 76 年。

3. 《王思任研究》，黃靜妃撰，東海大學中文研究所碩士論文，民國 77 年。

4. 《江進之詩學理論與實踐》，林美秀撰，高雄師範學院國文研究所碩士論文，民國 77 年。

5. 《李卓吾及其文學理論》，金惠經撰，師範大學國文研究所碩士論文，民國 76 年。

6. 《李卓吾的文學理論及其實踐》，王頌梅撰，東吳大學中文研究所碩士論文，民國 72 年。

7. 《李贄之文論》，陳錦釧撰，政治大學中文研究所碩士論文，民國 60 年。

8. 《明人詩社之研究》，黃志民撰，政治大學中文研究所碩士論文，民國 61 年。

9. 《明代唐宋派文論研究》，梅家玲撰，台灣大學中文研究所碩士論文，民國 73 年。

10. 《明清格調詩說研究》，吳瑞泉撰，東吳大學中文研究所博士論文，民國 77 年。

11. 《袁中郎小品文研究》，李愚一撰，高雄師範學院國文研究所碩士論文，民國 74 年。

12. 《袁中郎的文學批評觀》，朱銘漢撰，東海大學中文研究所碩士論文，民國 67 年。

13. 《袁枚與性靈詩論研究》，張簡坤明撰，中國文化大學中國文學研究所博士論文，民國 75 年。

14. 《泰州學派對晚明文學風氣的影響》，周志文撰，台灣大學中文研究所碩士論文，民國 66 年。

15. 《徐渭之生平及其文學觀》，蔡營源撰，政治大學中文研究所碩士論文，民國 61 年。

16. 《晚明小品文研究》，李準根撰，輔仁大學中文研究所碩士論文，民國 71 年。

17. 《晚明山人陳眉公研究》，李鳳萍撰，東吳大學中文研究所碩士論文，民國 73 年。

18. 《「晚明文人」型態之研究》，黃明理撰，國立師範大學國文研究所碩士論文，民國 78 年。

19. 《晚明性靈文學思想研究》，陳萬益先生撰，台灣大學中文研究所博士論文，民國 66 年。

20. 《張岱生平及其小品文研究》，陳清輝撰，高雄師範學院國文研究所碩士論文，民國 70 年。

21. 《陶望齡文學思想研究》，柳秀英撰，高師國文研究所碩士論文，民國 78 年。

22. 《屠隆文學思想研究》，周志文撰，台灣大學中大研究所博士論文，民國 70 年。

23. 《鍾惺及其文學批評研究》，張瑞華撰，東吳大學中文研究所碩士論文，民國 72 年。

24. 《錢牧齋及其文學》，廖美玉撰，台灣大學中文研究所博士論文，民國 72 年。

25. 《錢謙益文學評論研究》，李丙鎬撰，台灣大學中文研究所碩士論文，民國 70 年。

五、文學理論與批評

1. 《中國文學批評史大綱》，朱東潤著，開明書局，1984 年 2 月。

2. 《中國文學批評家與文學批評》，朱東潤著，學生書局，1971 年。

3. 《中國文學批評》，張健著，五南圖書出版社，1984 年 9 月。

4. 《中國文學批評史》，郭紹虞著，文史哲出版社，1988 年 4 月。

5. 《中國文學理論》，劉若愚著、杜國清譯，聯經出版社，1984 年 8 月。

6. 《文心雕龍讀本》，梁劉勰著、王更生注譯，文史哲出版社，1985 年 3 月。

7. 《明清文學批評》，張健著，國家出版社，1983 年 1 月。

8. 《明代文學批評資料彙編》，葉慶炳、邵紅編，成文出版社，1981 年 3 月。

9. 《滄浪詩話校釋》，嚴羽著、郭紹虞校釋，里仁書局，1987 年 4 月。

10. 《清詩話》，丁福保編，木鐸出版社，1988 年 9 月。

11. 《清詩話續編》，郭紹虞編，木鐸出版社，1983 年 12 月。

12. 《談藝錄》，錢鍾書著，書林出版公司，1988 年 11 月。

六、美　學

1. 《中國古代美學範疇》，曾祖蔭著，丹青圖書公司，1987 年 4 月。

2. 《中國美學史大綱》，葉朗著，滄浪出版社，1986 年 9 月。

3. 《中國美學思想史》，敏澤著，齊魯書社，1989 年 8 月。

4. 《美的歷程》，李澤厚著，元山書局，1976 年 8 月。

七、文學史

1. 《中國文學發展史》，劉大杰著，華正書局，1984 年 8 月。

2. 《中國詩歌流變史》，李曰剛著，文津出版社，1987 年 2 月。

3. 《中國詩論史》，日人鈴木虎雄著、洪順隆譯，台灣商務印書館，1979 年 9 月。

4. 《中國新文學的源流》，周作人著，《周作人全集》第五冊，藍燈文化公司，1990 年 11 月。

5. 《元明詩概說》，吉川幸次郎著，國立編譯館，1986 年 6 月。

6. 《明代文學》，錢基博著，台灣商務印書館，1984 年 4 月。

八、思　想

1. 《中國思想通史》，侯外廬主編，北京人民出版社，1960 年 4 月。

2. 《左派王學》，嵇文甫著，國文天地雜誌社，1990 年 4 月。

3. 《明代思想史》，容肇祖著，開明書店，1962 年。

4. 《明儒學案》，清黃宗羲著，華世出版社，1987 年 2 月。

九、工具書等

1. 《中國史研究指南》，高明士主編，聯經出版社，1990 年 5 月。

2. 《中國善本書目提要》，王重民著，明文書局，1984 年 12 月。

3. 《中國歷代經籍典》，台灣中華書局，1960 年 10 月。

4. 《中國歷代大事年表》，華世出版社，1986 年 3 月。

5. 《四庫全書總目》，清紀昀撰，藝文印書館，1989 年 12 月。

6. 《日本內閣文庫漢籍分類目錄》，古亭書局影印本，1970 年。

7. 《日本現存明人文集目錄》，山根幸夫編，汲古書院，1978 年。

8. 《明清江蘇文人年表》，張慧劍編著，上海古籍出版社，1986 年 12 月。

9. 《明清歷科進士題名碑錄》，華文書局，1969 年 12 月。

10. 《美學辭典》，木鐸出版社，1987 年 12 月。

11. 《普林斯頓大學葛思德東方圖書館中本善文書目》，屈萬里著，藝文印書館，1975 年 1 月。

12. 《歷代名人年里碑傳總表》，姜亮夫著，台灣商務印書館，1965 年 4 月。

13. 《續說郛》,明陶珽撰、清李際期校刻,新興書局影本,1972 年。

十、史書等

1. 《公安縣志》,清周承弼等修、王慰等纂,成文出版社,1970 年 4 月。

2. 《列朝詩集小傳》,錢謙益撰,上海古籍出版社,1983 年 10 月。

3. 《居士傳》,中國佛教會影印卍續藏經印行,《卍續藏經》第一四九冊,1967 年。

4. 《明史》,張廷玉撰,洪氏出版社,1975 年 11 月。

5. 《明代傳記叢刊》,周駿富輯,明文書局,1991 年。

6. 《啓禎野乘》,清鄒漪纂,明文書局,1991 年元月。

7. 《湖北通志》,清張仲炘、楊承禧等撰,華文書局,1921 年。

8. 《萬曆野獲編》,明沈德符撰,《筆記小說大觀》十五編六冊,新興書局,1977 年 1 月。

十一、期　刊

1. 〈公安三袁的文論〉,鄭明娳著,《文風》第二十期,1971 年 12 月。

2. 〈公安三袁著作表〉,入矢義高著,《支那學》十卷一期,1940 年 12 月。

3. 〈公安から竟陵へ──袁小修を中心として──〉,入矢義高著,《京都大學人文科學研究所創立二十五周年紀念論文集》,1942 年 11 月。

4. 〈公安派及其散文〉,張中行著,《中國古代、近代文學研究》,1983 年 6 月。

5. 〈公安派文學在日本的傳播和影響〉,衷爾鉅著,《中國古代、近代文學研究》,1990 年 6 月。

6. 〈公安派文學論〉,蕭登福著,《中華文化復興月刊》十二卷四期,1979 年 4 月。

7. 〈公安派驟衰原因試探〉,裴世俊著,《中國古代、近代文學研究》,1988 年 2 月。

8. 〈公安竟陵小品文讀後題〉,劉燮著,《人間世》第十六期,1934 年 11 月。

9. 〈公安竟陵文學理論的探究〉,邵紅著,《思與言》十二卷二期,1974 年 7 月。

10. 〈中郎師友考〉,任維焜著,《師大國學叢刊》一卷二期,1931 年 5 月。

11. 〈明代的縣令〉,吳智和主編,《明史研究專刊》第一期,大立出版社,1978 年 8 月。

12. 〈明代文學評論的社會文化背景〉,汪正章著,《中國古代、近代文學研

究》，1987 年 4 月。

13. 〈明代社會思潮與公安派〉，張惠杰著，《中國古代、近代文學研究》，
1990 年 2 月。

14. 〈明代前後七子與公安派的對立互補關係及其融合〉，陳文新著，《中國
古代、近代文學研究》，1987 年 2 月。

15. 〈明代散文流變初探〉，夏咸淳著，《中國古代、近代文學研究》，1988
年 3 月。

16. 〈明清散文之美學觀照〉，萬陸著，《中國古代、近代文學研究》，1987
年 3 月。

17. 〈爲竟陵派一辯〉，吳調公著，《中國古代、近代文學研究》，1983 年 5
月。

18. 〈珂雪齋外集游居柿錄〉，沈啓无，《人間世》第三十一期，1935 年 7
月。

19. 〈袁小修與金瓶梅〉，魏子雲著，《書和人》第二七二期，1975 年 10 月。

20. 〈袁氏三兄弟和公安文體〉，杜若著，《台肥月刊》十八卷九期，1977 年
9 月。

21. 〈袁中郎文學觀的剖析〉，邵紅著，《國立編譯館館刊》二卷一期，1973
年。

22. 〈袁中郎的詩文觀〉，林語堂著，《人間世》第十三期，1934 年 10 月。

23. 〈袁中郎評傳〉，任訪秋著，《師大月刊》一卷二期，1933 年 1 月。

24. 〈袁中郎評傳〉，任訪秋著，《師大國學叢刊》一卷三期，1932 年 3 月。

25. 〈袁宗道的文學理論〉，馮永敏著，《北市師院學報》第二十一期，1990
年。

26. 〈竟陵派文學理論的探究〉，邵紅著，《文史哲學報》第二十四期，1975
年。

27. 〈竟陵派的文學思想〉，陳萬益先生著，《大地文學》第一集，1978 年。

28. 〈從屠隆到竟陵〉，談蓓芳著，《中國古代、近代文學研究》，1989 年 5
月。

29. 〈略論譚元春的詩歌創作〉，尹恭弘著，《中國古代、近代文學研究》，
1983 年 5 月。

30. 〈晚明小品中的遊記、傳記與日記〉，廖玉蕙著，《中正嶺學術研究集刊》
第四集，1985 年 6 月。

31. 〈晚明文學革新思潮初探〉，潘琪著，《中國古代、近代文學研究》，1987
年 1 月。

32. 〈晚明的詩壇風氣〉，吳宏一著，《國文天地》第二十期，1987 年 1 月。

33. 〈張岱的詩文與晚明的戲劇〉，彭飛著，《中國古代、近代文學研究》，1987 年 4 月。

34. 〈葡萄社與公安派〉，梁容若著，《純文學》六卷六期，1969 年 12 月。

35. 〈論公安派的美學思想〉，姚子放著，《晉陽學刊》第五期，1990 年。

36. 〈論公安派三袁文藝思想之異同〉，吳調公著，《中國古代、近代文學研究》，1986 年 3 月。

37. 〈論公安派與竟陵派之分岐〉，馬美信著，《中國古代、近代文學研究》，1985 年 5 月。

38. 〈論公安三袁美學觀之異同〉，吳調公著，《中國古代、近代文學研究》，1986 年 3 月。

39. 〈論明代文學思潮中的學古與求真〉，簡錦松著，《古典文學》第八集，學生書局。

40. 〈論晚明小品文之興起〉，廖玉蕙著，《中正嶺學術研究集刊》第二集，1983 年 6 月。

41. 〈論晚明小品的名稱與特色〉，廖玉蕙著，《中正嶺學術研究集刊》第三集，1984 年 6 月。

42. 〈論袁宏道的思想變遷〉，李慶著，《明代文學研究》第一集，張培恆編，復旦大學，1990 年 4 月。

袁中道手跡

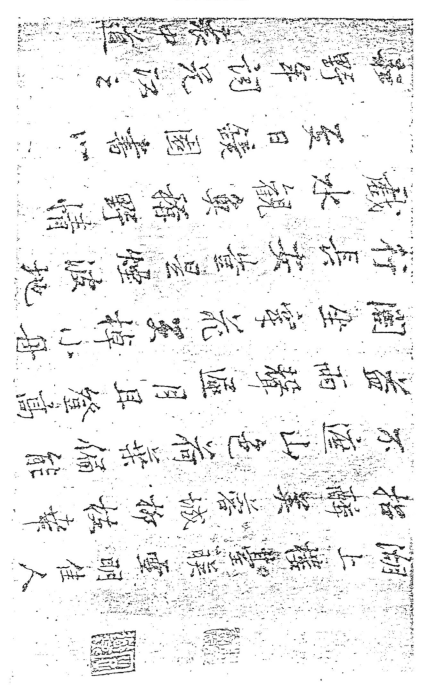

（影印自錢伯城《珂雪齋集》）

珂雪齋集選序

予詩文若干卷外集若干卷刻於新安潘官太學博士攜之而北風陂南儀曾遂留京師已付友人汪惟循南歸舟中不意行至河西務偶有火變板遂燬又二年惟循與友人刻余所選詩若干卷且成問序於予余曰詩莫盛於唐顧唐之所以稱盛者正以異調同工而究竟不害其為可傳耳杜工部之沉着李青蓮之俊快兩者其孰若相反而其實各從所入以極其才至

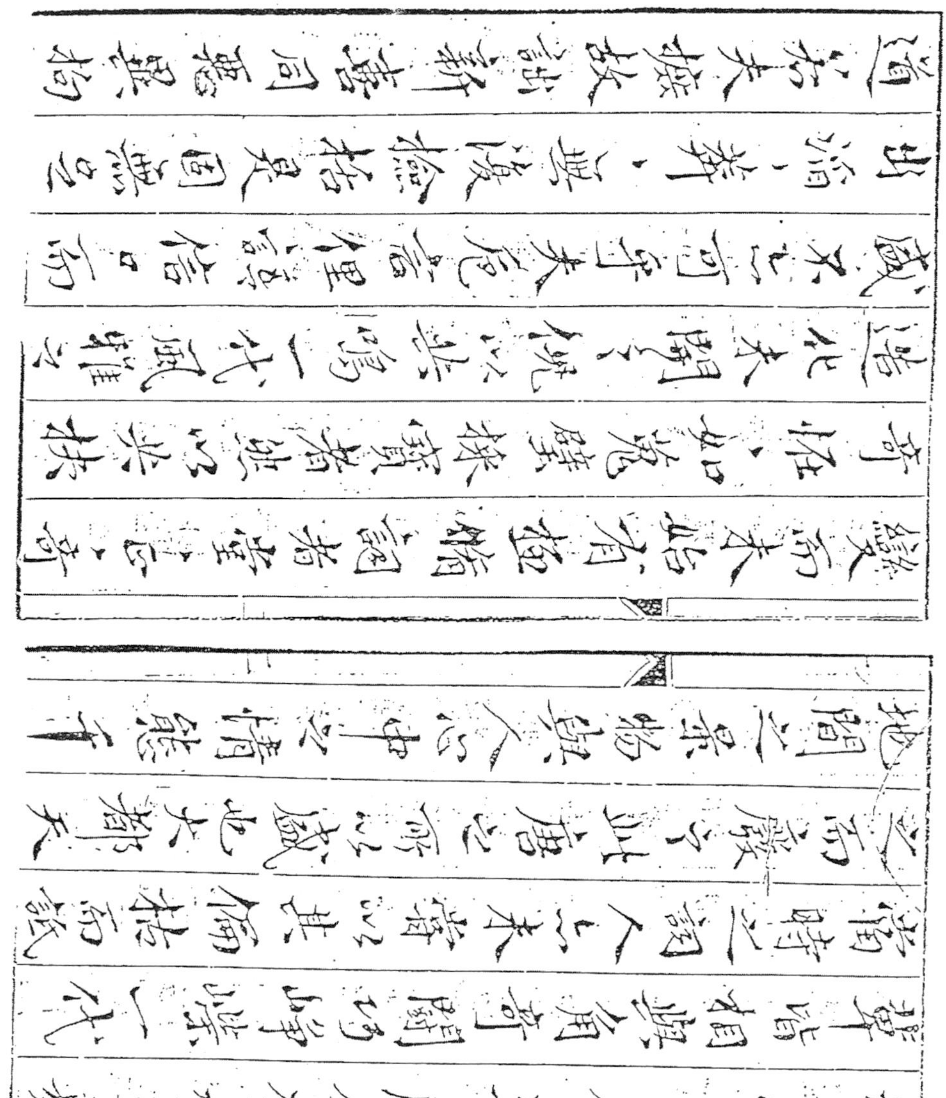

明天啟二年刊本《珂雪齋集選序》

（中央圖書館藏）

明刊本《珂雪齋近集》書影

珂雪齋集選卷之三一

公安見隱袁中道著

社友一愚鄒得魯校

詩

入城道中

山北山南自隱藏閒心又逐馬蹄忙綠禾畦裡
流聲細青草湖邊雨氣香柳市特來尋萬子紫
車到處指何郎春深賸有繁華地處處東風發

練棠

（中央圖書館藏）

明萬曆四十六年刊本《珂雪齋前集》書影

珂雪齋前集卷之一

詩

公安䨓隱袁中道著

友人濮山夏之令校

入城道中

山北山南自隱藏閑心又逐馬蹄忙綠禾畦裡

流聲細寺平湖邊雨氣香柳市特來享禹子柴

車到處指何郎春深剩有繁華地處處東風發

練棠

珂雪齋前集　卷之一　　黃應義刻

（中央圖書館藏）

明天啟二年刊本《珂雪齋集選》書影

珂雪齋近集卷之二

公安小修袁中道著

書林張吾唐國達刊

鄴城道中

天網羅奇士雲臺集勝遊才人千羽蓋鼓吏一岑牟
水咽銅駝月風喧石馬秋南皮無俗韻漳浦有清流

　二

怩得如先地能生許俊人寫螺山有態照膽水無塵
樂府挨詞麗漁阿唱梵新泥蛙非繡虎亦可作嘉窩

　三

明刊本《新安集》（乾）書影

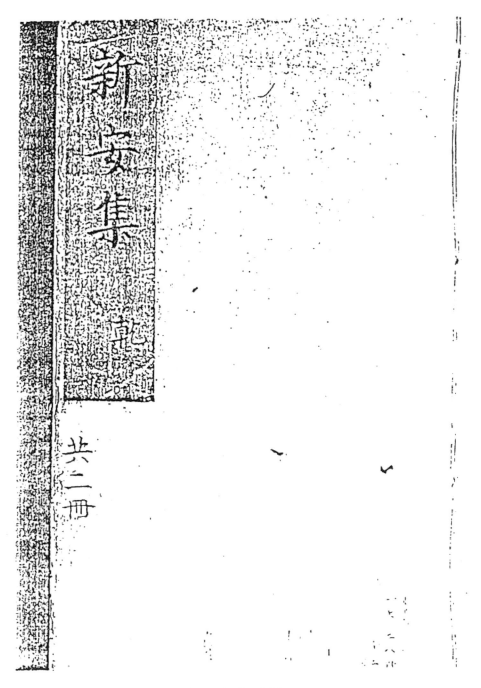

（日本內閣文集藏）

明刊本《新安集》（乾）首頁書影

新安集

　　　　　　　　　公安邑隱袁中道著

　　　　　　　　　門人如晦程明哲校

詩

將赴新安任出都門

喧極翻成靜悠然出帝畿人囘南去囍春在臈

前歸風軟貂獪謝晴酣羽尚揮不須吹玉律到

眼盡芳菲

雄縣道中

（日本內閣文集藏）

－167－

明刊本《新安集》（坤）書影

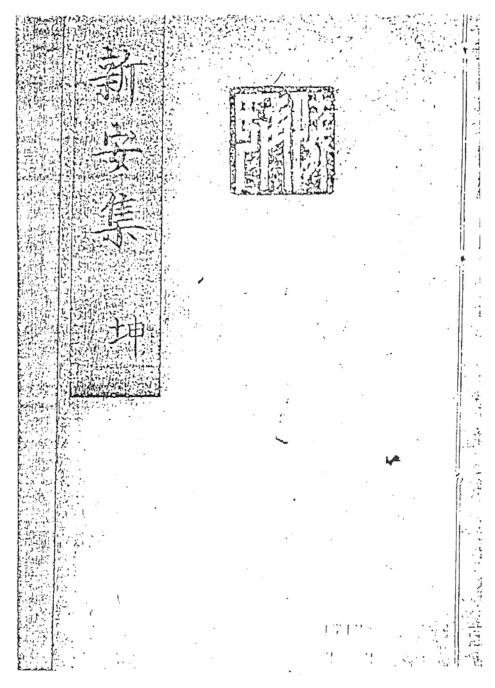

（日本內閣文集藏）

明刊本《新安集》（坤）首頁書影

應天武舉鄉試錄後序

蓋天下輕武久矣校于鄉國率視爲故事今年

孟冬徐常比江左武士屬御史臺田公初至公

精明練達事無小大必慶至武試尤爲兢兢與

兵憲張公同心壹志躬策其勇力已試其智略

而命理官某等入而程之戒以無濫無苟其等

刑官也唐虞之時兵刑合爲一故蠻夷猾夏咨

之士師今者屬夷不靖廟堂將用征伐之刑誠

得人以剪除之卽所以明刑其等之職也敢不

新安集

（日本內閣文集藏）

明天啟四年刻本《遊居柿錄》書影

公安袁隱琴中道著

萬曆癸卯于十月初一日從須窗谷予以丁未下
第館于漢陽爽大司馬所至是年三月始陸水
起所縣寓儀曹予未冬歸途中開館於
起年春曉入都予留家中質館谷內竹月茂花
日盛中添亭塵數處顧懷樓隱之志
靜居數月怨怨出游荏于須簡谷中甚有幽致
亦可以開門演書而共務布不能久居有家累

（影印自錢伯城《珂雪齋集》）

清茗緣室十二卷鈔本《遊居柿錄》書影

珂雪齋遊居柿錄卷之一

公安亀隱袁中道著

萬曆戊申十月初一日，住篔簹谷，予以丁未下
第，館于漁陽寓大司馬所，至是年三月始歸。先
是中郎官儀曹。丁未冬南歸，途中聞銓部之報，
是年春復入都，予留家中篔簹谷內竹日茂花。
日盛中添亭臺數處，頗懷棲隱之志。
靜居數月，忽思出游，益予篔簹谷中。甚有幽致，
亦可以開門讀書，而其勢有不能久居者家景，
逼迫外緣應酬熟客翔擾了無一息之閒以此

（影印自錢伯城《珂雪齋集》）

－171－

日本江戶寫本《珂雪齋外集》書影之一

游居柿錄。

萬曆戊申十月初一日住費蕾谷予以丁未下，

籌舘于漁陽塞大司馬所至戊年三月始歸

先是中郎官儀曹丁未冬、南歸途中聞銓部

之報是年春復入都予留家中菁蕾谷內竹

一日茂花日盛中添赤荳蔻處頗愛棲隱之志

公安竜隱袁中道著

（日本内閣文庫藏）

日本江戶寫本《珂雪齋外集》書影之二

珂雪齋外集卷之十二

公安鬼隱袁中道著

摭錄

甲寅予偶花沉病自春徂冬不能出戶止居
篔簹谷中長夏體中稍廣見忧籧海地隨取
一葉書之大約去死差近所書皆胷臆中緊
切學問話也幸而得座所見當不止此而就
近日見疾則止此夫以義取海不可言海然

（日本內閣文庫藏）

日本江戶寫本《珂雪齋外集》書影之三

珂雪齋外集卷之十三

公安袁中道著

師友見聞語

伯修生時先太母夢一天人下降頂戴瓈珠珞珞

賴美人交月而伯修生

伯修居室行海後之室即見其不輕受飯遠有

遺至二十金者即收放日如何盡此措泥主

謝卻之予見其即而金者屢二日泗陵張

（日本內閣文庫藏）

日本江戶寫本《珂雪齋外集》書影之四

（日本內閣文庫藏）

日本江戸寫本《珂雪齋外集》書影之五

珂雪齋外集卷之十五　公安鳧隱袁中道著

拾遺

拈扶紀譚

伯脩問聖凡同異之义史曰不必論聖凡同異

公且指何者為聖何者為凡

予問史遍遊天下目中有何人史笑曰我從未

不見有一人果然真正豪傑雖得從有也非

明刊本《霞房搜異》書影

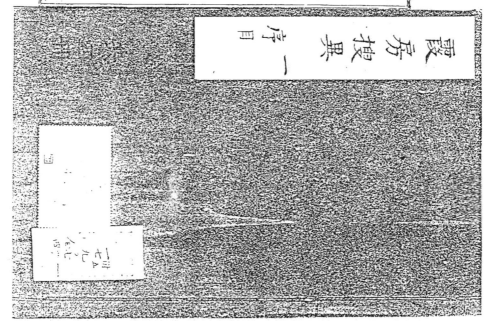

（日本內閣文庫藏）